A RAINHA TRAIDORA

Também de Danielle L. Jensen:

A ponte entre reinos

DANIELLE L. JENSEN

A RAINHA TRAIDORA

Tradução
GUILHERME MIRANDA

SEGUINTE

Copyright © 2020 by Danielle L. Jensen
Os direitos morais da autora estão reservados.

O selo Seguinte pertence à Editora Schwarcz S.A.

Grafia atualizada segundo o Acordo Ortográfico da Língua Portuguesa de 1990, que entrou em vigor no Brasil em 2009.

TÍTULO ORIGINAL The Traitor Queen
CAPA E ILUSTRAÇÃO Richard Anderson
LETTERING DE CAPA Lygia Pires
MAPA Alessandro Meiguins e Giovana Castro/ Shake Conteúdo Visual
PREPARAÇÃO Júlia Ribeiro
REVISÃO Adriana Bairrada e Paula Queiroz

Dados Internacionais de Catalogação na Publicação (CIP)
(Câmara Brasileira do Livro, SP, Brasil)

Jensen, Danielle L.
   A rainha traidora / Danielle L. Jensen ; tradução Guilherme Miranda. — 1ª ed. — São Paulo : Seguinte, 2023.

   Título original: The Traitor Queen.
   ISBN 978-85-5534-254-7

   1.Ficção – Literatura infantojuvenil I. Título.

23-144347   CDD-028.5

Índices para catálogo sistemático:
1. Ficção : Literatura infantojuvenil 028.5
2. Ficção : Literatura juvenil 028.5

Aline Graziele Benitez – Bibliotecária – CRB-1/3129

2ª reimpressão

Todos os direitos desta edição reservados à
EDITORA SCHWARCZ S.A.
Rua Bandeira Paulista, 702, cj. 32
04532-002 — São Paulo — SP
Telefone: (11) 3707-3500
www.seguinte.com.br
contato@seguinte.com.br

Para minha querida amiga e confidente, Elise Kova

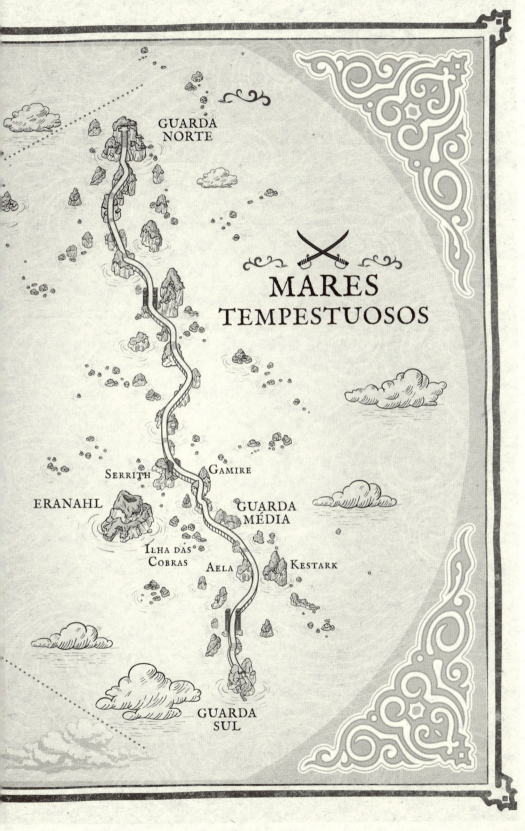

I
AREN

Fazia treze dias que ele estava vendado.

Estava algemado também e, por vezes, até amordaçado, mas, apesar da queimação persistente das cordas que esfolavam a pele de seus punhos e do gosto ruim do tecido enfiado em sua boca, era a escuridão sem fim da venda que estava deixando Aren, o antigo rei de Ithicana, à beira da loucura.

Afinal, embora a dor fosse uma velha amiga, e o desconforto, quase um estilo de vida, ficar confinado às imagens que sua própria mente evocava era o pior tipo de tortura. Porque, embora seu desejo mais fervoroso fosse outro, tudo que sua mente queria mostrar eram visões *dela*.

Lara.

Sua esposa.

A rainha traidora de Ithicana.

Aren tinha assuntos mais urgentes a considerar, e o mais importante era *como* poderia escapar dos maridrinianos. Mas os aspectos práticos dessa necessidade desapareciam quando ele pensava em cada momento com *ela*, tentando inutilmente distinguir verdades de mentiras, realidade de fingimento — mesmo sem saber o objetivo daquilo. De nada *importava* saber se algo havia sido real uma vez que perderam a ponte, que seu povo estava morto ou morrendo, que seu reino estava à beira da derrota, e tudo isso porque ele confiou em uma inimiga — *amou* uma inimiga.

Eu te amo. A voz e o rosto dela tomavam conta de seus pensamentos, o cabelo cor de mel emaranhado, os olhos azul-celeste cheios de lágrimas que escorriam a lama em sua face.

Verdade ou mentira?

Aren não sabia qual resposta seria um bálsamo para a ferida e qual a abriria de novo. Um homem sábio deixaria isso de lado, mas Deus sabia que ele não podia alegar ter esse atributo, então fantasiava sem parar com o rosto dela, a voz dela, o toque dela o consumindo enquanto desferia golpes e lutava contra os maridrinianos que o arrastavam de seu reino derrotado. Só quando estava fora do mar e sob o calor dos céus maridrinianos que Aren teve seu desejo realizado: a venda removida.

Desejos eram os sonhos dos tolos.

2
LARA

Lara não sabia que Eranahl tinha uma masmorra.

Mas não havia outra palavra para a cela escura construída nas cavernas sob a ilha, com paredes de pedra úmidas de orvalho e o ar estagnado. As grades de aço eram desprovidas de qualquer sinal de ferrugem, afinal, estavam em Ithicana, e até as coisas quase nunca usadas eram bem conservadas.

Lara se deitou na cama estreita, a coberta fina que haviam lhe dado mal a protegendo do frio, a barriga dolorida de fome após ser submetida às mesmas rações que todos na ilha.

Não era assim que ela queria que as coisas acontecessem.

Em vez de convencer Ahnna de seu plano para resgatar Aren das garras de seu pai, seu número de artes marciais na câmara do conselho havia feito com que ela fosse acorrentada, arrastada pelas ruas da cidade e jogada naquela cela. As pessoas que lhe levavam comida e água potável se recusavam a falar com ela, ignorando suas súplicas para ver Ahnna.

E cada dia que passava era mais um dia em que Aren permanecia aprisionado em Maridrina, submetido a sabe-se lá que tipo de tratamento.

Isso se ainda estivesse vivo.

O pensamento a fazia querer se encolher em posição fetal. Gritar de frustração. Escapar daquele lugar e tentar libertar Aren sozinha.

Mas ela sabia que isso seria loucura.

Ela *precisava* de Ithicana.

Desejava pelo menos conseguir convencê-los de que eles também precisavam dela.

3
AREN

— Bom dia, majestade — disse alguém quando a venda foi retirada do rosto de Aren.

Aren piscou rapidamente, lágrimas escorrendo por suas bochechas quando o sol queimou seus olhos, cegando-o tanto quanto o tecido suado. Aos poucos, o branco ofuscante foi diminuindo, revelando um jardim de rosas bem cuidado. Uma mesa com um banco. E um homem de cabelo grisalho, pele bronzeada e olhos da cor dos mares Tempestuosos.

O rei de Maridrina.

Pai de Lara.

Seu inimigo.

Aren voou por cima da mesa, sem se importar se estava desarmado ou com os punhos presos. Sabia apenas que precisava ferir aquele homem que havia destruído tudo que ele mais amava.

Com os dedos a centímetros do alvo, Aren se viu sendo puxado de volta para o banco, preso por uma corrente em sua cintura como um cão a uma estaca.

— Ora, ora. Não sejamos bárbaros.

— Vai. Se. Foder.

O rei maridriniano contorceu os lábios com desdém, como se Aren tivesse latido em vez de falar.

— Você é como seu reino era, majestade. Feroz.

Era.

O escárnio se transformou em um sorriso.

— Sim, majestade. *Era.* Pois receio que Ithicana não exista mais, e seu título agora é uma cortesia sem a qual você terá que viver. — Ele se recostou na cadeira. — Como devemos chamá-lo? Sr. Kertell? Ou, já que somos da mesma família, de certo modo, talvez convenha certo grau de intimidade, *Aren.*

— Estou cagando para como você me chama, *Silas*. Quanto à outra questão, a ponte não é Ithicana. *Eu* não sou Ithicana. Meu...

— ... povo é Ithicana — completou Silas, um brilho de diversão no olhar. — Belas palavras, rapaz. E talvez sejam verdadeiras, até certo ponto. Ithicana resiste... enquanto Eranahl resistir.

Aren sentiu o estômago revirar; o nome de sua cidade nos lábios do inimigo soava estranho e desagradável.

— Um segredo tão difícil de guardar. — O rei Silas Veliant balançou a cabeça. — Agora vocês estão livres desse fardo.

— Se pretende me usar para negociar a rendição de Eranahl, está perdendo seu tempo.

— Eu não perco tempo. E não negocio. — Silas coçou o queixo. — Quase todo o seu povo reunido em uma ilha, sem mantimentos ou esperança de salvação. Quanto tempo eles vão durar? Quanto tempo até Eranahl deixar de ser uma fortaleza e virar um cemitério? Não, Aren, não preciso de *você* para ver a destruição de Ithicana.

Não chegaria a esse ponto. Quem quer que estivesse no comando de Eranahl começaria a levar os civis para fora de Ithicana sob a cobertura das tempestades. Ao norte e ao sul. Espalhados ao vento.

Mas vivos.

E enquanto estiverem vivos...

— Se sou tão inútil, por que estou aqui?

Silas juntou as mãos, entrelaçando os dedos, em silêncio. O coração de Aren acelerou, cada batida mais violenta que a anterior.

— Cadê a Lara?

Uma pergunta inesperada. Aren achou que ela estaria *aqui*. De volta a Maridrina. De volta ao lado do pai. Se ela não estava aqui... Se o pai não sabia onde ela estava...

Eu te amo.

Aren balançou a cabeça com firmeza, uma gota de suor escorrendo pelo rosto. Ela o havia apunhalado pelas costas, mentido para ele desde o começo. *Nada* que havia dito importava agora.

— Não faço ideia.

— Ela está viva?

Uma inquietação formigou em sua pele, a voz de Lara ecoando em seus pensamentos: *Pensei que havia destruído todas as cópias. Foi... foi um erro.* As lágrimas nos olhos dela haviam cintilado como joias.

— Sei tanto quanto você.

— Você a deixou partir? Ou ela escapou?

Por favor, não faça isso. Posso lutar. Posso ajudar você. Posso...

— Dar liberdade a uma traidora parece uma escolha imprudente.

Mas tinha sido a escolha dele. Por quê? Por que não a matou quando teve oportunidade?

O homem inclinou a cabeça. Depois levou a mão ao bolso do casaco branco reluzente e tirou uma folha de papel suja e manchada, a douradura antiga desgastada nos cantos.

— Isso foi encontrado com você durante a revista. Um documento muito interessante.

Silas o colocou na mesa. Mal dava para ver a letra de Aren através das marcas d'água e manchas de sangue.

— De um lado, ela me trai. Do outro — continua ele, virando a folha —, ela trai você. Um enigma. Não soubemos bem o que pensar disso, confesso, principalmente por ocasião de sua visita à minha linda cidade. Diga-me: a quem você acha que Lara é leal?

A camisa de Aren estava grudada nas costas, o fedor de suor preenchendo seu nariz.

— Considerando nossas circunstâncias atuais, eu diria que a resposta é óbvia.

— Por fora, talvez. — O rei maridriniano passou os dedos pela folha de papel comprometedora. — Se me permite perguntar, quem matou Marylyn?

— Eu. — A mentira saiu antes que Aren pudesse se questionar por que a achava necessária.

— Não — Silas refletiu. — Não, não acredito que tenha sido você.

— Acredite no que quiser. Não faz diferença.

Dobrando o papel, o pai de Lara se debruçou para guardá-lo na gola da camisa de Aren.

— Deixe-me contar uma história. A história de uma menina criada no deserto com suas queridas irmãs. Uma menina que, ao descobrir que seu pai pretendia matá-la junto com as outras dez filhas, em vez de se salvar, decidiu *arriscar* a própria vida para salvar a delas. Escolheu não fugir para um futuro certo, mas se condenar a um futuro sombrio. Tudo para salvar aquelas vidas preciosas.

— Já ouvi essa história. — Em parte. Lara havia contado. E a irmã que ela havia matado também.

— Talvez tenha ouvido. Mas será que entendeu? Pois toda boa história traz consigo um aprendizado.

— Então fique à vontade para compartilhar comigo esse aprendizado. — Aren ergueu os punhos atados. — Sou um público cativo.

Silas riu baixo, depois perguntou:

— Por que, se a menina estava tão decidida a proteger a vida das irmãs, mataria uma delas com as próprias mãos?

— Marylyn ameaçou as outras.

— As outras não estavam lá. Lara tinha tempo. Mas, em vez de usar esse tempo, ela quebrou o pescoço da irmã. O que me leva a crer, Aren, que algo que ela valorizava muito estava correndo um risco mais iminente.

Imagens surgiram na mente de Aren. O rosto de Lara quando ela o viu de joelhos, com a faca de Marylyn no pescoço. Ela vasculhou o quarto, não procurando uma chance de fugir, mas de enfrentar uma situação impossível. Havia apenas uma escolha: a vida dele ou a de Marylyn.

Silas Veliant se apoiou na mesa, sem parecer se importar de ficar ao alcance de Aren.

— Fiz uma promessa a minha filha, *majestade* — disse, a voz cheia de sarcasmo. — Prometi que, se um dia ela me traísse, eu mandaria matá-la da pior forma possível. E sempre cumpro minhas promessas.

O maldito azul maridriniano. Era a cor dos olhos daquele homem. E dos de Lara. Mas, enquanto os dela eram cheios de profundidade e vida, olhar nos olhos de seu pai era como encarar uma serpente. Frio. Impassível. Cruel.

— Ela não o traiu. Você conseguiu o que queria.

Silas lentamente abriu um sorriso, revelando dentes que tinham experimentado tabaco demais.

— Mesmo agora, depois de tudo que ela tirou de Ithicana, você mente por ela. Você a ama.

Mentira. Lara tirou a ponte de Ithicana. A vida de seu povo. O trono de Aren. Ele a *odiava*.

— Não me importo com ela.

Silas deu outra risadinha, então murmurou:

— Veremos. Pois, com toda a certeza, ela sabe que você está aprisionado aqui. E, com uma certeza ainda maior, virá atrás de você. Quando isso acontecer, acabarei com ela.

— Eu vou passar a espada para você.

A risada de Silas se transformou em uma gargalhada desvairada e dissonante.

— Veremos se você vai manter essa promessa quando sua esposa estiver de joelhos implorando por sua vida. Ou quando começar a gritar pela própria.

Sem mais uma palavra, o rei de Maridrina se levantou, deixando Aren sozinho e acorrentado no jardim. E, embora tudo que Aren tivesse desejado por dias fosse *voltar a enxergar* para apagar a imagem do rosto dela, agora ele fechou os olhos para vê-la. *Corra, Lara. E não olhe para trás.*

4
LARA

O som de passos invadiu seus sonhos, e Lara se sentou de supetão, piscando para desembaçar a visão no escuro.

Quantos dias havia passado ali embaixo? Sem o sol, a única maneira de saber era a partir da chegada diária de sua única refeição. *Seis? Sete?* Ela balançou a cabeça para tentar dissipar a névoa, depois se concentrou na luz que acompanhou os passos.

A princesa de Ithicana, comandante da ilha da Guarda Sul e irmã gêmea de Aren, apareceu atrás da porta da cela e deu uma olhada de cima a baixo em Lara.

— Você está com uma cara péssima.

— Não estava esperando visita.

E Lara não era a única que parecia mal. Ahnna estava com a túnica, a calça e as botas tradicionais usadas por quase todos em Ithicana, o cabelo escuro preso em um rabo de cavalo. Mas estava com olheiras, e a boca contraída em uma linha fina de exaustão. O corte que Ahnna havia levado na luta contra os invasores maridrinianos ainda era uma linha vermelha tênue que se estendia da testa ao maxilar, e, sob o olhar de Lara, ela tocou a cicatriz, como se para lembrar que ainda estava lá.

Embora tivesse pavor da resposta, Lara perguntou:

— Alguma notícia de Aren?

Ahnna fez que não.

— Tem uma tempestade sobre nós há quase uma semana, estamos isolados.

— Então por que você está aqui?

Ahnna se inclinou para perto, segurando as grades da cela.

— A cidade toda está exigindo sua execução. Sabe como lidamos com traidores em Ithicana? — Ela não esperou Lara responder. — Nós os mergulhamos no mar até a cintura, depois agitamos a água. Se tiver sorte, vai aparecer um dos grandes e terminar o trabalho bem rápido, mas não costuma ser assim.

Lara encarou a princesa.

— Você pretende atender ao pedido deles?

Ahnna ficou em silêncio por um longo momento antes de dizer:

— Vou lhe dar a oportunidade de me convencer do contrário. Acho que o melhor lugar para começar é a verdade.

A verdade.

Aren foi a única pessoa a quem Lara havia confiado a verdade e, ainda assim, deixou muita coisa de fora. Não esconderia nada dessa vez.

Ahnna ouviu em silêncio Lara contar sobre o complexo no deserto Vermelho para onde havia sido levada com as irmãs. Sobre o tormento que foi treinar com Serin, o Corvus. Sobre a lavagem cerebral que elas sofreram para acreditar que Ithicana era a vilã da história e jamais desconfiar que o verdadeiro mal era seu próprio pai. Sobre o jantar em que ela se sacrificou para salvar a vida das irmãs e, então, tudo que aconteceu depois, sem poupar detalhes.

Quando ela terminou, Ahnna estava sentada no chão, apoiando os cotovelos nos joelhos.

— Aren disse a Jor que você escapou. Mas assim que ouvi isso eu soube que ele tinha deixado você ir. Idiota sentimental.

— Ele me falou que me mataria se um dia eu voltasse.

— E aqui está você. — Ahnna tocou a ferida no rosto, os olhos distantes. Depois olhou para Lara. — Você disse que tinha um plano? Uma maneira de libertar Aren?

Uma sensação de triunfo percorreu o coração de Lara, mas ela manteve o rosto impassível.

— Para libertar Aren, sim. Mas também para libertar Ithicana do meu pai.

Ahnna estreitou os olhos.

— Como? Os maridrinianos controlam todas as nossas guarnições, incluindo Guarda Norte e Guarda Sul. Eles estão protegidos por todas as defesas que instalamos, e não temos efetivo suficiente para derrotá-los. Acredite, nós tentamos. E assim Aren foi capturado.

— É por isso que vocês precisam de aliados.

Bufando, Ahnna desviou o olhar.

— Você parece Aren falando. E foi esse tipo de raciocínio que nos colocou nesta situação.

— Escute. — Levantando, Lara andou de um lado a outro da cela. — Depois que fugi de Ithicana, fui a Harendell. Eles não estão felizes por Maridrina controlar a ponte, porque a aliança do meu pai com a rainha amaridiana significa que Amarid recebe tratamento preferencial na Guarda Norte e na ponte. Harendell está perdendo rios de dinheiro, e você *sabe* o que eles acham disso.

Ahnna fez que sim.

— Os harendellianos não querem que Maridrina controle a ponte, nem a querem para si. Se falarmos com o rei deles, creio que podemos convencê-lo a ajudar Ithicana nessa luta.

— Ele não vai concordar em colocar a marinha em risco só porque pedimos com jeitinho, Lara. Harendell pode estar perdendo dinheiro no comércio, mas eles têm muito mais a perder se entrarem na guerra.

— Ele vai concordar se você cobrar a promessa dele. — Segurando as grades da cela, Lara olhou Ahnna nos olhos. — A aliança do Tratado de Quinze Anos pode ter se quebrado com Maridrina, mas ainda permanece com Harendell. Ou vai permanecer se...

— Se eu me casar com o príncipe herdeiro deles.

Apertando as grades, Lara assentiu.

— Sim.

Ahnna virou bruscamente, atravessando o corredor e apoiando a testa na cela oposta. Por fim, disse:

— Nunca saí de Ithicana, sabia? Nenhuma vez.

A maioria dos ithicanianos nunca havia saído, fora os poucos que eram treinados como espiões. Ainda assim, considerando quem Ahnna era, a informação era surpreendente.

— Foi só minha mãe dar permissão que Aren partiu feito uma flecha. Norte e sul, ele foi a todos os lugares. E houve anos em que parecia passar mais tempo fingindo ser outra pessoa em outro reino do que sendo meu irmão em Ithicana. — Ahnna ficou em silêncio por um momento. — Nunca entendi. Nunca entendi por que ele queria estar em qualquer lugar além *daqui*.

— Porque — Lara respondeu com delicadeza — ele sabia que chegaria o momento em que não poderia mais sair. Assim como você sabia que chegaria o momento em que não poderia mais voltar.

Os ombros de Ahnna estremeceram, e Lara ouviu a princesa inspirar, ofegante, antes de voltar a se virar. Depois de mexer no bolso, Ahnna tirou uma chave e a enfiou na fechadura da cela.

— Qual é o resto do plano?

5
AREN

Não demorou muito para Aren perceber que estava preso no santuário interno do palácio em Vencia — um lugar reservado ao rei de Maridrina, suas esposas e sua numerosa prole. *Por que* estava naquele palácio, e não em uma cela em alguma das inúmeras prisões de Maridrina, não estava claro.

Provavelmente porque assim era muito mais conveniente para Silas se gabar, Aren pensou.

Por mais que Aren tivesse passado bastante tempo em Maridrina, ele nunca havia entrado no palácio. A aventura não valia o risco de testar as camadas de segurança de Silas. Principalmente para alguém importante como Aren. A única espiã ithicaniana que já conseguiu entrar tinha sido sua avó. Ela conseguira ser recrutada para o harém do antigo rei, onde viveu por mais de um ano antes de fingir a própria morte para fugir. E isso já fazia cinquenta anos.

Agora, porém, Aren praguejava sua falta de conhecimento do lugar, porque isso o colocava em grande desvantagem para tentar escapar.

A muralha interior tinha nove metros de altura, com postos de vigia em cada um dos quatro cantos e soldados patrulhando a parte superior. Havia apenas um portão, que era sempre mantido fechado e protegido, tanto do lado de dentro como de fora. Dentro das muralhas internas havia dois prédios curvos e, entre eles, a torre com seu teto de bronze que podia ser vista a quilômetros de distância. Em meio a tudo isso ficavam os jardins, onde criadas passavam os dias cultivando os gramados, as sebes e as flores, enquanto outras varriam as trilhas de pedra e limpavam os detritos deixados nas fontes pelas tempestades, esforçando-se para garantir o conforto de Silas e suas esposas.

Havia cinquenta esposas no harém, e as mulheres aproveitavam para sair quando o tempo melhorava, todas vestindo as sedas mais finas, dedos e orelhas cintilando com pedras preciosas. Com exceção de algumas mais velhas, quase todas eram tão jovens que podiam ser filhas de Silas, o que causava arrepios em Aren. Ele tinha sido ordenado a não dirigir a palavra a elas. Porém, as mulheres estavam tão longe da mesa de pedra a que ele estava acorrentado que não haveria a menor possibilidade de qualquer forma.

E havia também as crianças.

Dezesseis, pelo que ele contara, todas com menos de dez anos, e só algumas não tinham herdado a cor dos olhos do pai. Toda vez que uma delas o encarava com os olhos azuis iguais aos de Lara, Aren sentia um soco no estômago.

Onde ela estava?

Aonde tinha ido?

Será que ainda estava viva?

E, pior de tudo, será que morderia a isca de Silas e viria atrás dele? É claro que não, Aren disse a si mesmo. *Ela não está nem aí para você. Era tudo mentira.*

Mas, se era mentira, por que Silas estava atrás dela?

Por que, se Lara tinha dado ao pai tudo que seu coração desejava, ele a queria morta?

Os pensamentos o levavam à loucura e, acorrentado a um banco de jardim, Aren não tinha nada para distraí-lo, nada para acalmar a ansiedade que crescia em suas entranhas a cada dia que se passava.

O grito de uma mulher cortou o ar, arrancando Aren de seu devaneio. Vários vieram em seguida, e Aren observou as esposas nos jardins entrarem correndo, os criados guiando as crianças junto delas.

Os gritos foram ficando mais próximos, os guardas se moveram para abrir o portão, revelando um velho encapuzado que vinha devagar por entre os prédios na direção de Aren.

Corvus.

— Que prazer revê-lo, majestade — Serin inclinou a cabeça. Depois, fez uma careta. — Perdoe-me, a idade me deixou esquecido. Você não é mais rei, então devemos abandonar as formalidades, não é, *Aren*?

Aren não respondeu. O comportamento do mestre de espionagem contrastava completamente com os gritos que vinham do portão. Grandes gotas de suor escorriam pela espinha de Aren, seu sangue pulsava nos ouvidos.

— Você tem visita — Serin disse e fez sinal para os guardas com a mão.

Dois soldados apareceram no portão do pátio, arrastando uma silhueta feminina entre eles. Aren tentou levantar, mas foi puxado de volta ao banco pelas correntes.

A mulher usava um vestido de estilo maridriniano, mas seu rosto estava escondido por um saco. Sua roupa estava manchada de sangue e, a cada vez que ela tentava se livrar dos soldados, gotículas caíam nas pedras claras do chão.

Era Lara? Ele não sabia dizer. Mas tinha a mesma altura. O mesmo físico.

— Era apenas uma questão de tempo, não era? — Serin murmurou, tirando uma faca do bolso do manto. — Confesso que ela foi mais fácil de capturar do que previ. A emoção é a mãe dos descuidos, mesmo para alguém com o treinamento dela.

Aren não conseguia respirar. Não conseguia pensar.

— Lara e suas irmãs estão acostumadas com a dor, Aren. Mais do que você pode imaginar.

Serin ergueu a faca sobre um braseiro que um dos soldados havia trazido, observando o metal se aquecer.

— Era o que eu usava para acalmar a mente delas. É fascinante como, embora fosse eu quem as queimasse, eu quem as cortasse, eu quem as enterrasse vivas, bastava murmurar as palavras certas em seus ouvidos para que culpassem *você* pelas lágrimas delas. As crianças são seres muito maleáveis. Tirem um dos sapatos dela, por favor.

Os soldados ergueram a perna de Lara e tiraram o sapato. Sem hesitação, Serin encostou a lâmina quente na sola do pé.

A mulher gritou, e foi o pior som que Aren já tinha escutado.

Ele avançou na direção de Lara, o banco de pedra deslizando no chão, as algemas cortando seus punhos, o sangue escorrendo por suas mãos.

— Soltem ela! — gritou. — Lara!

Serin sorriu.

— E eu tinha ouvido dizer que você não se importava nem um pouco com nossa princesa errante. Que, se o pai decidisse cortar a cabeça dela, seria você que entregaria a espada.

— Vou matar você por isso!

— Tenho certeza que seria um prazer para você. — Corvus ergueu a faca sobre o braseiro de novo. — Quanto acha que ela consegue aguentar? Pelo que me lembro, Lara era *bem* resiliente. Até demais, na verdade.

— Por favor. — Aren arrastou o banco, centímetro por centímetro, na direção dela, mas os guardas apenas recuaram um passo.

— O que você disse? — Serin pressionou a lâmina no outro pé de Lara, os gritos agudos ecoando pelo pátio. — A idade só piorou minha audição, infelizmente.

— Por favor! Por favor, não a machuque.

— Ah. — Serin baixou a faca. — Bem, nesse caso, talvez possamos chegar a um acordo. Você nos diz como vencer as defesas de Eranahl, e tudo isso acaba.

Não.

Serin estalou os dedos e um guarda apareceu, trazendo um rolo de couro com ferramentas. O mestre de espionagem o desenrolou com cuidado.

— Transformei isso em uma obra de arte ao longo dos anos.

— É impossível invadir Eranahl. — As palavras saíram roucas da garganta de Aren. — Os quebra-navios vão destruir qualquer embarcação que se aproxime.

— E se tivermos uma frota grande à nossa disposição?

— Experimente. Veja como vai ser.

Serin pegou uma das ferramentas.

— A cidade é sua. Você certamente conhece suas fraquezas.

— Não existe nenhuma.

— Que pena. — Serin se voltou para Lara, o metal cintilante na mão e, um segundo depois, ela deu um grito agudo sem palavras.

— Pare! Solte ela! Por favor! — Um misto de palavras entrecortadas saiu de sua garganta, seu corpo tremendo pelo esforço de arrastar o banco. Ele tinha que ajudá-la. Tinha que salvá-la.

— Como entramos em Eranahl? — Serin se voltou para ele. — Nada? Vejamos se ela aguenta perder os dedos.

— Derrubem o maldito portão! — Desesperado, Aren gritou as palavras. Embora fosse a verdade, não adiantaria de nada a eles. Mas se aquilo salvasse Lara...

— Como conseguimos isso? — Serin pegou outra ferramenta, e Aren caiu de joelhos, dizendo:

— Por favor.

— Uma estratégia, Aren. Diga uma estratégia, e tudo isso vai acabar.

Nesse momento, Lara se contorceu. Libertando-se das mãos dos guardas que a seguravam, ela se atirou na direção de Aren, caindo sobre ele. E, antes que os guardas pudessem alcançá-los, ela ergueu os punhos atados e arrancou o saco da cabeça.

Emra, a jovem comandante da guarnição Kestark, olhou para ele, cheia de agonia e desespero. Sangue escorria de sua boca, revelando por que ela não conseguia falar. Seus olhos estavam roxos e inchados.

— Idiotas — Serin repreendeu os guardas. — Peguem-na.

Os homens se aproximaram, com desconfiança, e Aren puxou a jovem contra si, embora soubesse que não conseguiria detê-los por muito tempo. E, depois que a capturassem, Serin a torturaria até a morte ou até Aren lhe dar o que ele queria.

Emra fez um barulho, a palavra quase indistinguível. Mas a súplica era clara.

Aren respirou fundo.

— Detenham-no! — Serin exclamou, mas Aren foi mais rápido. O estalo do pescoço de Emra fez os soldados pararem.

Devagar, ele colocou a jovem no chão, sem se dar ao trabalho de resistir quando os homens a arrastaram para longe dele.

— Pendurem-na — Serin disse, e Aren cerrou os dentes, obrigando-se a assistir aos homens a arrastarem até a muralha. Um dos soldados no alto jogou uma corda, que eles amarraram no pescoço de Emra, e o trio a ergueu até ela estar pendurada, fora do alcance, em uma das cornijas, o sangue pingando de seus pés no gramado verde.

— É assim que vai ser, Serin? — Aren se obrigou a manter a voz firme. — Você vai sequestrar jovens de Ithicana para se disfarçarem de Lara?

Corvus coçou o queixo.

— Sequestrar... Sabe, Aren, sequestrar não é a palavra certa. Implicaria que fomos atrás dessa avezinha quando, na verdade, ela voou até nós.

Aren sentiu um calafrio.

— Seu povo não parece disposto a abandonar você — Serin disse. — E, embora essa tenha sido a primeira tentativa de resgatá-lo, duvido que seja a última. — Então ele apontou para os soldados à espera. — Tragam as outras duas prisioneiras.

Mas, antes que eles pudessem se mover, uma voz cortou o ar.

— Meu Deus, Serin! Você não tem algum buraco ou lugar escuro onde possa conduzir esse tipo de atividade? O que vem a seguir? Decapitações à mesa do jantar?

Aren virou e se deparou com um homem esbelto vestido com as mais finas roupas maridrinianas, observando tudo a passos de distância, braços cruzados e o lábio curvado de repulsa. O homem se dirigiu a eles, evitando com cuidado os respingos de sangue no caminho. Atrás, dois soldados maridrinianos escoltavam uma mulher valcottana de punhos atados. Era alta e esguia, com cabelo escuro encaracolado e grandes olhos castanhos emoldurados por muitos cílios. Linda, mas sua pele marrom estava cheia de hematomas desbotados e o lábio inferior com um corte em cicatrização.

— Alteza. — Serin fez uma reverência rápida. — Pensei que estaria em Nerastis.

— Sim, bem, capturamos uma refém e tanto. Pareceu prudente me certificar de que ela chegasse inteira. Coisas quebradas valem menos.

Observando a cativa, Serin arqueou a sobrancelha.

— General Zarrah Anaphora, sobrinha da imperatriz. Vossa alteza se superou. Seu pai ficará contente.

— Duvido.

Serin fez um barulho evasivo.

— Agora que a entregou, imagino que vossa alteza voltará a Nerastis imediatamente.

Não era uma pergunta, mas uma afirmação. Quem quer que fosse esse filho de Silas, Corvus claramente não o queria em Vencia.

O príncipe colocou um cacho de cabelo loiro-escuro atrás da orelha, contemplando Aren com interesse estampado em seus olhos azuis.

— Esse que é o rei ithicaniano, então? É menos aterrorizante do que eu imaginava. Estou bem decepcionado em ver que ele nem tem chifres.

— O *ex*-rei. Ithicana não existe mais.

O príncipe olhou para Emra pendurada na muralha, depois de volta a Aren.

— Engano meu. Continuem.

Passando por Aren, ele se dirigiu à torre, seguido pelos soldados que escoltavam a general Anaphora.

Mas, enquanto passavam, ela se livrou deles, caindo de joelhos na frente de Aren.

— Lamento, majestade. — Ela o encarou, e Aren viu que seus olhos cintilavam de lágrimas. — Por tudo que vossa majestade perdeu. E pelo papel que representei nesse acontecimento. Rezo para um dia ter a oportunidade de me redimir.

Antes que Aren pudesse responder, um dos soldados a colocou de pé, rosnando:

— Você deveria estar rezando era para sua majestade não colocar sua cabeça em uma estaca no portão de Vencia, sua valcottana desgraçada!

Zarrah cuspiu na cara do homem, que ergueu a mão para bater nela, mas a voz gélida do príncipe o interrompeu.

— Por acaso esqueceu do destino do último homem que bateu em uma refém minha?

O soldado empalideceu e baixou a mão, murmurando:
— Ande logo.
O grupo passou, mas, antes de desaparecer do campo de visão, o príncipe gritou:
— Lembre-se de arrumar essa bagunça, Corvus!
— Busquem as outras duas prisioneiras — Serin disse, entre dentes. — Hora de ver o que mais sua majestade tem a oferecer.

6
LARA

— Como você chegou a Harendell e voltou sem se afogar no próprio vômito é um mistério, garota.

Lara ergueu o rosto da areia e passou a mão na boca, irritada porque, depois de três dias presa em mares bravios, agora era o *chão* que resolvera oscilar e balançar como forma de punição.

— Não quero repetir essa experiência. — Ela levantou devagar antes de limpar a areia da saia.

Só havia ela e Jor na praia. Os outros ithicanianos, os poucos sobreviventes da guarda de honra de Aren, permaneceram no barco, tão sombrios quanto os céus atrás deles.

— Não podemos perder tempo com essa missão — Jor disse, na versão mais gentil da frase que ela ouvira continuamente desde que haviam saído de Eranahl.

— Talvez não. — Lara curvou-se para pegar sua bolsa e a pendurou no ombro, olhando para as colunas íngremes que precisaria escalar. Melhor acabar com isso antes de o sol nascer. — Mas, considerando nossas circunstâncias, não creio que tenhamos muita escolha.

— Poderíamos atacar agora. O canalha do seu pai está com Aren há *semanas*, Lara. Só Deus sabe o que fez com ele.

— Meu pai não vai machucá-lo. Não enquanto achar que Ahnna pode abrir mão de Eranahl em troca do retorno de Aren.

Lara estivera presente quando a princesa ithicaniana recebeu a carta de Silas. Tinha lido com seus próprios olhos, enquanto Ahnna se curvava de sofrimento, e as palavras ainda dançavam em seus pensamentos.

À sua alteza real, princesa Ahnna Kertell de Ithicana,

É tempo de acabar com a guerra. Em um gesto de paz, seu irmão, Aren Kertell, será entregue à vossa alteza em troca da rendição da ilha de Eranahl às forças navais que a cercam. Se forem pacíficos, os ithicanianos serão trazidos a Maridrina e, depois de certo período, receberão terras no interior onde possam se instalar. Esperamos que vossa alteza use de mais empatia e discernimento do que seu irmão a respeito do futuro de seu povo.

Respeitosamente,
Silas Veliant, rei de Maridrina e mestre da ponte

Na ocasião, ela disse a Ahnna:

— Ele está mentindo. Se você abrir os portões, ele vai massacrar todos.

— Eu sei — Ahnna respondeu, erguendo o rosto. — Mas, se eu recusar, ele pode concluir que Aren não tem mais serventia.

— Ele sabe que vou atrás de Aren. Não vai desistir da chance de me ver morta.

A princesa a encarou.

— Ele sabe que você vai resgatar Aren. Mas também sabe que você muito provavelmente vai tentar se vingar.

Jor tossiu, trazendo Lara de volta à realidade.

— Seu pai sabe que Ahnna não vai aceitar esse acordo.

— Talvez. Mas é impossível tirar proveito dos mortos, e para ele não custa nada manter Aren prisioneiro. Ele vai deixar Aren vivo ao menos até a guerra ser vencida.

— Até Eranahl cair, você quer dizer.

Lara resmungou que sim. *Esse* era o relógio contra o qual eles estavam correndo. A cidade estava lotada e, mesmo com o racionamento em vigor, os estoques estavam se esgotando em um ritmo alarmante. Os pescadores saíam em peso sempre que havia uma pausa nas tempestades, mas não se atreviam a ir muito longe. Não com o pai dela pagando os amaridianos para enfrentarem mares violentos a fim de vigiar a fortaleza da ilha. Eranahl tinha o suficiente para resistir até o começo da próxima estação de tempestades, porém nem um dia a mais. Se chegassem a esse ponto, Ithicana estava completamente perdida.

Jor a encarou.

— E, com tanta coisa em jogo, você quer que a gente espere sentado enquanto você tenta organizar um reencontro familiar?

— Seria o ideal. — Lara franziu a testa, olhando para o céu do amanhecer. — Mas imagino que você queira continuar jogando a vida de nossos melhores homens e mulheres fora, tentando se infiltrar no palácio do meu pai. E isso vai fazer com que esse resgate seja ainda mais difícil quando chegar a hora. Temos que trabalhar juntos para conseguirmos alguma chance de libertar Aren. Se isso não for suficiente para você, lembre-se que Ahnna concordou com esse plano. E, até onde sei, é *ela* quem está no comando.

Jor soltou um suspiro ressentido, e Lara o observou com cautela. A situação era difícil para o velho soldado. Ele estava com o grupo que combatia os maridrinianos quando Aren foi capturado, e ela sabia que Jor se culpava, embora não fosse culpa dele. Lara tinha conseguido arrancar os detalhes de Lia, guarda-costas de Aren, e descobriu que a imprudência de Aren finalmente havia gerado consequências. Ele havia se infiltrado demais e, quando os maridrinianos se deram conta do precioso refém que tinham em mãos, recuaram, sem dar a mínima chance de Jor e o restante o recapturarem.

— Não é culpa sua.

— Você tem razão — ele retrucou. — É *sua*. E não existe *nós*. Existe *nós* e existe *você*, então nem pense em reivindicar os homens e mulheres que lutaram e morreram tentando desfazer os seus... *erros*.

Embora quase todos os ithicanianos com quem ela cruzou tenham disparado alguma variação dessas palavras na cara dela, Lara se encolheu. Ela merecia a ira de Jor, a desconfiança e o ódio dele, porque Ithicana havia caído por culpa *dela*. O fato de ter sido um erro agravado por sua própria covardia só piorava as coisas.

— Eu sei, Jor. É por isso que estou fazendo tudo que posso para reparar o mal que causei.

— Não dá para trazer os mortos de volta à vida.

— É melhor torcer para que dê — ela respondeu, lembrando de suas irmãs estateladas ao redor da mesa de jantar, sem respirar, olhos imóveis. — Ou estamos ferrados.

Jor cuspiu na areia.

— Toma aqui as suas armas de volta. — Ele pegou o saco a seus pés, depois praguejou quando o ergueu e o tecido pendeu vazio.

Sorrindo, Lara ergueu a barra da saia, revelando uma das facas que havia roubado algumas horas antes.

— Pensamos que Maridrina havia enviado uma ovelha — ele disse, balançando a cabeça. — Mas o tempo todo tínhamos uma loba jantando à nossa mesa, enganando todos.

— Aren sabia. — *E a amara, apesar de tudo.*

— Sim. E olhe onde foi parar por causa disso.

O rosto de Aren, arrasado de sofrimento pela traição, tomou

conta da mente dela, mas Lara afugentou a memória. Ela não podia mudar o passado, mas tinha todas as intenções de moldar o futuro.

— Voltarei daqui a algumas semanas. Se eu não voltar, significa que morri. — Lara virou na direção de Maridrina. Se o que Marylyn havia dito era verdade, suas irmãs estavam em algum lugar, vivas e bem.

E era hora de Lara cobrar sua dívida.

7
AREN

— Diga como invadir Eranahl.

Serin sussurrou as palavras; sentir o hálito daquele homem no ouvido foi algo que trespassou a exaustão de Aren e fez ondas de repulsa descerem por sua espinha. Durante dias ficara trancado no quartinho minúsculo e estéril, submetido às perguntas do mestre de espionagem, recusando-se a responder todas elas.

— Não tenho nada a dizer — Aren rosnou através do pedaço de madeira que foi colocado entre seus dentes, para que ele não inventasse de arrancar a própria língua com uma mordida. — É impenetrável.

— E os desfiladeiros? — O tom da voz de Serin não mudava, independentemente do que Aren dizia. Por mais que se esforçasse para que ele mordesse a isca. — Um soldado sozinho conseguiria entrar despercebido na cratera do vulcão?

— Por que você não tenta? — Aren tentou virar só o suficiente para ver o mestre de espionagem, mas o movimento fez seu corpo todo girar nas correntes que o penduravam, a visão embaçada pelo sangue que descia à cabeça. — Imagino que já tenham tentado. Minha irmã usou os quebra-navios para atirar os cadáveres nas suas embarcações? A pontaria de Ahnna é *muito* boa. — Se ela ainda estivesse lá. Se ainda estivesse viva.

— Descreva o interior da cratera para mim. — Serin acompanhou Aren enquanto ele girava. — Como é? De que materiais os prédios são feitos?

— Use a imaginação — Aren sibilou, mas estava com dificuldade para manter o foco, sua consciência diminuindo e se perdendo.

Sem se deixar deter, Serin continuou fazendo perguntas.

— O portão... É do mesmo estilo do rastrilho da Guarda Sul?

— Vá à merda.

— Quantos soldados o protegem?

Aren cerrou os dentes, desejando desmaiar, mas ciente de que seria acordado com um balde de água na cara. E então haveria mais perguntas. Perguntas sem fim. Aren sabia. Depois de dias desse tormento, Aren *sabia*.

— Quantos navios vocês mantêm dentro daquela caverna? Quantos civis moram na ilha? Quantas crianças?

Aren só queria dormir. Qualquer coisa, qualquer coisa para dormir. Mas Serin só esperaria alguns minutos para despertá-lo das piores formas possíveis. Formas que faziam seu coração querer saltar pela boca de pânico.

— Que tipo de provisões a cidade tem? Onde ficam guardadas? Qual é a fonte de água?

— Chuva, óbvio! — As palavras escaparam dos lábios de Aren, o corpo todo tremendo e balançando. Quente, depois frio. Por que aquele homem estava fazendo perguntas tão idiotas?

De repente, Aren foi descido ao chão da cela. Dois guardas o seguraram por baixo do braço e o arrastaram para o leito, onde ele foi jogado sem cerimônia, um deles tirando o pedaço de madeira de sua boca e, em seguida, dando a ele um copo de água. Aren o virou de um gole só, e o guarda o encheu de novo sem fazer nenhum comentário.

Caído no leito, Aren se encolheu, curvado sobre os punhos acorrentados.

Não tem problema responder perguntas inúteis, ele disse a si mesmo, mal notando quando o guarda o cobriu. Mas sua ansiedade o seguiu durante o sono.

Ele sonhou com a Guarda Média.

Com as fontes termais do pátio.

Com Lara.

Sonhou que a ensinava a boiar de costas, seu corpo nu flutuando nas mãos dele, seu cabelo rodopiando em redemoinhos da correnteza. Ela arqueou as costas, os seios fartos aparecendo na superfície, os mamilos rígidos enquanto gotas de chuva fria caíam. O olhar de Aren passeou até as planícies da barriga dela, parando onde a espuma da cascata revelava e escondia o ápice de suas coxas, acendendo um desejo que no fundo nunca se apagava quando ele estava na presença dela.

— Relaxe — ele murmurou, sem saber se estava falando com ela ou consigo mesmo. — Deixe a água carregar você.

— Não vou ficar nada feliz se você me soltar — Lara respondeu.

— A água está batendo na cintura.

Ela abriu os olhos para observá-lo, o vapor se condensando em seus cílios.

— A questão não é essa.

Sorrindo, ele se curvou e a beijou nos lábios, sentindo o sabor dela antes de sussurrar:

— Nunca vou soltar você.

Mas, em vez de responder, Lara gritou.

Aren arregalou os olhos e tentou sentar, mas estava amarrado à cama. O quarto estava mergulhado em uma escuridão absoluta, e Lara gritava, a voz cheia de dor e medo.

— Lara! — ele gritou, debatendo-se contra as amarras. — Lara!

Então os gritos cessaram, e ele ouviu apenas o barulho de passos ao longe. Uma porta abriu e fechou, então uma lamparina acendeu, queimando seus olhos e revelando o rosto encapuzado de Serin.

— Bom dia, Aren.

Aquele grito não fora de Lara. Era apenas mais um joguinho de Serin. Controlando-se, Aren disse:

— Já tive dias melhores.

Corvus sorriu.

— Mais duas pessoas de seu povo foram capturadas ontem à noite nos esgotos embaixo do palácio, pelo visto não sabiam da nossa mais nova medida de segurança. Quer me acompanhar enquanto ofereço a eles a *verdadeira* recepção maridriniana?

8
LARA

Lara protegeu os olhos do brilho ofuscante do lago entre as montanhas, observando com atenção os detalhes da cidade construída entre as árvores na margem ocidental. Ao longo da última semana, ela havia visitado uma dezena de cidades iguais àquela, perguntando, com todo o cuidado, sobre uma mulher bonita de cabelo preto e olhos azuis como o oceano.

Sarhina. Sua irmã favorita. Sua irmã mais próxima. A irmã para quem Lara havia deixado a carta de explicação instantes antes de tê-la envenenado junto com as outras.

Lara tivera tanta certeza de que elas entenderiam sua mentira... Que acordariam de seu estupor à beira da morte, encontrariam a carta e descobririam que a irmã tinha lhes proporcionado uma chance de viver em liberdade. Que talvez não ficassem gratas, mas ao menos saberiam que essa tinha sido a única forma de todas sobreviverem.

A fúria de Marylyn havia abalado sua convicção.

Ela era a que tinha mais motivos para ter raiva. Marylyn era a filha escolhida — destinada a ser a rainha de Ithicana —, e Lara havia lhe roubado aquela honra. *Ou melhor, havia roubado as recompensas que seu pai prometera que viriam disso*, ela lembrou a si mesma, pensando no brilho maníaco nos olhos de Marylyn ao revelar suas verdadeiras motivações.

Talvez as outras irmãs tivessem o mesmo motivo para odiar Lara e o que ela havia feito. Elas passaram a vida inteira em busca de uma posição — uma posição que Marylyn havia conquistado e que Lara roubou com subterfúgios. Ela mentiu para todas. Envenenou todas. Largou todas à própria sorte no deserto Vermelho sem camelos nem provisões. Até que constatasse o contrário, apostaria que as irmãs iriam cortar sua garganta assim que colocassem os olhos nela.

Sarhina era a única delas que, Lara tinha certeza, perdoaria suas ações.

A mais inteligente dentre as irmãs, Sarhina era uma combatente brutal, uma estrategista fria e uma líder nata. Ainda assim, havia alcançado resultados medianos diversas vezes quando, por inúmeros motivos, deveria estar no topo. Mediana de propósito, Lara passou a crer, mas se algum de seus mestres havia desconfiado das táticas da irmã, nunca conseguiu provar. Sarhina nunca foi tola o bastante para admitir que estava sabotando as próprias chances de se tornar rainha, mas os medos eram reveladores, como Lara veio a descobrir.

— Dizem que Ithicana é envolta por névoas tão densas que não dá para ver a mais de dez passos de distância para nenhum lado — Sarhina havia dito para ela, entre sussurros, nas noites escuras no quarto que compartilhavam. — Que as matas são tão fechadas que é preciso abrir caminho com um facão, e que os desavisados ficam presos nos galhos, e as moscas, em uma teia de aranha. Que, quando está nas ilhas, você nunca vê o céu.

— Parece uma maravilha — Lara murmurou. — Seria bom ter um alívio do sol.

— Parece uma tumba — Sarhina respondeu.

Os receios de Sarhina não pareceram ter muita importância na época, mas, à medida que Serin intensificava o treinamento das irmãs, tornando-as cúmplices na tortura umas das outras, Lara passou a entender o que aquilo significava. Viu a irmã sucumbir no fosso enquanto as outras jogavam pás de areia na cabeça dela, enterrando-a viva. Percebeu que ela suplicava e oferecia qualquer informação para se livrar daquilo.

Serin apenas erguia as mãos, com repulsa, dizendo aos gritos que os ithicanianos a enterrariam viva de verdade se ela confessasse; depois, ordenava que ela fosse atirada de volta ao fosso para repetir o exercício. Incontáveis vezes, até Sarhina aprender a dominar seu pavor. Escondê-lo. Compensá-lo.

Mas nunca vencê-lo.

Era por isso que Lara estava no ponto mais alto de Maridrina: as montanhas Kresteck. A cordilheira seguia pela costa oriental, escarpada e silvestre, cheia de lagos cintilantes, riachos barulhentos e o cheiro fresco de pinho. Era pouco povoada, em sua maioria por caçadores que viviam isolados em cabanas rústicas, além de algumas poucas aldeias escondidas em vales e à margem de lagos que raramente abrigavam mais do que cem pessoas. A cordilheira era perigosa de atravessar, sujeita a deslizamentos, enchentes e, no inverno, avalanches, fenômenos agravados por bandoleiros que assombravam as poucas rotas estabelecidas a norte e a sul.

Um lugar horrível na opinião de Lara, frio e inóspito. Mas os picos chegavam perto do céu, a vista ampla e aberta por muitos quilômetros para todos os lados e, em seu coração, Lara sabia que era para lá que Sarhina havia ido.

Encontrá-la, porém, seria outra história. Nos dias que precederam aquele fatídico jantar no oásis do deserto, ela não teve nenhuma oportunidade de pensar em como poderia se reencontrar com as irmãs no futuro — não sem revelar seu plano. Por isso dependia que *Sarhina* a encontrasse. Elas sabiam que o pai as queria mortas. Provavelmente sabiam que o disfarce que Lara lhes havia proporcionado tinha sido comprometido por Marylyn. De qualquer forma, elas estariam preparadas para serem perseguidas. E estariam igualmente preparadas para cuidar de qualquer um que fosse atrás delas. Assim como Lara, todas as irmãs Veliant eram caçadoras; ela só precisaria acionar uma de suas armadilhas.

E, considerando a informação que conseguira na última cidade, de que ali talvez houvesse uma jovem que correspondia à descrição de Sarhina, Lara tinha certeza de que finalmente havia conseguido.

Depois de descer da montaria, Lara amarrou o pônei um pouco longe da trilha, para que não fosse visto, e foi em direção à aldeia. As chaminés das casas soltavam fumaça, e ela avistou dois homens pendurando pedaços de couros para secar. A pele viajaria pela ponte e seria vendida para forrar casacos e luvas de nobres harendellianos ou amaridianos. Outro homem, em boa forma e sem blusa, cortava lenha, formando uma pilha impressionante. Uma velha estava agachada perto de uma fogueira, regando a carne que girava em um espeto, e, atrás dela, um grupo de crianças corria entre as construções, suas risadas atravessando as árvores até alcançar os ouvidos de Lara.

Ela contornou a cidade, memorizando cada indivíduo, as armas que usavam e as melhores rotas de fuga caso a situação se complicasse. O povo da montanha era bastante pacífico, mas a necessidade fazia com que tivessem receio de estranhos e de combatentes habilidosos. Ninguém a havia importunado ainda, mas isso poderia mudar a qualquer momento. E a última coisa de que ela precisava era que chegasse aos ouvidos de Serin em Vencia a notícia de que uma mulher com o seu perfil tinha sido vista, ainda mais se essa mulher estivesse procurando outras que se encaixavam na descrição de princesas Veliant.

Satisfeita com o reconhecimento do terreno, Lara deu um passo em direção à cidade, a história de sua busca por uma irmã perdida na ponta da língua, quando a porta de uma das casas abriu e Sarhina saiu, um cesto embaixo do braço.

Lara parou de repente enquanto observava a irmã atravessar a área comum até o homem que cortava lenha. Ele parou a tarefa, secando o suor da testa antes de se curvar para sussurrar algo no ouvido dela. A risada de Sarhina atravessou o ar, e a irmã se recostou, o manto se abrindo e revelando duas facas de casamento presas no cinto, sobre a barriga grávida.

Lara não conseguiu respirar.

Lançando uma piscadinha sedutora para o homem sorridente, Sarhina continuou pela trilha na direção da floresta, o manto esvoaçante às suas costas.

Lara não se moveu, constatando lentamente que as coisas haviam mudado. Inexplicavelmente imaginava que encontraria as irmãs na mesma página em que as havia deixado no oásis: princesas guerreiras disputando o direito de defender seu território. Como se estivessem em uma espécie de estagnação. Mas um ano e meio havia se passado, e ao menos Sarhina tinha seguido em frente.

Tinha se casado.

Estava grávida.

Tinha construído uma vida.

Assim como Lara havia torcido para que a irmã fizesse. Como poderia atrapalhar isso agora? Como poderia colocar em risco tudo que Sarhina havia construído para si, a vida das pessoas que ela claramente amava, para corrigir os erros de Lara? Para salvar um homem?

Lara fechou os olhos, lágrimas escorrendo até o lenço em seu pescoço. Ela sabia que precisava se afastar. Deixar a irmã viver na paz que conquistara para si. Tentar encontrar alguma das outras... Cresta. Talvez Bronwyn.

Ou talvez nenhuma delas.

Talvez precisasse fazer isso sozinha.

Então uma lâmina pressionou seu pescoço, e uma voz familiar disse:

— Se o seu plano era nos pegar desprevenidas, Marylyn, você é ainda mais maluca do que imaginávamos.

9
LARA

— Marylyn está morta.

A mulher que segurava a faca respirou fundo, mas a lâmina continuou na garganta de Lara mesmo quando seu capuz foi puxado, revelando seu rosto.

— *Lara?* Nós pensamos que *você* estivesse morta.

— É difícil matar a baratinha. — Ela virou a cabeça, vendo a irmã morena mais alta pelo canto do olho. — Pode tirar a faca, Bron?

— Não antes de você explicar o que está fazendo aqui.

— Baixe essa porcaria de faca, Bronwyn. — A voz de Sarhina cortou o ar frio. — Se Lara quisesse matar você, essa faquinha não a impediria.

— Nem por isso vou facilitar para ela.

— Relaxa, Bron — Lara disse. — Não estou aqui para arrumar problemas.

— Você só sabe arrumar problemas.

Era verdade. Suspirando, Lara ergueu o braço de repente, agarrando a mão de Bronwyn e forçando a faca na direção do peito dela enquanto girava e escapava por baixo do seu braço. Mas em vez de usar o impulso para cravar a lâmina entre as costelas da irmã, Lara a soltou e recuou. Do outro lado da clareira, Sarhina foi até elas, seguida por Cresta, que parecia se divertir.

— Eu avisei, Bron. — Sarhina colocou a mão na cintura, a cesta ainda pendurada no braço. — Você poderia ter evitado essa vergonha.

— Vou lembrar disso da próxima vez. — Bronwyn massageou o punho, de cara amarrada.

— É de verdade? — Lara apontou para a barriga da irmã, hipnotizada.

— Tomara — Cresta disse, abrindo um sorriso sarcástico. — Não tem outra explicação para a quantidade de gases que ela anda soltando.

Sarhina revirou os olhos.

— Você ainda tem mais três meses pela frente.

— Aquele homem na cidade cortando a lenha é o pai? — Lara perguntou.

— O pai e meu marido. — Sarhina ajeitou o cabelo preto e sedoso atrás da orelha. — Mas temos questões mais importantes para discutir do que minha vida amorosa.

Nenhuma delas falou nada, as quatro irmãs se encarando em um silêncio taciturno; o único som era o vento soprando entre os pinheiros. Era uma estranha agora, Lara constatou. Não fazia mais parte do grupo. Seria por causa do que havia feito? Ou porque o último ano e meio havia mudado as irmãs tanto quanto mudou Lara?

Como era de esperar, Sarhina quebrou o silêncio.

— Você disse que Marylyn morreu. Foi nosso pai que a matou?

Um gosto amargo encheu a boca de Lara, e ela engoliu em seco.

— Não. Fui eu.

A tensão entre as quatro cresceu, Cresta e Bronwyn se remexendo, inquietas, levando as mãos na direção das armas, depois relaxando. Apenas Sarhina permaneceu imóvel.

— Por quê?

— Nosso pai a mandou para me matar na noite em que conquistou Ithicana. Ela ameaçou meu mari... o rei de Ithicana. E ameaçou vocês. — O sangue rugia em seus ouvidos, cada palavra precisando ser arrancada à força da garganta. — Ela estava agindo como se... As coisas que ela disse... Alguém precisava ter feito isso.

Sarhina estreitou os olhos, formando uma ruga entre as sobrancelhas.

— Por que nosso pai iria querer ver você morta? É claro que suas... *conquistas* superaram aquela pequena farsa que você aprontou no oásis, não?

— Talvez ele quisesse Lara morta *por causa* das conquistas dela. — Cresta tocou no cabo da espada. — Ele não precisava mais dela, e *todas* nós sabemos como Silas gosta de eliminar pontas soltas. — Erguendo a mão, ela passou um dedo diante do pescoço.

— Foi porque eu o traí.

As três irmãs a encararam com seus olhos azuis cheios de incredulidade.

— Traiu como? — Sarhina perguntou. — Você fez *exatamente* o que você... o que *nós* fomos treinadas a fazer. Se infiltrou nas defesas de Ithicana e criou uma estratégia para derrotá-los. Uma estratégia claramente eficiente, considerando que Ithicana foi derrotada, o rei está preso e nosso pai tem o controle total da ponte.

O coração de Lara batia em um ritmo irregular no peito, sua respiração tão rápida e ofegante que parecia não encher seus pulmões. Não havia orgulho na voz de Sarhina ao falar sobre o que Lara havia feito; era um tom de condenação.

Elas sabiam.

Sabiam que tinham escutado mentiras durante a maior parte da vida — que Ithicana não era o opressor com sede de poder assim como Maridrina não era a vítima esfomeada. Sabiam que Lara não era uma heroína que salvou a nação, mas sim uma conquistadora com sangue nas mãos que havia capturado um prêmio de guerra.

— Lara?

As palavras que ela havia preparado para explicar o que aconteceu entre ela e Aren desapareceram de sua cabeça, deixando-a boquiaberta feito uma idiota.

Mas Sarhina sempre sabia o que ela estava pensando.

— Você se apaixonou por ele, não foi? Pelo rei ithicaniano? Contou para ele o que tinha sido enviada para fazer e tentou desfazer a confusão que havia causado, mas nosso pai descobriu. Algo assim, certo?

— Algo assim. — Lara sentou no chão úmido, tentando sem sucesso controlar a náusea que revirava suas entranhas, enquanto uma lágrima quente escorria pelo rosto. — Fiz besteira.

— Não surpreende. Você controla suas emoções tão bem quanto Bronwyn executa um ataque de faca por trás. Muito mal. — Sarhina sentou no chão à frente de Lara. — Você fez besteira, e agora nosso pai colocou as garras no seu reino e no seu marido.

— Resumindo, sim.

Sarhina olhou para ela com perspicácia, depois balançou a cabeça.

— E me deixe adivinhar: você está aqui porque precisa da nossa ajuda para recuperá-los.

10
LARA

SARHINA E SEU MARIDO, ENSEL, moravam em uma das cabaninhas em Renhallow. A casa deles era feita de troncos velhos que tinham sido encaixados uns aos outros de maneira engenhosa, como peças de um quebra-cabeça, protegendo-os muito bem do frio. Cheirava a lenha e pinho, e todos os móveis foram feitos à mão por Ensel, cobertos por confortáveis mantas tecidas por sua mãe, que morava na casa ao lado. Tapetes em tons escuros de azul e verde decoravam o piso limpo de madeira, e a sala principal era dominada por uma mesa de madeira pesada, com tampo cheio de entalhes e marcas, mas polida a ponto de brilhar.

Era estranhamente reconfortante, mesmo sendo a primeira vez que pisava ali, mas Lara logo entendeu que a sensação era porque aquela era a casa de sua irmã, e o toque de Sarhina transparecia de diversas formas. Jarros perfeitamente enfileirados, panelas penduradas com capricho e botas com os saltos arrumados em linha reta. Sarhina encontrava conforto na ordem, e Lara encontrava conforto na irmã, então parecia certo se acomodar na mesa da cozinha de frente para ela.

Ela e Sarhina observaram Bronwyn colocar uma chaleira para ferver, a luz do fogo deixando seu cabelo castanho em um tom de cobre. Cresta apareceu atrás de uma pilha de lenha, ajoelhando-se ao lado de Bronwyn para atiçar as chamas, seu cabelo avermelhado caindo em uma trança grossa pelas costas. As duas eram próximas assim como Lara e Sarhina, embora fossem completamente diferentes. Bronwyn era alta, desbocada e aberta em relação aos sentimentos, enquanto Cresta era miúda, falava pouco e só demonstrava seus sentimentos quando queria.

— Onde vocês duas ficam?

— Com a mãe de Ensel — Bronwyn respondeu. — Ela precisa de ajuda e nós precisamos de um teto, então é o acordo perfeito.

— Onde estão as outras?

— Não sabemos. Parecia melhor que não soubéssemos caso Serin capturasse alguma de nós.

— Espertas. Imagino que tenham formas de entrar em contato umas com as outras, certo?

— Talvez sim, talvez não. — Bron virou as costas magras para o fogo, querendo se aquecer.

Cresta recostou na parede, franzindo a testa, e Lara sentiu a desconfiança que irradiava da irmã sem que ela precisasse dizer nada, e achava que sabia o motivo.

— Quando vocês descobriram que Marylyn não estava do nosso lado? — Lara perguntou, aceitando uma xícara fumegante de Ensel. — Ela ficou brava depois que acordou do efeito das drogas?

— *Todas nós* ficamos bravas com você depois que acordamos, Lara. Ou pelo menos depois que vimos que você não estava entre os mortos — Cresta disse. — Você tem noção de como foi acordar cercadas por fumaça, fogo e *cadáveres?* Ainda tenho pesadelos quase todas as noites.

— Você desapareceu. — Sarhina encarou a mesa entre elas, os olhos distantes. — Acordei com a pior dor de cabeça da minha vida, tão enjoada que mal conseguia ficar em pé, mas só conseguia pensar que você tinha desaparecido. Que tinha morrido lutando.

O estômago de Lara se revirou.

— Mas a carta...

— Procurar uma carta no bolso *não* foi a primeira coisa que pensei em fazer. — Sarhina ergueu a cabeça e encarou Lara. — A primeira coisa que fizemos foi revirar os cadáveres, tentando encontrar você. Ela virou as mãos para cima, revelando as palmas manchadas por cicatrizes rosa. Marcas de queimaduras. — Todas temos. Até mesmo Marylyn.

— Me desculpe. — A culpa a dominou. — Foi a única coisa em que consegui pensar para tirar todas vocês vivas dali.

— Você não pensou em nos contar sobre o plano do nosso pai? — Bronwyn perguntou ao lado da lareira. — Teria sido um bom começo. Pelo menos teríamos acordado sabendo o que estava acontecendo.

— É óbvio que pensei nisso. Mas quando nós doze concordamos em algo sem passar dias brigando? — Lara tomou um gole do chá, se encolhendo ao queimar a língua. — Seria uma briga para decidir o que fazer. Depois para decidir quem deveria ir para Ithicana. Então, voltaríamos a discutir sobre o que fazer. Não tínhamos tempo para isso, então tomei a decisão.

— E estamos todas vivas graças a isso — Sarhina disse, encerrando a discussão como sempre fazia. — Mas, respondendo a sua pergunta, Marylyn não tocou muito no assunto até sairmos do deserto Vermelho. Depois não disse mais nada, só desapareceu à noite. Nosso primeiro indício de que ela havia nos traído foi quando os soldados do nosso pai começaram a nos caçar. — Ela cuspiu na fogueira do outro lado da sala. — Vadia traiçoeira.

— Ela não era quem pensávamos. — Embora Lara ainda se sentisse mal sempre que lembrava da morte da irmã. Ainda sentia o estalo do pescoço de Marylyn reverberando em seus braços. Ainda via a luz se apagar nos olhos dela.

— Puxou nosso pai — Cresta murmurou. — Mais do que qualquer uma de nós.

Todas ficaram em silêncio por um tempo, e o único som era o crepitar da lareira e os barulhos suaves que Ensel fazia enquanto preparava o jantar, picando cenouras metodicamente para o refogado. Elas haviam contado que ele era surdo, mas Sarhina logo acrescentou que ele conseguia ler lábios até em uma noite sem luar, e Lara sentia o olhar dele enquanto perguntava:

— Como vocês conseguiram se esconder dos soldados do nosso pai?

Sarhina deu de ombros.

— As pessoas daqui não são amigas dele, nem de Serin. Quando forasteiros chegam fazendo perguntas, recebemos um aviso. Se chegam perto demais, damos um jeito neles. Mas isso não é sustentável. Serin sabe que estamos aqui nas montanhas, e é só uma questão de tempo até uma de nós ser pega.

— E vocês têm um plano para isso?

— Planejamos nos separar de vez quando a estação de tempestades terminar. Pegar navios a norte e a sul e ir para lugares fora do alcance de Serin.

Lara olhou para Ensel, depois para Sarhina.

— Até você?

— Não. Este é o meu lar agora.

Um lar que estaria sob constante ameaça, porque todas sabiam que Silas nunca pararia de caçá-las.

Sentindo a necessidade de aliviar a tensão que havia crescido no ambiente, Lara perguntou:

— Como vocês dois se conheceram?

Um sorriso suave se formou no rosto de Sarhina enquanto ela erguia os olhos para o marido, que estava observando seus lábios se moverem.

— Depois que pegamos o que precisávamos do complexo, seguimos para o leste para sair do deserto. Assim que Marylyn partiu, decidimos que era mais seguro nos dividirmos em grupos menores, então eu, Bron e Cresta nos aventuramos nas montanhas. Não tínhamos dinheiro, então caçávamos o que conseguíamos e roubávamos o resto. Na maioria das vezes de viajantes na estrada que pareciam ter de sobra, mas já fomos obrigadas a roubar das aldeias. Ou passar fome.

A culpa de Lara aumentou ao saber que as irmãs haviam passado fome enquanto ela se fartava das melhores comidas que existiam. Que elas haviam dormido no relento, no frio e no chão enquanto ela se banhava nas fontes termais da Guarda Média.

— Fazia mais ou menos uma semana que entrávamos em Renhallow às escondidas — Sarhina continuou. — Pegando legumes e verduras das hortas. Roubando uma ou outra galinha.

— Foram quatro galinhas, amor. — Ensel murmurou, depois voltou a olhar para os legumes na frente dele. — Vocês sabem umas cem maneiras de matar um homem, mas não sabem apanhar um coelho com uma armadilha.

Sarhina corou.

— Enfim, eu estava prestes a pegar a quinta, mas Ensel tinha montado uma armadilha na frente do galinheiro, e eu pisei nela. Acabei pendurada de cabeça para baixo com uma flecha apontada para o meu rosto.

Ensel sorriu.

— Pensei que havia capturado uma aparição. Mal sabia eu que havia capturado algo muito mais perigoso. — Afastando-se do fogão, ele se inclinou para beijar Sarhina.

— Ele me conquistou com esses lindos elogios, e decidi ficar.

E agora Lara estava ali para levá-la embora. Para colocar em risco sua irmã e seu sobrinho, tentando corrigir os próprios erros.

— Eu não deveria ter vindo — Lara disse, levantando. — Não é certo da minha parte pedir sua ajuda. Vocês seguiram em frente.

— Seguimos mesmo? — Sarhina nem piscava. — Quem é você para julgar? E, mesmo se tivermos seguido, não significa que esquecemos o que o nosso pai, Serin e o resto fizeram conosco. Não há tempo nem distância que nos faça esquecer isso.

Cresta e Bronwyn concordaram.

— Nosso pai precisa pagar — Sarhina continuou. — E eu pelo menos sentiria um grande prazer se ele pagasse com o que nos treinou para fazer. Porque, conhecendo você como conheço, seu plano não se limita a resgatar o rei de Ithicana.

Lara abriu um sorriso irônico, depois balançou a cabeça.

— Mas ele é crucial. Por Ithicana, tenho que libertá-lo. — E por si mesma também. — Mas será perigoso. Ele está trancado no palácio em Vencia, cercado por guardas a todo momento. Os ithicanianos tentaram diversas vezes resgatá-lo, mas até agora todos que chegaram lá foram capturados ou mortos. — Ao ver o brilho pretensioso nos olhos de Bronwyn, Lara acrescentou: — Eles são bons lutadores, e espiões ainda melhores, Bron. O fato de não terem conseguido significa que talvez seja impossível.

Ao contrário do esperado, o brilho nos olhos da irmã cresceu ainda mais.

— Fomos treinadas para fazer o impossível. E, por bem ou por mal, o que você fez provou que somos mais do que capazes.

— Nosso pai e Serin sabem que vou atrás de Aren. E Serin, em especial, sabe tudo que fui treinada para fazer. Como penso. Ithicana não tem essa vantagem.

— Você veio aqui para nos convencer ou nos dissuadir? Porque está parecendo mais a segunda opção — Bronwyn disse, a cabeça inclinada.

Pelo canto do olho, Lara conseguia ver Ensel as observando com atenção, lendo seus lábios. Então ela virou diretamente para ele.

— A vida de vocês não vale menos do que a de Aren. Nem a vida do bebê em sua barriga, Sarhina.

Ensel cerrou o maxilar, olhando para a esposa, travando uma conversa em silêncio. Então ele expirou e fez um aceno rápido com a cabeça.

— Algumas coisas precisam ser feitas — Sarhina disse —, não importa o risco. Não quero que meu bebê cresça com esse legado, Lara. Quero que tenha orgulho da mãe. E das tias.

Mordiscando o interior das bochechas, Lara considerou continuar argumentando, mas disse:

— Você precisa ficar de fora dessa luta. Quero que prometa.

De repente, Lara caiu de costas, a cadeira em que estava sentada arrancada com um movimento rápido do pé da irmã por baixo da mesa.

— Você é uma idiota — Lara murmurou, massageando a parte de trás da cabeça enquanto Cresta e Bronwyn riam.

Sarhina contornou a mesa, depois se abaixou para que ficassem cara a cara.

— Eu estou no comando, majestade. Entendido?

Lara fez uma careta para ela, depois sorriu.

— Entendido.

— Vocês duas — Sarhina disse a Cresta e Bronwyn —, encham o bucho, depois arrumem suas coisas e pé na estrada. Está na hora de as irmãs Veliant terem um pequeno reencontro.

II
AREN

O vento soprava pelo jardim, farfalhando as roseiras bem cuidadas e as sebes esculpidas antes de sair sibilante pelas cornijas que adornavam a muralha, deixando para trás o rangido das cordas segurando os cadáveres. Eram dezoito agora. Dezoito ithicanianos mortos na tentativa de resgatar seu rei. Na tentativa de resgatar *Aren*.

Ele não merecia isso. Não merecia a vida deles. Afinal, foram *suas* escolhas que haviam causado tudo aquilo a Ithicana. Lara podia ter escrito a carta com todos aqueles detalhes comprometedores, mas, se ele não tivesse confiado nela, se não tivesse *se apaixonado* por ela, ela jamais teria o poder de prejudicar o povo dele.

Mesmo assim, os corpos balançavam, e mais um homem ou mulher chegaria dali a tantos dias. Às vezes um período maior se passava, e Aren alimentava a esperança vã de que seu povo havia desistido. Então Serin voltava com mais um refém se debatendo, e Aren se fechava como em um casulo; era a única maneira de conseguir encarar as coisas a que Serin submetia seu povo sem entregar todos os segredos de Ithicana.

O cadáver de Emra não passava de um esqueleto destruído pelas gralhas, impossível de ser identificado exceto pela memória de Aren. Mas os cadáveres mais recentes o observavam com as cavidades oculares vazias, rostos conhecidos escurecendo e inchando a cada dia que ele passava acorrentado à mesa de pedra naquele jardim infernal.

Do qual não havia escapatória.

Mas Deus sabia que ele havia tentado. Deixou uma dezena de guardas com olho roxo, nariz quebrado, e um até com um colar de hematoma graças à corrente nos punhos dele. Chegou a matar um deles depois de conseguir tirar sua espada, mas foi dominado logo em seguida por vários outros. Isso só lhe causou feridas nas costelas, dor de cabeça e mais seguranças o cercando dia e noite, sem deixar nenhum momento de privacidade. Ele era revistado regularmente para evitar que guardasse algo que pudesse usar para arrombar as fechaduras de suas algemas, e era obrigado a dormir amarrado a um leito sob a luz forte de uma lamparina brilhante para que nunca tivesse a oportunidade de se libertar sob o manto da escuridão. O único talher que lhe permitiam usar era uma maldita colher de madeira.

Aren havia esgotado todos os truques que conhecia em tentativas desesperadas de escapar quando a estratégia lógica teria sido esperar o momento certo. Mas a lógica significava pouco com cada vez mais ithicanianos torturados e mortos em suas tentativas de libertá-lo, dia após dia.

Isso deixava Aren com uma única alternativa: eliminar-se da equação.

Ele encarou a mesa de pedra, reunindo forças, sentindo seu coração bater forte no peito. Suor escorria como uma torrente por suas costas, encharcando a roupa de linho fino que haviam lhe dado. *Vá logo*, disse para si mesmo em silêncio. *Acabe com isso. Não seja covarde. Se você morrer, Ithicana terá que seguir em frente sem você.* Ele se inclinou o máximo que suas correntes permitiam, inspirou fundo…

— As esposas estão começando a reclamar do cheiro. Não é de se admirar.

Aren teve um sobressalto tamanha surpresa que a voz causou. As correntes chacoalharam enquanto ele observava o príncipe loiro que havia conhecido no dia em que Emra morreu. O rapaz trazia um livro surrado embaixo do braço.

— É uma prática terrível — o príncipe disse, erguendo os olhos franzidos para os corpos que cercavam as muralhas, a carne putrefata coberta de insetos. — Além do cheiro, atrai moscas e outras pragas. Espalha doenças. — Ele voltou a atenção para Aren. — Mas imagino que seja ainda mais sofrível para vossa majestade, considerando que os conhecia e, pior, que vieram para tentar libertá-lo.

Esse era o último assunto que Aren gostaria de discutir; a visão, o cheiro e a *consciência* já eram ruins o suficiente, não precisava de palavras fúteis na equação.

— Você é...?

— Keris.

O príncipe sentou diante da mesa com uma coragem surpreendente, considerando do que Aren era capaz, porém o brilho nos olhos daquele homem sugeria que de tolo não tinha nada. Era o príncipe filósofo a quem Aren dera permissão para viajar pela ponte rumo a Harendell, em cuja universidade o rapaz supostamente planejava estudar. A escolta que o acompanhava era composta de soldados disfarçados, parte crucial da invasão maridriniana. Se Aren conseguisse alcançar o outro lado da mesa, teria quebrado o pescoço do príncipe com prazer.

— Ah. O herdeiro *inadequado*.

Keris deu de ombros, colocando o livro, que parecia ser sobre ornitologia, na mesa. Filósofo *e* observador de pássaros. Nenhuma surpresa que Silas não quisesse saber dele.

— Oito irmãos mais velhos que se encaixavam no perfil, todos mortos, e agora meu pai está tentando achar um jeito de não me declarar herdeiro sem quebrar as próprias leis. Eu desejaria sorte nessa empreitada se as tramoias dele e de Serin não fossem, muito provavelmente, me jogar na cova com meus irmãos.

Aren se recostou na cadeira, as algemas ressoando.

— Você não deseja governar?

— É um fardo ingrato.

— De fato. Mas, quando tiver a coroa, você pode mudar a decoração. — Aren apontou para os cadáveres que cercavam as muralhas do jardim.

A risada do príncipe era estranhamente familiar, e os braços de Aren se arrepiaram como se ele tivesse visto um fantasma.

— Governar é um fardo, mas talvez seja mais ainda para um rei que entra em seu reinado com desejo de mudança, já que vai passar a vida nadando contra a maré. Mas isso vossa majestade entende, certo?

Era a segunda vez que o príncipe usava o título de Aren — algo que Silas havia proibido expressamente.

— O filósofo é você. Ou isso também era parte da farsa?

Um sorriso irônico se formou no rosto do príncipe, e ele sacudiu a cabeça.

— Acho que Serin sentia certo prazer em usar meus sonhos de uma forma perversa. É um dos únicos casos em que conseguiu me enganar, e não vou esquecer tão cedo do choque de ser amarrado e jogado em um canto enquanto minha *escolta* invadia Ithicana. Mesmo assim, eu poderia ter deixado isso para lá se meu pai tivesse me permitido seguir para Harendell para continuar meus estudos, mas, como pode ver, aqui estou — ele disse, abrindo bem os braços.

— Meus pêsames.

Keris inclinou a cabeça diante do sarcasmo de Aren, mas disse:

— Imagine um mundo em que as pessoas passassem tanto tempo filosofando como passam aprendendo a usar armas.

— Não consigo. A única coisa que conheço bem é a guerra, o que não significa muito se considerarmos que estou perdendo esta.

— Perdendo, talvez — ele murmurou. — Mas ainda não perdeu de fato. Não enquanto Eranahl resistir, e não enquanto você ainda estiver vivo. Por que outro motivo meu pai insistiria nesse teatro?

— Isca para a filha errante, pelo que me disseram.

— Sua esposa.

Aren não respondeu.

— Lara. — Keris coçou o queixo. — Ela é minha irmã, sabia?

— Se pretendia me surpreender com essa grande revelação, sinto ter que desapontá-lo.

Keris riu baixinho, mas Aren não deixou de notar como os olhos do príncipe vasculharam o jardim rapidamente, a primeira rachadura em sua fachada de indiferença sarcástica.

— Ela não é minha meia-irmã. Temos a mesma mãe também.

Sem perceber, Aren se endireitou, aquele jogo brutal de verdade ou mentira que havia jogado com Lara surgindo em seus pensamentos. A pior lembrança de Lara, segundo ela, era ter sido separada da mãe e levada ao complexo onde foi criada, e o medo que sentiu de não conseguir mais reconhecê-la, não saber quem era ela. A lógica dizia a Aren que aquela história não passava de uma tentativa de apelar para a compaixão dele, mas seu instinto discordava.

— E daí?

Keris umedeceu os lábios, com o olhar distante por um segundo antes de encarar Aren.

— Eu tinha nove anos quando os soldados do meu pai levaram minha irmã... Jovem o bastante para ainda estar morando no harém, mas com idade suficiente para guardar aquele momento na memória. Lembro bem de como minha mãe resistiu a eles. Lembro que ela tentou sair às escondidas do palácio para ir atrás da minha irmã, sabendo muito bem que meu pai tinha algum propósito cruel para Lara. Lembro que, quando pegaram e arrastaram minha mãe de volta, meu pai a estrangulou com as próprias mãos na frente de todos nós. Como punição. E alerta.

A mãe de Lara tinha morrido.

Uma pontada de dor atingiu o peito de Aren. Essa verdade causaria em Lara um sofrimento enorme, e mais ainda por ter sido para tentar protegê-la.

Aren tratou de tirar aquilo da cabeça na mesma hora. Por que se preocupava com a dor dela? Lara havia mentido. Traído sua confiança. Destruído tudo que importava para ele. Ela era sua inimiga. Assim como o homem sentado à sua frente.

Mas, se aquilo fosse verdade, Keris era um inimigo que poderia virar aliado. O príncipe tinha motivo para odiar e temer o pai, o que significava que, assim como Aren, tinha interesse em ver Silas morto.

— Qual é o seu jogo, Keris?

— Um jogo longo, e você é apenas uma peça no tabuleiro, embora tenha certa relevância. — O príncipe o observou, sem piscar. — Tenho a impressão de que está considerando se remover da jogada. Peço que reconsidere.

— Enquanto eu estiver vivo, meu povo vai continuar tentando me salvar. E vai continuar morrendo. Não posso permitir isso.

Keris olhou por cima do ombro de Aren, e um lampejo de ódio brilhou nos olhos diante do que viu.

— Continue no seu jogo, Aren. Sua vida não vale tão pouco quanto você imagina.

Antes que Aren pudesse responder, uma voz irritantemente familiar disse:

— Uma escolha questionável de companhia, alteza.

Keris deu de ombros.

— Sempre fui vítima de minha própria curiosidade, Serin. Você sabe disso.

— *Curiosidade.*

— Sim. Aren é um homem mítico. Ex-rei das ilhas enevoadas de Ithicana, um combatente lendário e marido de uma das minhas misteriosas irmãs guerreiras. Como eu poderia resistir a tirar dele detalhes de suas aventuras? Infelizmente, o homem não está muito comunicativo.

— Era para você ter voltado a Nerastis — Serin respondeu, mencionando a cidade sitiada perto da fronteira contestada entre Maridrina e Valcotta. — Você precisa estudar com os generais de seu pai.

— Os generais de meu pai são um porre.

— Porre ou não, é parte necessária de seu treinamento.

— *Cuá, cuá, cuá!* — Keris reproduziu o canto de um corvo de forma surpreendentemente realista. — Não é de admirar que as esposas do harém tenham batizado você assim, Serin. Sua voz realmente dá nos nervos. — Ele levantou. — Foi um prazer conhecê-lo, Aren. Mas preciso me retirar, o cheiro está me deixando bastante nauseado.

Sem dizer mais nada, príncipe Keris atravessou o pátio, deixando Aren a sós com Corvus.

— Sua majestade deseja sua presença no jantar de hoje.

— Não. — A última coisa que Aren queria era ficar de conversa-fiada com Silas e suas esposas.

Serin suspirou.

— Como quiser. Vou deixar você na companhia de seus compatriotas. Acredito que mais um tenha se juntado ao grupo. — Ele estalou os dedos e, logo em seguida, alguns guardas surgiram arrastando um corpo inerte envolto em um lençol manchado de sangue. — Infelizmente, esse tirou a própria vida quando viu que tinha sido pego. — Serin meneou a cabeça. — Quanta lealdade. — Então saiu pelo mesmo lugar que Keris.

Aren assistiu aos soldados erguendo o cadáver pela muralha e prendendo-o a uma das cornijas. *Gorrick*. Seu amigo de infância e um de seus poucos guarda-costas que restavam.

Aren curvou os ombros e cerrou os dentes, tentando conter o choro de angústia que surgia em seu peito e a náusea que subia pelo estômago. *Por quê?* Por que continuavam vindo atrás dele? Por que não conseguiam esquecê-lo? Ele não merecia aquela lealdade. Não merecia aquele sacrifício.

Ele tinha que pôr um fim nisso.

Com os olhos ardendo, Aren piscou com força, fixando o olhar na pedra lisa do tampo da mesa, criando forças. Então hesitou.

Keris havia deixado o livro de pássaros.

Corvus.

Com as algemas chacoalhando, Aren pegou o livro, folheando as páginas devagar até encontrar o capítulo sobre corvídeos. Ao passar os olhos no texto, encontrou um desenho da ave comum na costa oriental de Maridrina. Leu a descrição, se detendo nos hábitos alimentares da ave. *Oportunistas, os pássaros do gênero Corvus matam e comem os filhotes de aves canoras...*

Fechou o livro e o empurrou para longe. Keris disse que as esposas do harém haviam apelidado Serin. Mas, Aren pensou, não fora por causa do caráter irritante da voz do mestre de espionagem. As esposas sabiam que tinha sido Serin, sob as ordens do rei, que havia levado Lara e suas irmãs. E Aren desconfiava que elas não haviam perdoado Corvus por seus crimes.

Seus compatriotas mortos o observavam. Eles haviam tentado conquistar a liberdade dele, e, até aquele momento, Aren estava determinado a tirar a própria vida para não permitir que mais um perecesse em seu nome. Mas se as esposas estivessem dispostas a ajudá-lo, talvez ele conseguisse pedir a seu povo que interrompesse as tentativas de resgatá-lo. E, talvez com essa pausa, Aren conseguisse, como Keris disse, entrar no jogo.

O problema era: Aren era proibido de ter contato com as esposas. E qualquer tentativa que fizesse lançaria escrutínio sobre a mulher em questão. A menos que...

Aren virou para um dos guardas na entrada e vociferou:

— Você! Venha aqui.

Com uma expressão de desgosto, o homem chegou diante dele.

— O que você quer?

— Mudei de ideia. Diga a seu rei que eu terei o maior prazer de jantar com ele hoje.

12
LARA

— Tem certeza que é aqui? — Sarhina perguntou, puxando as rédeas e freando a carroça em que viajavam.

— Foi aqui que Jor me falou para vir. — Era o único detalhe específico que ele estava disposto a dar a ela, já que ainda não confiava em Lara o bastante para comprometer a presença ithicaniana em solo maridriniano. — Ele me passou um código para dar à taberneira, ela vai saber como entrar em contato com eles.

— Então é melhor pedirmos uma bebida.

Apesar da barriga enorme, Sarhina desceu da carroça com uma agilidade que ainda espantava Lara, mesmo a mais de uma semana na estrada com a irmã. Durante a maior parte desse tempo, Ensel as havia acompanhado, para ajudar a dissuadir qualquer um de atacá-las na viagem, mas sobretudo para reduzir quaisquer suspeitas que duas maridrinianas viajando sozinhas poderiam levantar. Ele havia pegado a estrada de volta naquela manhã, e só agora os olhos da irmã começavam a secar das lágrimas de uma despedida que pareceu tão definitiva que Lara quase amarrou Sarhina para enviá-la de volta para casa.

Depois de prender a mula em um poste, Lara guiou a irmã até o salão comum da estalagem, o cheiro de cerveja derramada e comida apimentada tomando conta enquanto se acostumava com a penumbra. Era um estabelecimento rústico que atendia a pequena vila de pescadores, com o chão coberto de serragem e os móveis exibindo sinais de que haviam resistido a diversas brigas. Dois velhos estavam sentados a uma mesa no canto, mais concentrados em suas tigelas de sopa do que um no outro. Fora eles, a única pessoa no estabelecimento era a taberneira, atrás do balcão polindo um copo.

Lara soltou um longo suspiro.

— Estamos no lugar certo.

Marisol parou de polir e encarou as duas. Não ostentava mais os vestidos bordados caríssimos de quando Lara a conheceu; pelo contrário, seu vestido era um trapo sem graça e seu cabelo dourado estava preso em uma única trança. Ela colocou o copo no balcão quando Lara se aproximou, seguida de perto por Sarhina.

— Quem é vivo sempre aparece.

— Olá, Marisol. — Sentando em um dos bancos, ela apoiou os cotovelos no balcão. — Muito diferente do Pássaro Canoro.

— Sua visita comprometeu meu disfarce. Pareceu prudente me esconder por um tempo.

— Ótima decisão.

Marisol a encarou, e Lara não deixou de notar o olhar dela, os músculos de sua mandíbula se tensionando visivelmente, as mãos tremendo com uma fúria reprimida. Então Lara não ficou surpresa quando a mulher ergueu o braço e lhe deu um tapa na cara.

— Deveriam ter matado você. *Eu* deveria ter matado você.

Massageando a bochecha dolorida, Lara fez que não para Sarhina, que parecia pronta para pular o balcão.

— Para a minha sorte, as pessoas no poder decidiram que eu era mais útil viva do que morta.

— Você é uma criatura repugnante, nojenta — ela sibilou. — Uma traidora. Não entendo como eles podem confiar em você.

— Eles não confiam. — Vendo que Marisol estava se preparando para estapeá-la de novo, Lara acrescentou: — Você já deu um. Tente de novo e vou quebrar sua mão.

Marisol a olhou com desconfiança, dando a entender que sabia das habilidades de Lara, mas a raiva em seus olhos não diminuiu.

— Você é igual a seu pai.

— Olhe a boca. — A voz de Sarhina era fria, seu tom chamando a atenção de Marisol pela primeira vez.

— Pediram para que eu viesse aqui — Lara disse antes que a situação pudesse piorar. — Para que você me colocasse em contato de novo com meus parceiros. Talvez possamos deixar para botar o papo em dia depois, considerando que o tempo é vital.

Marisol a encarou, mas assentiu sutilmente, depois pegou um lenço verde detrás do balcão e se dirigiu à porta da frente.

— Quem é ela? — Sarhina perguntou baixo. — Parece mais maridriniana do que ithicaniana. O sotaque também.

— E desde quando você conhece a cara e o sotaque dos ithicanianos? — Lara respondeu em um sussurro.

— Só responda à pergunta.

— Ela é maridriniana, mas espiona para os ithicanianos. — Lara hesitou antes de acrescentar: — Aren frequentava Vencia disfarçado. Ela era amante dele.

— Essa parte ficou na cara.

A conversa foi interrompida pelo retorno de Marisol.

— Querem comer alguma coisa enquanto esperam?

Lara fez que não, mas Sarhina disse:

— Sim. E uma caneca de leite, se tiver. Traga algo mais forte para minha irmã.

Marisol ficou boquiaberta, depois analisou na luz fraca os olhos de Sarhina, que eram iguais aos de Lara. Abanou a cabeça e por fim rosnou:

— Espero que alguma dessas princesas tenha dinheiro para pagar.

— Coloque na conta dos nossos parceiros — Sarhina respondeu, puxando Lara para uma das mesas. — Você parece nervosa. Devemos nos preocupar?

— Minha única preocupação é se vou conseguir cumprir as *minhas* promessas. — Elas não tinham recebido nenhuma notícia de Bronwyn ou Cresta, nenhum sinal de que haviam conseguido recrutar o restante das irmãs, e, a essa altura, Lara estava com receio de ter desperdiçado em uma missão inútil semanas que teriam sido mais proveitosas em Vencia tentando libertar Aren.

Sarhina estalou a língua para mudar de assunto, aparentemente mais interessada na comida que Marisol trazia. A mulher bateu a bandeja na mesa.

— Bom apetite.

Depois voltou ao bar e seus copos.

Puxando uma das tigelas, Sarhina começou a comer com gosto.

— Não está ruim. Você deveria comer.

Era verdade, mas Lara ficou enjoada só de pensar em colocar alguma coisa no estômago. Em vez da tigela, pegou o copo, deu um gole do líquido amarelo-âmbar, reconheceu o gosto e o ergueu para brindar a Marisol. A mulher apenas lançou um olhar inexpressivo a ela.

— Eles chegaram. — Sarhina parou de comer por um momento, observando os dois homens mais velhos no canto largarem a comida e saírem do salão.

Momentos depois, a porta abriu de novo e Jor entrou, seguido por Lia. Os dois estavam disfarçados com roupas maridrinianas, e suas únicas armas eram as adagas de casamento que Lia usava na cintura, embora Lara soubesse que eles tinham outras.

— Nem um pouco demoníacos — Sarhina disse entre uma colherada e outra. — Estou decepcionada.

Lara lançou um olhar de alerta para ela, depois recostou na cadeira, encontrando a expressão sombria de Jor.

— Ora, ora — ele disse, sentando. — Semanas esperando você trazer reforços e você nos entrega uma menina grávida com um grande apetite — disse ele, olhando Sarhina de cima a baixo.

— Colheres são armas formidáveis quando usadas por mãos habilidosas. — Sarhina deu um gole na sopa e abriu um sorriso radiante para ele antes de voltar a comer.

Jor a ignorou, encarando Lara.

— E então?

— Reunir minhas irmãs está demorando mais do que eu previa. Elas não estavam todas em um só lugar. — Sem falar que Lara nem sabia ao certo se elas viriam.

— Sempre uma desculpa. — Lia sacou uma de suas facas e a colocou na mesa, o gume afiado. Sarhina a pegou e usou para cortar o pão ao meio, mas quando ela começou a passar manteiga Lia a tomou de volta.

Lara sabia que seria um duelo de temperamentos, mas não havia imaginado que começaria tão cedo.

— Não podemos evitar o atraso. — Se inclinando para a frente, ela perguntou: — Vocês têm alguma notícia? Alguém o viu? Sabem se ele está bem?

— Sabemos que ele está vivo.

Vivo. Lara soltou um longo suspiro, a tensão escapando de seus ombros. Com *vivo* ela poderia trabalhar. *Vivo* significava que ele poderia ser salvo.

— E Eranahl?

Jor balançou a cabeça suavemente.

— As tempestades estão violentas. Sem invasões. Sem novidades.

E sem chance de os barcos entrarem na água para pescar; a cidade logo ficaria sem provisões. Lara trincou os dentes, mas não havia nada que pudesse fazer.

— Gorrick está morto.

A voz de Lia era ácida e cortante, e Lara se contraiu. Quando os conhecera, eles já namoravam, e Aren sempre especulava que era apenas questão de tempo até se casarem. A guerra deixava mais vítimas além dos cadáveres.

— Sinto muito.

— Não tenho interesse em suas desculpas. Só não corto sua garganta porque essa honra cabe a Ahnna.

Sarhina se mexeu, e Lara sabia que a irmã já estava pegando na arma. Pisou no pé dela.

— Ele e Aren cresceram juntos, sabia? — A voz de Lia soava estranha. Contida. — Gorrick não aceitava que Aren estivesse aprisionado enquanto ele estava livre. Cansou de esperar por você e decidiu ir sozinho. — O queixo dela estremeceu. — Se eu soubesse que esperar por você seria uma perda de tempo tão grande, teria ido com ele. E talvez ele ainda estivesse vivo.

— É mais provável que o rei Rato agora tivesse mais dois cadáveres para provocar Aren — Jor retrucou. — Se não consegue lidar com isso, vá embora.

— Estou bem.

Lara mal ouviu a resposta da mulher, olhando fixamente para um entalhe na mesa de madeira. Aren estava acostumado às baixas de batalhas, mas isso? Ter os cadáveres de seu povo jogados em sua cara sabendo que eles haviam morrido tentando salvá-lo? Ele seria destroçado pela culpa.

— Falei para parar com as tentativas de resgate. Ele vai acabar enlouquecendo.

— Melhor não fazermos nada, então? — Lia retrucou. — Ou isso tudo é parte de seu plano, *majestade*? Nos distrair com promessas até ser tarde demais para fazer qualquer coisa?

O crânio de Lara latejava, e ela pressionou as têmporas, tentando afastar as visões de Aren tirando a própria vida em uma tentativa desesperada de impedir que seu povo continuasse morrendo. Ele seria capaz. Se achasse que não havia outra saída, faria isso.

— Precisamos tirá-lo de lá.

— Cadê suas irmãs? — Jor questionou. — Quanto tempo até elas chegarem?

— Não sei. — Ela deveria ter tentado libertá-lo sozinha. *Vivo* não bastava. Para salvar Ithicana, Aren precisava estar forte. Inteiro. — Elas vão vir.

Elas tinham que vir.

— Isso foi uma perda de tempo. Vou embora. — Lia levantou e virou para a porta.

Dando de cara com Athena.

Conhecida entre as irmãs como *a aparição*, Athena tinha o cabelo da cor de cinzas, a pele branca fantasmagórica herdada da mãe, que viera de algum lugar do norte de Harendell. Ela poderia atravessar um espaço aberto em plena luz do dia sem projetar sombra porque nem o sol a notava. Como havia acabado de provar.

— De onde foi que você surgiu? — Jor perguntou, levantando. Mas se viu cercado por Cresta e Shae, com as mãos tranquilamente na cintura. Atrás delas, Brenna e Tabitha estavam sentadas ao balcão, com sorrisos estampados no rosto. — Que tipo de feitiço é esse?

— Não é feitiço. — Sarhina empurrou o pote vazio, e Katrine, Cierra, Maddy e Bronwyn entraram no salão. — Só bom planejamento. Agora, que tal sentarmos e traçarmos uma estratégia para acabar com o nosso pai?

— O que importa é resgatar Aren — Jor disse. — Vocês devem colocá-lo acima de seu desejo de vingança ou isso não vai dar certo.

— Dois coelhos — Sarhina respondeu. — Uma cajadada só.

E, se Lara tinha certeza de algo na vida, era na pontaria das irmãs Veliant.

13
AREN

Os guardas de Aren o levaram a uma sala de jantar carregada de incenso. As correntes em seus tornozelos chacoalhavam ruidosamente apesar dos carpetes felpudos que forravam a sala. Ele tinha sido lavado até os dentes, uma dúzia de homens armados observando apreensivamente enquanto o próprio barbeiro do rei o barbeava. A mão do homem tremia tanto que Aren havia prendido a respiração quando a lâmina roçou por sua jugular. Chegou a cogitar que Silas pretendia se livrar dele fazendo parecer que foi um acidente. Mas havia passado ileso e, usando um casaco verde, uma calça preta e sapatos ridículos porque as algemas não cabiam ao redor das botas, Aren foi finalmente considerado digno de jantar com o rei de Maridrina.

Depois de colocá-lo em uma cadeira, os guardas prenderam as correntes aos pés da mesa para que Aren não conseguisse ir muito além de sua taça de vinho. Um dos homens observou a louça por um momento, depois a confiscou, ordenando que um criado de passagem buscasse uma caneca infantil de metal, e isso foi tudo que permitiram a ele.

Havia vários maridrinianos à mesa, todos observando Aren de soslaio enquanto tentavam prosseguir com a conversa. Na outra ponta, o príncipe Keris, com a cara enfiada em um livro, estava sentado ao lado de Zarrah, ambos se ignorando com afinco.

Zarrah levantou e pôs a mão no peito em cumprimento a Aren. Keris apenas virou uma página de seu livro, franzindo a testa durante a leitura.

A sala era mal iluminada e aparentemente sem janelas, embora pudessem estar escondidas sob as cortinas escuras de veludo que cobriam as paredes desde o teto. Tudo, exceto a mesa, era macio e acolchoado, o ar, denso e morno, fazendo com que Aren se sentisse levemente claustrofóbico.

— É como ser colocado de volta no ventre, não?

Aren pestanejou, virando para a senhora gorda que havia sentado à sua direita. Talvez fosse da idade de Vovó, embora tivesse uma aparência menos envelhecida. Seu cabelo castanho-dourado estava começando a ficar grisalho, seus ombros eram ligeiramente curvos, e rugas contornavam seus olhos verdes. Ela estava usando um vestido de tecido brocado vermelho, rígido pelo bordado dourado; os braceletes pesavam em seus pulsos, e um rubi do tamanho de um ovo de pombo decorava um de seus dedos. Uma mulher de fortuna ou status. Provavelmente os dois.

— Uma maneira poética de descrever.

Ela deu uma risadinha.

— Meu sobrinho sempre tenta impingir suas bobagens poéticas em mim. Qual é mesmo o termo? Metáfora?

— Símile, creio eu.

— Um homem inteligente! E me disseram que você não passava de um animal feroz propenso a acessos de violência.

— Ao contrário das crenças de alguns, não são características mutuamente excludentes.

Ela deu outra risadinha.

— Meu sobrinho discordaria de você, mas, sendo sincera, ele discorda de praticamente todos, embora não use esse verbo.

— Ele debate.

— Exato. Como se a semântica mudasse a natureza da coisa. Flatulências fedem tanto quanto peidos.

Aren não conseguiu segurar o riso; a senhora mais uma vez o fez lembrar de Vovó. Mas a risada foi perdendo a força conforme ele pensava nela. Aren não fazia ideia se sua avó estava viva. Ela e seus alunos não estavam em Eranahl quando a ponte foi tomada, e a carta de Lara tinha detalhes de como acessar a ilha Gamire usando o píer. Essa mesma carta estava em seu bolso agora, sempre por perto, e ele a tocou, usando o papel para reacender sua fúria. Para se lembrar de seu propósito.

— A senhora sabe quem eu sou, mas receio que não posso dizer o mesmo, Lady...?

— Coralyn Veliant — ela disse, fazendo Aren erguer as sobrancelhas. Era uma das esposas de Silas, a primeira que ele via que não era ao menos vinte anos mais nova que o rei. A mulher curvou os lábios com a reação dele. — Uma das esposas do pai dele. Silas me herdou, para sua tristeza.

O harém do antigo rei... Vovó havia passado um ano naquele harém como espiã antes de fugir. Será que elas se conheciam? A ideia oscilou na mente de Aren, instigando-o com as possibilidades.

— Um costume... *interessante*. — Aren estava tão absorto pela possibilidade de haver uma ligação que ele pudesse explorar que o sarcasmo escapou antes que conseguisse se conter.

Lady Veliant se ajeitou no assento, apoiando o cotovelo no braço da cadeira para recostar e encarar Aren.

— Uma *lei* que impede que os homens joguem as velhas no olho da rua. Então, por favor, contenha seu desprezo em relação àquilo que você não entende.

Aren pensou antes de responder.

— Peço perdão, Lady Veliant. Fui criado para respeitar as matriarcas do meu povo. A ideia de não fazer isso vai além da minha compreensão; do contrário, eu estaria normalizando um comportamento que considero repreensível. Então meu desprezo, infelizmente, permanece intacto.

— Espertinho e abusado é uma combinação terrível — ela murmurou. — Verdade seja dita, eu tinha apenas vinte e três anos quando o velho desgraçado morreu, e eu teria tido o maior prazer em seguir a vida por aí, não fosse pelos filhos.

— Você tem muitos filhos?

— Perdi a conta a essa altura.

Aren a encarou e ela sorriu.

— Essa é a natureza do harém, *sr. Kertell*. — A voz dela transbordava de sarcasmo, como se chamá-lo por esse nome fosse o extremo do ridículo. — Todos os filhos ou filhas do harém são como uma família para todas as mulheres dali. Então embora eu não tenha um filho de meu próprio sangue, tive inúmeros filhos de coração, e protegeria cada um com minha vida.

E não havia inimigo maior às crianças do harém do que o pai de todas elas.

A conversa foi interrompida quando dois homens sentaram à mesa. O mais baixo se acomodou na cadeira à direita de Coralyn, e o alto e magro sentou à esquerda de Aren, puxando a cadeira para o mais longe possível, por pouco não ocupando o assento ao lado.

Coralyn riu.

— Está na cara que esse aí ouviu os rumores e não quer sentir essa sua corrente ao redor do pescoço.

— O quê? Isso? — Aren colocou os punhos algemados em cima da mesa, achando certa graça maldosa em como o homem magricelo se encolheu.

— Nem se preocupe em memorizar o nome deles — ela disse. — São só bajuladores do meu marido, enviados para espionar cada palavra sua. O risco de terem o pescoço quebrado vale o que eles podem ganhar por entregar informações valiosas. Não há muito que você possa fazer quanto a isso, mas pelo menos não precisa se dar ao trabalho de conversar com eles. Nem tentar fazê-los de refém.

Os dois fecharam a cara mas não responderam.

— E a senhora, milady? — Aren perguntou, observando os outros indivíduos que sentavam à mesa.

Todos da nobreza maridriniana, exceto um homem ruivo de pele pálida, que Aren desconfiava que fosse um embaixador amaridiano, e um loiro com um nariz enorme, que devia ser de Harendell. Eles estavam sentados em lados opostos da mesa, ambos se encarando com nítido desdém. A animosidade entre as duas nações era quase tão forte quanto entre Maridrina e Valcotta, embora tendessem mais a embargos comerciais, manobras políticas e um ou outro assassinato em vez de guerra declarada.

Aren se voltou para Coralyn.

— A senhora também foi colocada aqui para espionar?

— Fui colocada aqui porque o protocolo exigia que você recebesse uma hospitalidade feminina, mas Silas não estava disposto a arriscar uma de suas favoritas. Ele não ficaria chateado se você me matasse, caso tenha alguma intenção de enroscar essa corrente no *meu* pescoço. Faz anos que ele busca uma maneira de me calar sem transformar sua própria cama em um lugar perigoso. Você estaria fazendo um favor a ele.

Fazendo um favor a Silas e também acabando com qualquer chance de obter ajuda do harém.

— Prefiro ficar apenas com as disputas verbais.

Um repique suave encheu a sala, e todos levantaram. Aren apenas recostou na cadeira, observando Silas entrar, cercado por seus guarda-costas e seis esposas, que usavam roupas finas de seda e joias, todas jovens e belíssimas.

O rei sentou à cabeceira da mesa, e as esposas ocuparam cadeiras entre os emissários e vizires, que permaneceram em pé. Silas observou, inexpressivo, o corpo relaxado de Aren, provavelmente considerando se mandava seus guardas o obrigarem a levantar.

Aren desconfiava que sua presença ali era para demonstrar a todos os reinos, de norte a sul, que Ithicana havia sido acuada. Mas todos sabiam que Ithicana ainda não estava derrotada — não com Eranahl mantendo sua autonomia. Obrigar Aren a levantar só chamaria atenção para a resistência de Ithicana. Mas não dizer nada faria Silas parecer fraco. Esperto, como sempre, o rei maridriniano disse:

— Precisamos encontrar correntes mais leves, Aren? Talvez possamos pedir para um dos joalheiros fazer algo menos incômodo.

Os elos pesados das correntes se chocaram e sacudiram com um barulho sinistro contra a madeira da mesa quando Aren pegou seu copinho metálico e bebeu o vinho, sem esperar que um dos provadores confirmasse que não havia veneno. Então ele deu de ombros.

— Uma corrente mais leve daria um ótimo garrote, mas há algo de... *satisfatório* em enforcar um homem até a morte. Eu perguntaria se você concorda, Silas, mas todos aqui sabem que você prefere apunhalar pelas costas.

Silas franziu a testa.

— Viram, meus senhores? Os ithicanianos só conhecem insultos e violência. Será muito melhor agora que não temos mais que lidar com sua laia conduzindo o comércio pela ponte.

O embaixador amaridiano bateu na mesa em sinal de concordância, mas o embaixador de Harendell apenas franziu a testa e coçou o queixo — impossível saber se discordava de Silas ou se só relutava em ser visto concordando com os amaridianos.

— Tenho certeza de que Valcotta não está de acordo com isso, majestade — Zarrah disse. — E até Maridrina se retirar de Ithicana e você libertar seu rei, os mercadores valcottanos vão continuar a contornar a ponte em favor de rotas marítimas.

— Então é melhor que sua tia se acostume a perder navios para os mares Tempestuosos — Silas disparou. — E é melhor você se colocar no seu lugar e ficar quietinha, menina. Sua presença é apenas uma cortesia. Você deveria estar me agradecendo por poupar sua vida, e não testando minha paciência com sua tagarelice. Sua cabeça ficaria muito bem estacada nos portões de Vencia.

A jovem valcottana deu de ombros com elegância, mas, ao lado dela, os nós dos dedos de Keris segurando a haste da taça de vinho ficaram brancos. Pelo visto, não tinha gostado nada da ameaça à vida de Zarrah. Interessante, considerando que em tese eles eram inimigos mortais.

Dando um gole em seu copo, Aren disse:

— Como alguém muito familiarizado com essa questão, Silas, permita-me lhe contar um segredinho: ponte vazia não dá dinheiro.

Zarrah e o harendelliano sorriram, cobrindo a boca, mas foi a reação do embaixador de Amarid que Aren observou, sentindo uma leve onda de euforia ao constatar que o homem franziu a testa e lançou um olhar enviesado para Silas. Parecia que alguém estava com dívidas atrasadas com a rainha amaridiana pelo uso contínuo da marinha dela.

Fosse por algum sinal silencioso ou pela sabedoria inata de servos bem treinados, os criados entraram na sala trazendo pratos de verduras esculpidas com capricho bem naquele momento, cortando a tensão. Um dos rapazes colocou o prato com cautela na frente de Aren, ao lado da colher de madeira, único talher que recebera.

Algo caiu no colo dele, e, ao olhar para baixo, Aren viu um garfo de prata.

— Perdoe-me — Coralyn disse. — Meus dedos não são mais

ágeis quanto antigamente. — Então ela fez um estalo alto com os dedos, chamando um criado para lhe dar outro.

— Está louca, mulher? — O homem baixo perguntou. — Guardas, ele está com um...

— Ah, cale a boca, seu idiota covarde. É só um garfo. O que acha que ele faria com isso?

Aren poderia enfiar aqueles dentes de prata em uma jugular em questão de segundos, mas, em vez disso, deu uma garfada em sua salada, mal sentindo o sabor do vinagre e das especiarias do molho enquanto mastigava. Um dos guardas foi em sua direção, mas um olhar penetrante de Silas o fez recuar. Um indivíduo que teoricamente estava em posição de poder não brigava por garfos.

Isso, porém, foi demais para o homem magro à esquerda de Aren. O cavalheiro murmurou algo que dava a entender que precisava ir ao banheiro e saiu às presas. A jovem esposa sentada a uma cadeira de distância continuou comendo, mas Aren notou como ela olhou para Coralyn, com um levíssimo aceno de cabeça.

Por trás de uma das cortinas, uma melodia começou a tocar, e a menina largou o garfo na mesa, levantou, inclinou a cabeça na direção de Silas e em seguida começou a dançar. Era uma dança lenta e sedutora, que parecia mais adequada a um quarto do que a um jantar, mas quase ninguém à mesa prestou atenção, exceto pelo homem baixo ao lado de Coralyn, com desejo estampado no rosto.

Boa jogada.

— Essa salada maluca parece uma escultura de jardim — Coralyn disse, desmontando a obra arquitetônica de alface e pepino com um golpe violento de seu garfo. — Vocês têm jardins em Ithicana?

— Temos. — Aren deu mais uma garfada, pensando no pátio de sua casa em Guarda Média. Mesmo se ele tivesse a sorte de voltar, preferia demolir aquele lugar a dormir na cama que havia dividido com *ela*. — Mas não são cultivados como seus jardins aqui. É preciso deixar as plantas crescerem como querem, senão os tufões as destroem. Coisas selvagens não devem ser domadas. É justamente o que as torna belas.

— Parece uma criança que conheci.

Aren trincou os dentes e observou a bailarina passar, seu cabelo loiro na altura dos ombros. A música era alta o bastante para abafar a conversa do outro lado da mesa e, embora Silas não desviasse a atenção dos embaixadores, Aren pôde ver os músculos no maxilar do rei ficarem tensos de irritação.

— Ela era uma criança teimosa. Não me surpreende que tenha sido bem-sucedida no que estava destinada a fazer.

Era inevitável falar sobre Lara. Qualquer chance de o harém ajudá-lo se baseava no ressentimento por Silas ter tirado suas filhas, inclusive Lara, e, para Aren, revelar o quanto detestava sua esposa faria mais mal do que bem.

— Ela não é estúpida de vir aqui e cair na armadilha dele, se é isso que a senhora teme.

— Tem certeza?

Não.

— Sim.

Coralyn expirou suavemente.

— E as nossas outras flores? — Embora ela jogasse bem o jogo, Aren notou a ansiedade na voz. E o medo.

— Uma foi cortada — ele disse, parando quando um criado tirou o prato da frente dele, junto com o maldito garfo. — O jardineiro está de olho nas outras.

— O jardineiro. — Ela hesitou. — Temos outro nome para ele.

— Seu sobrinho me disse.

— Mais baixo! — Silas gritou para os músicos. — Mal consigo ouvir meus próprios pensamentos!

Coralyn só tirou a mão da taça de vinho quando outro criado serviu a sopa. Ao menos para isso Aren poderia usar sua colher. Mas sua garganta estava seca e a ideia de comer o deixava enjoado.

Entregar a próxima informação significaria colocar seu povo em risco, mas, se desse certo, ele impediria mais vidas desperdiçadas na vã tentativa de resgatá-lo.

Tinha que tentar.

A música estava acabando, e a dança também. Do outro lado do salão, o homem magro reapareceu. Aren disse:

— Imagino que não tenha gostado do cheiro das flores que foram plantadas recentemente em seu jardim.

— Não — Coralyn respondeu, pegando a colher de sopa. — Não gostei.

— Talvez possa pedir que parem de enviá-las.

Coralyn ficou em silêncio, mas Aren não se atreveu a olhar para ela. Não se atreveu a chamar nenhuma atenção a essa conversa que poderia alterar o curso de seu confinamento.

— É uma possibilidade. Infelizmente, não sei ao certo onde encontrar o tal homem.

— Mulher — ele corrigiu, sentindo um aperto no peito. E se ele estivesse errado sobre Coralyn? E se tudo isso não passasse de um truque para capturar mais pessoas de seu povo? E se ele estivesse caindo no jogo de Silas?

Eram tantas incertezas, mas Aren não tinha dúvidas do que aconteceria se ele não aproveitasse essa chance.

— A senhora frequenta o mercado Safira na zona leste? — ele perguntou, sabendo a resposta.

— Óbvio. — Ela ergueu o punho coberto de joias.

O mercado Safira servia à elite de Vencia, as ruas enfileiradas de lojas abarrotadas de joias, tecidos finos e outras mercadorias caras, incluindo flores exóticas.

— A florista que você está procurando fica na esquina de Gret com Amot — Aren disse.

Não era uma florista, mas sim uma joalheira — a mesma que havia confeccionado o colar de sua mãe, que ele tinha visto pela última vez no maldito pescoço de Lara. A mulher era uma espiã ithicaniana e entraria em contato com seu superior. Aren torcia para que o homem soubesse onde encontrar o comandante a cargo dessas tentativas de resgate.

— As flores estão sendo enviadas para o rei — ela disse. — Haveria consequências se descobrissem que cancelei o pedido. Parece um risco bem grande em troca apenas de perfume. Por que eu me daria a esse trabalho?

O homem magricelo rodeava a mesa. Em segundos estaria perto o bastante para ouvir, e não havia mais tempo para essa conversa em rodeios.

— Vingança.

— Não vai trazer nossas flores de volta. E também não vai mantê-las a salvo dos elementos que as ameaçam.

Aren não tinha mais nada a oferecer. Coralyn não podia ser comprada, e ele não estava em posição de oferecer a única coisa que seria capaz de convencê-la: proteção às irmãs de Lara. Tudo que ele tinha era a possibilidade de que a lealdade de Coralyn às esposas do harém e aos filhos se estendesse à única mulher que havia escapado de lá. À espiã que tinha retornado a Ithicana e se casado novamente. Cujo filho desposou uma rainha, que por sua vez deu à luz um rei.

— Basta! — Silas gritou para a esposa que dançava. — Sente-se!

— Visite a florista, milady, e diga que o neto de Amelie Yamure a enviou — Aren disse.

14
LARA

As irmãs ficaram hospedadas em pequenos grupos espalhados por Vencia para evitar chamar atenção, mas o local de encontro era a oficina nos fundos de uma joalheria cuja proprietária também era espiã de Ithicana.

Elas entraram devagar, fugindo da chuva lá fora, em disfarces variados; algumas fingindo ser clientes nobres, outras, mercadoras, e outras, ainda, criadas ou fornecedoras. O lugar não demorou a encher, mantos úmidos estendidos nas costas das cadeiras e rastros de lama e água nas tábuas do assoalho. Depois que todos estavam sentados ao redor da mesa, incluindo Jor e Lia, Sarhina ergueu a mão, pedindo silêncio.

Com isso, todas ouviram a porta da oficina abrir e uma velha reclamar:

— Qualquer pessoa poderia entrar aqui, Beth. Tranque essa maldita porta pelo menos quando se reunir com as mulheres mais procuradas de Maridrina embaixo de seu teto.

— Merda — Lara murmurou, olhando para Jor em sinal de acusação.

Ele apenas encolheu os ombros.

— Cadê aquela vagabunda traiçoeira que chamamos de rainha? Vi dez princesas de olhos azuis entrarem aqui, mas ela, não. O destino me deu a sorte de tê-la matado?

Sarhina bateu o ombro no de Lara.

— Quem quer que seja, não parece ser sua maior admiradora.

Engolindo em seco, Lara se voltou para a entrada da loja, observando enquanto Vovó chegava, com as mãos manchadas pela idade na cintura, água pingando de suas roupas e formando uma poça a seus pés.

— Achou mesmo que eu deixaria você cuidar desse serviço sem supervisão, não é, sua cretininha calculista? — A velha curandeira tirou o manto e o jogou na direção de Jor. — Impossível, considerando seu histórico prévio de estragar tudo.

Atrás de Lara, cadeiras foram arrastadas para trás e lâminas foram desembainhadas enquanto suas irmãs se levantavam. Sarhina ficou entre Lara e Vovó.

— Veja bem como fala com minha irmã, sua velha, ou vai acabar sem língua.

Com a cara fechada, Lia se remexeu ao lado de Vovó, com a mão na arma. Mas a idosa apenas riu com escárnio.

— Belo exército que você reuniu, Lara. Um bando de rostinhos bonitos e uma grávida.

Sarhina fingiu um biquinho triste.

— Uma noite de amor e fui expulsa do bando de rostinhos bonitos? Não é justo. É a barriga? Ou as manchas? Ouvi dizer que vão desaparecer quando o bebê nascer.

Vovó não achou graça.

— Você será praticamente inútil para essa tarefa, menina. Volte para casa e se preocupe com o que está crescendo em sua barriga.

— *Eu* decido com o que me preocupar, mulher — Sarhina respondeu, a voz leve e tranquila. — E, no momento, é com a espinha na minha cara e com *você*.

As palavras de Sarhina eram mais intimidadoras do que o arsenal atrás delas. Mas as brigas e as ameaças não serviriam de *nada* para libertar Aren. Lara segurou o braço da irmã e a puxou para trás.

— Essa é... Amelie. Ela é a avó de Aren.

A avó que não tinha perdoado os erros de Lara e provavelmente nunca perdoaria.

Se dependesse da anciã, Lara teria sido executada menos de uma hora depois de sua chegada a Eranahl, provavelmente virando comida para os tubarões, que eram tão caros aos ithicanianos.

— Sou a avó dele e também sou a única pessoa aqui que conhece a planta e a segurança das muralhas internas daquele palácio — Vovó respondeu.

— Todas nós nascemos lá — Bronwyn disse. — Passamos os primeiros cinco anos de vida lá.

— Memórias de infância! — Vovó atravessou a sala e sentou à cabeceira da mesa. — Passei um ano naquele harém espionando para Ithicana.

— *Cem anos atrás?* — Bronwyn olhou Vovó de cima a baixo. — É uma memória de octogenária do palácio, então.

— Olhe a boca! — Lia sacou sua faca, a raiva brilhando em seus olhos.

Bronwyn também sacou sua faca e a encostou no queixo de Lia, um sorriso diabólico nos lábios.

— Quem é você mesmo?

Lara encarou Jor, que deu um aceno breve, parecendo o único ali tão frustrado quanto ela.

— Chega — ela disse. — Todos aqui querem a mesma coisa: libertar Aren. Estamos em desvantagem em relação à planta e à segurança do santuário interno de nosso pai, mas talvez nosso conhecimento do lugar seja o suficiente. Se trabalharmos juntas.

— Um grande talvez — Sarhina disse. — Nesse momento, estamos indo às cegas. Não só desconhecemos o protocolo dos guardas e as defesas como também não fazemos ideia de onde estão mantendo Aren nem sua rotina. A única maneira de isso funcionar é se formos em número suficiente para dominar os guardas dele, o que não será uma tarefa fácil. E um grupo de mulheres estranhas vagando pelo santuário interno e olhando atrás de cada porta fechada não é o caminho para o sucesso. Precisamos de alguém lá dentro.

— Tentamos subornar criados. — Jor deu um gole do frasco que havia tirado do bolso. — Mas, para começar, é difícil entrar em contato com eles. São poucos os que têm permissão de entrar e sair livremente do palácio, e esses são leais demais ou têm medo demais de Silas para serem convertidos. Pensamos que tínhamos conseguido um, mas ele nos deu informações erradas que levaram à morte de dois dos meus melhores soldados.

— E os guardas?

— Os membros da força de Silas são extremamente leais.

— Então nós mesmas precisamos nos infiltrar no palácio — Sarhina disse. — Uma de nós pode ser contratada como criada, talvez.

— Só depois de trabalharem para o rei por anos é que os criados conseguem permissão de cumprir funções no santuário interno — Vovó interrompeu. — E nós não temos esse tempo.

— E como serva de alguém da nobreza? — Lara sugeriu. — Eles parecem ir e vir como bem querem.

— Servos pessoais só podem ir até as muralhas externas. — Vovó apoiou os cotovelos na mesa, observando os diagramas grosseiros que Bronwyn havia desenhado do alto de uma colina com uma luneta. — E os vizires não têm liberdade dentro das muralhas internas. São levados aonde sua presença é necessária, depois são escoltados até a saída.

— A menos que sejam vendados, eles devem pelo menos ver coisas — Sarhina disse. — Algum deles pode ser comprado?

— Não com os fundos que temos — Jor respondeu. — Silas esvaziou nossos cofres em Guarda Norte e Guarda Sul, e na Guarda Média também. Uma viagem de volta a Eranahl representa outra série de riscos.

— E o embaixador de Harendell?

Jor bufou.

— Impossível. Mal permitem que ele mije sem supervisão.

Empurrando os diagramas, Vovó recostou na cadeira.

— Vocês acharam mesmo que seria fácil, meninas? Eu não me prostituí para seu avô velho e fedorento porque fui seduzida por ele. Era a *única* maneira de entrar. E só consegui sair porque eu tinha um lugar seguro para ir. Nós não temos mais isso. — Ela encarou Lara, seu ressentimento visível.

Lara sabia que não seria fácil, mas agora, confrontada com o tempo que passava e tantos obstáculos aparentemente incontornáveis, a impossibilidade da tarefa lhe causou dor nas entranhas. Várias estratégias rodearam em sua mente, logo descartadas. Os ithicianianos eram excelentes com explosivos, mas havia muitas mulheres e crianças no palácio; sem falar que poderiam acabar matando Aren nas explosões. Poderiam trazer reforços de Ithicana, mas não tinham nenhuma garantia de sucesso e o número de mortos poderia ser astronômico. Ela e suas irmãs poderiam tentar se infiltrar no palácio às cegas, mas provavelmente muitas morreriam, e a verdade era que ela não estava disposta a colocá-las em risco por um plano frágil. A morte os cercava, com a promessa de mais corpos para empilhar por cima daqueles que já haviam sido vítimas dos erros dela.

— Sugestões? — ela perguntou.

Todos encararam o diagrama em silêncio até o som alto de batidas na porta livrá-los da pergunta.

— Beth colocou uma placa indicando que o estabelecimento está fechado — Jor disse. — Quem quer que seja vai ter que esperar.

Outra batida alta, e dessa vez uma voz baixa exigindo entrar na loja.

— Malditos maridrinianos — Vovó murmurou. — Nunca aceitam um não como resposta.

— Beth vai ter que... — Jor foi interrompido pelo estalo de um trinco e o barulho suave da porta lá de fora abrindo.

— Você disse que essa mulher era leal a Ithicana — Sarhina sussurrou para Jor, que acenou, apavorado, enquanto se aproximava do batente. Abrindo uma fresta da cortina, ele espiou, enquanto Bronwyn e Cresta iam para os fundos verificar se havia algum sinal de que a reunião tinha sido comprometida.

Do lado de fora, a joalheira disse, alto:

— É uma honra ter uma das esposas de sua majestade em meu estabelecimento, milady. Como posso ajudá-la nesta linda manhã?

Merda. Beth não tinha escolha. Não abrir as portas para uma das esposas do harém colocaria eles em maus lençóis, mas ainda assim era um baita azar.

— Esperem lá fora — uma voz desconhecida disse, o timbre de uma mulher mais velha. — Não preciso de vocês espiando quanto dinheiro de Silas eu gasto.

— Milady... — um homem começou a responder, mas foi interrompido com firmeza:

— Fora!

A porta fechou. Cresta ressurgiu dos fundos, sussurrando:

— Escolta de seis guardas. Parece uma coincidência infeliz.

Elas não tinham escolha além de esperar.

— Fui levada a crer que isto aqui era uma floricultura — a esposa do harém disse. — E que *você* era uma florista, não uma joalheira.

Jor levou a mão à faca em sua cintura e Lia sacou a dela, os dois com a cara fechada.

— Esse é o codinome dela — Lia disse baixo. — Fomos descobertos. Temos que ir.

Bronwyn voltou, balançando a cabeça.

— Dois guardas deram a volta para fumar. Não dá para passar sem matá-los.

— Eu me especializo em joias feitas no formato de flores — Beth respondeu. — Talvez esse seja o motivo do mal-entendido.

— Não foi um mal-entendido — a esposa disse. — Foi um despiste. Há uma diferença, como pode ver.

Os dois guardas provavelmente eram iscas, queriam parecer alvos fáceis. Haveria outros à espera. Lara sentiu o pavor tomar conta do seu corpo. Ela havia levado as irmãs até ali, havia arriscado todas para salvar Aren. *Mais um erro. Havia cometido mais um erro.*

— É claro. Entendi. — A voz da joalheira falhava um pouco. — Posso mostrar meu trabalho ou gostaria que eu lhe indicasse um florista de confiança na região?

— Nenhum dos dois.

— Milady?

— Temos um conhecido em comum, pelo que fiquei sabendo. Ele sugeriu que você poderia fazer algo a respeito das flores que não param de chegar ao jardim do palácio. Nós não gostamos muito do aroma, e ele sugeriu que talvez você estivesse em posição de mandar cancelar qualquer pedido futuro.

— Tem algo de familiar na voz dela... — Sarhina disse, fechando a cara enquanto Vovó a empurrava e parava ao lado de Jor, tentando espiar a mulher por cima do ombro dele.

— Que peculiar — Beth disse. — Infelizmente, não vejo como posso lhe ajudar. Meu trabalho é com pedras preciosas, não com flores, e não tenho nenhuma encomenda com a Coroa.

— Não com a Coroa maridriniana, você diz. Mas talvez com outra.

Bronwyn puxou Lara pelo braço, apontando para o teto, onde um alçapão já estava aberto, por onde a chuva caía, pingando na mesa.

— Você e Sarhina vão — ela sussurrou. — Vamos distraí-los enquanto vocês chegam no telhado.

— Não. — Lara se desvencilhou da irmã. — Eu sou o alvo do nosso pai, e tenho certeza de que ele me quer viva. Eu vou distraí-los, e vocês vão embora.

Sarhina tinha dado meia-volta.

— Não seja estúpida, Lara. Quando o nosso pai capturá-la, vai ter menos motivos para manter Aren vivo. E, se ele morrer, a chance de Ithicana resistir também morre. Têm mais coisas em jogo além de você.

A joalheira estava tagarelando sobre os trabalhos que havia feito para nobres estrangeiros, tentando prender a atenção da esposa por tempo suficiente para que o grupo fugisse.

— Temos que ir. — Sarhina subiu na cadeira que Bronwyn havia colocado em cima da mesa, alcançando o alçapão que levava ao sótão.

— Você também, Vovó. Aren nunca vai me perdoar se eu deixar que a senhora seja pega. — Jor empurrou a velha, tentando tirá-la de perto da porta, mas ela o afugentou.

E, da frente, a voz da esposa do harém soou mais alta que o barulho dos soldados lá fora.

— Pare de tagarelar, mulher. Não tenho muito tempo. Agora diga aos ithicanianos aí dentro que o neto de Amelie Yamure me enviou.

15
LARA

A joalheira, Beth, continuou a falar, tentando arranjar tempo para eles escaparem, mas ninguém na sala saiu do lugar.

— Deixe-a entrar. — Pela primeira vez desde que tinha conhecido Vovó, Lara ouviu um leve tremor na voz da velha. Um sinal de nervosismo.

— Chega. — Houve um barulho de saltos no piso de madeira, e uma senhora em uma roupa cara de veludo e joias ainda mais caras apareceu no batente.

Ela parou de repente, os olhos se arregalando ao vê-las.

— Meu Deus... não pode ser.

Sarhina deu um passo à frente, a sobrancelha franzida.

— Titia?

A mulher a encarou.

— Sarzinha? — Ela se aproximou em dois passos, segurando os ombros de Sarhina e puxando-a para um abraço, ao mesmo tempo que contemplava as outras. — Não é isso que eu esperava encontrar. Como ele sabia? — Então ela balançou a cabeça. — Não, é claro que ele não sabia. Ele nunca teria concordado com isso, se significasse que... — Sua voz ficou cortante. — Qual de vocês é Lara?

Lara deu um passo à frente, desejando estar usando trajes mais apropriados. Roupas sempre tinham sido uma armadura para ela, ferramentas a serem empunhadas. E, agora, ela se sentia terrivelmente desprotegida.

— Sou eu.

A velha a encarou por um longo momento, depois fez uma reverência.

— Majestade.

— Por favor, não. — A voz de Lara embargou. — Eu não mereço esse título.

— A maioria das pessoas com títulos não os merece.

— Muito menos ela — Vovó disse. — Há quanto tempo, Coralyn. Pela sua cara, tem levado uma vida boa.

— E pela sua, foi deixada fritando sob o sol nos últimos cinquenta anos.

Todos prenderam a respiração enquanto as duas matriarcas se encaravam.

— Então você se lembra de mim — Vovó disse por fim.

— Foi meu corpo que ficou flácido, não minha cabeça. — A velha, Coralyn, fungou. — Você foi a única que desapareceu sem explicações. — Ela trincou o maxilar. — Pensamos que estivesse morta.

— Não — Vovó disse. — Só consegui o que precisava. Despedidas teriam colocado em risco tudo pelo que eu havia trabalhado.

Rápida como um raio, Coralyn se moveu, dando um tapa no rosto de Vovó.

— Isso é pelas mentiras. E por abandonar o harém.

— Acho que mereço. — Vovó esfregou a bochecha, depois, para o espanto de Lara, se aproximou da mulher e deu um abraço apertado nela. — Você viu meu neto, então?

— Ah, sim. Aren é muito lindo. Herdou sua beleza.

Sarhina gargalhou, mas as duas idosas a ignoraram. E Lara perdeu a paciência.

— Ele está bem? Meu pai o machucou?

Suspirando, Coralyn abanou a cabeça.

— Corvus não é tolo de causar nele algum mal físico. Pelo menos não enquanto Silas ainda estiver tentando negociar a rendição de Eranahl em troca da vida de Aren, e muito menos com os harendellianos resmungando sobre o confinamento dele. Mas, quanto à mente de Aren... — Sua voz ficou fraca, e ela balançou a cabeça discretamente. — Está quase vencido pela culpa, e piora a cada pessoa que vocês enviam para ser capturada e morta. Serin manda torturá-los e pendurá-los nos jardins e, depois, se certifica de que seu menino passe boa parte do tempo lá sem nada para fazer além de assistir aos corpos do seu povo apodrecendo. É só uma questão de tempo até as táticas de Corvus acabarem com ele.

Lia prendeu a respiração, e o rosto de Jor ficou tenso de angústia. Mas tudo que Lara sentiu foi uma determinação fria no peito.

— Vou matar aquele homem. Vou arrancar o coração dele.

— E ele está esperando você tentar — Coralyn respondeu. — Ele está pronto para você, Lara. Se ele te pegar, vai te proporcionar a pior morte possível.

— Ele está preparado para mim, mas não para todas nós juntas.

— E imagine como ficará contente depois que você facilitar o desejo dele de ver as filhas mortas. — A velha abanou a cabeça, seus brincos pesados balançando para a frente e para trás. — Vocês precisam ir. Precisam fugir para o mais longe possível de Maridrina.

— Não. — Lara rosnou, e ouviu suas irmãs darem um passo à frente, sem recuar. — Se você se importa tanto com a gente, nos ajude. Diga o que precisamos fazer para libertar Aren.

— Nada que eu diga fará diferença. Você precisaria de um exército para tirá-lo de lá, e você não tem. E não vou ajudar vocês com nada que coloque as vidas do harém e de nossos filhos em risco.

— Você pode nos dizer onde ele está preso. Fale sobre a planta do lugar e onde os guardas estão posicionados. Pode nos ajudar a entrar.

Coralyn tensionou a mandíbula e fez que não com veemência.

— Entrar? Entrar é a parte fácil, menina. Mas tentar sair, sobretudo com Aren a tiracolo, é que vai ser o fim de todos vocês. O palácio foi pensado para ser uma prisão. Não é nada mais do que um lindo cárcere.

— Ela está certa. — A voz de Vovó era áspera. — Nunca tive a intenção de passar um ano inteiro dentro do harém, mas, depois que entrei... — Ela soltou uma longa expiração. — Sair era impossível. Minha única escolha foi ganhar a confiança do rei até ele me permitir sair sob escolta. Ainda assim, precisei de várias tentativas para conseguir escapar. E não tinha tantas pessoas me observando como Aren deve ter.

Um ruído ressoou nos ouvidos de Lara. *É impossível. Impossível.*

— Mas você consegue nos fazer *entrar*. — A voz de Sarhina cortou o ruído que tomava conta dos pensamentos de Lara. — Você disse que era fácil, mas até agora não tem sido bem assim.

— Fácil é relativo.

— Por favor, responda à pergunta, tia — Sarhina pediu. — Nós *vamos* fazer isso, com ou sem a sua ajuda.

Silêncio.

— Que tipo de treinamento vocês receberam no deserto? — Coralyn finalmente perguntou, avaliando as irmãs. — Não a patacoada de espiãs guerreiras. Suas outras habilidades. — Ela ergueu a mão antes que Lara pudesse responder. — Vou reformular: *quem* seu pai designou para treinar vocês para serem esposas?

Lara lançou um olhar rápido para Sarhina, depois disse:

— Mestra Mezat.

Coralyn ficou séria, mas assentiu.

— Talvez eu saiba um jeito, mas vou precisar da ajuda de algumas das esposas mais jovens.

— Você acha que elas vão aceitar? — Lara perguntou, duvidando que mulheres próximas de sua idade e da idade de suas irmãs se importariam com as decisões que seu pai havia tomado mais de dezesseis anos antes, e muito menos que estariam dispostas a arriscar tudo para castigá-lo por isso.

Coralyn fez que sim.

— Vocês não foram as únicas crianças que Silas permitiu que Corvus levasse embora. E com certeza não são as únicas que estão em perigo por causa dele.

— Excelente — Sarhina disse. — Agora só precisamos encontrar uma forma de sair de um lugar que não vemos há mais de dezesseis anos.

Elas precisavam da ajuda de uma pessoa de dentro. Mas não de qualquer pessoa.

Roendo a unha, Lara pensou na questão. Coralyn conseguiria dar a elas descrições do interior, mas não tinha o treinamento para identificar detalhes que poderiam ser úteis numa fuga. Para isso, elas precisavam de alguém que soubesse tudo sobre as defesas do lugar e, portanto, todas as formas possíveis de contorná-las.

— Tenho uma ideia.

16
AREN

Uma tempestade havia se formado no dia seguinte ao jantar, uma monstruosidade que caíra dos céus e, durante toda a semana, não deu nenhum indício de que ia passar. Vencia estava debaixo de um dilúvio constante, então Aren foi mantido dentro de seu pequeno quarto a maior parte do tempo. Não por seu conforto, ele imaginava, mas porque os soldados de Silas não tinham nenhum interesse em ficar lá fora sob o aguaceiro.

Ficar confinado daquela forma normalmente teria feito Aren perder a cabeça, mas ele ficou entretido em pensamentos, considerando formas de usar uma aliança com o harém em sua vantagem.

O primeiro passo dependeria de Coralyn ter conseguido encontrar seu povo e passar suas ordens de cessarem as tentativas de resgate. Aren não conseguia pensar com todos aqueles corpos, rostos que ele conhecia e amava aos poucos enchendo as muralhas do tenebroso jardim de Silas. Ele preferia morrer.

Mas se seu povo parasse de morrer...

Enquanto fazia barra pendurado no batente do banheiro, Aren pensou nas coisas que poderia sonhar em realizar se continuasse vivo. Fugir era um objetivo óbvio, ainda que egoísta. Trancado naquele palácio, ele se sentia incapaz de fazer qualquer coisa para ajudar seu reino. A única informação que Aren tinha sobre Ithicana eram as poucas que Silas ou Serin escolhiam dar, e que ele recebia com uma dose de desconfiança. Não fazia ideia de quantos membros de seu exército haviam sobrevivido, onde estavam escondidos ou se estavam em condições de lutar. Sem isso, era impossível traçar estratégias — era como tentar lutar no escuro. Mas se ele conseguisse escapar...

Em seguida, na linha de raciocínio, sempre vinha a insegurança de que, mesmo *se* ele se libertasse, não conseguiria mudar o jogo. Afinal, o que ele havia feito de bom antes de ser capturado? Lutou dia após dia, mas sempre acabou rechaçado pelos maridrinianos e amaridianos, que tinham mais homens, mais recursos, mais tudo. Sua presença não mudaria isso, e Ahnna ou qualquer um dos outros comandantes de guarda eram tão capazes de comandar o exército de Ithicana quanto ele.

Você é inútil.

Ele tentava afastar o pensamento, que ressurgia toda vez, incansável. *Ele* havia causado isso tudo ao confiar em Lara. Tinha sido tudo culpa dele. E, portanto, talvez Ithicana estivesse melhor sem ele.

Rosnando de irritação, Aren se jogou no chão e começou a fazer abdominais, as correntes ao redor de seus tornozelos e punhos tilintando.

— Não sei por que você se dá ao trabalho — um dos guardas, recostado à parede, disse. — Parece uma perda de tempo.

— Talvez — Aren respondeu entre um abdominal e outro. — Só não quero começar a ficar parecido com você.

O guarda ficou vermelho e olhou de canto de olho para seu camarada, que sorriu.

— Deve ser importante estar com uma boa aparência quando for encontrar seu carrasco.

Aren franziu a testa. Não pela ameaça, mas porque começou a se questionar *por que* Silas o estava mantendo vivo. A princípio disseram que era para servir de isca para Lara, mas muito tempo havia se passado desde sua captura e, se alguém tinha ouvido algum rumor sobre o paradeiro da rainha de Ithicana, a notícia não chegou até ele.

Talvez ela esteja morta.

O pensamento fez uma onda de emoções engolir Aren e, em um único movimento brusco, ele se levantou e foi até a janela gradeada, olhar para o pátio lá fora.

Talvez ela não tivesse escapado de Ithicana. A estação de tempestades já havia começado quando Maridrina atacou, e Lara estava longe de ser uma marinheira. Ela também não tinha nenhum conhecimento prático da geografia de Ithicana para além da Guarda Média. Havia grande chance de não ter durado nem um dia após sua fuga desenfreada, tendo sido vítima de um dos muitos perigos que espreitavam as costas e os mares de Ithicana.

Mas seus instintos lhe diziam que ela não estava morta. Que, por mais impossível que parecesse, Lara havia sobrevivido. E isso significava que o silêncio dela era proposital.

Ela não vem.

Aren não sabia se estava decepcionado ou aliviado. Sabia apenas que Lara se recusava a sair de seus pensamentos, que o rosto dela o provocava a todo instante.

Eu te amo, Lara sussurrou em sua mente.

— Mentirosa — ele murmurou em resposta. Nesse momento, Aren viu um vulto esguio entrando no pátio, segurando um livro. Se voltando para os guardas, ele disse: — Quero sair.

Keris estava sentado à mesma mesa em que haviam conversado pela primeira vez. Suas meias-irmãs mais novas estavam ao redor deles, pelo jardim, as pequenas princesas usando versões em miniatura do vestido da esposa responsável por elas. A julgar pelos músicos sentados na lateral, as meninas estavam prestes a receber alguma instrução de dança. Apesar de estar no centro do grupo rodopiante de meninas, Keris não prestava nenhuma atenção nelas, concentrado no livro em suas mãos.

Aren sentou à sua frente, as correntes tilintando enquanto os guardas as prendiam ao banco. Só quando eles recuaram o príncipe baixou o livro e encarou Aren com seu olhar azul-celeste.

— Bom dia, majestade. Veio aproveitar a breve pausa da tempestade?

— A chuva não me incomoda.

— Não, creio que não. — Keris colocou o livro em um canto da mesa que havia secado ao sol e voltou a atenção para os guardas que esperavam ali perto. — Precisam de alguma coisa?

Os dois homens se remexeram, constrangidos.

— Ele é perigoso, alteza — um deles respondeu, por fim. — É melhor ficarmos perto caso ele precise ser contido. O homem é rápido.

Keris franziu a testa, depois se curvou para olhar as pernas de Aren embaixo da mesa, a voz um pouco abafada enquanto dizia:

— Ele está acorrentado a um banco de pedra. — Ajeitando a postura, questionou: — Vocês acham que sou tão frágil a ponto de não conseguir correr mais rápido do que um homem acorrentado a um banco?

— Sua majestade...

— Não está aqui — Keris interrompeu. — Vocês estão tão perto que poderiam participar da conversa, mas, por essa breve interação, já posso dizer que não tenho interesse em falar mais nada com nenhum de vocês. Além disso, estão atrapalhando a prática das minhas irmãs mais novas. Saiam.

Mesmo assumindo uma expressão soturna, os guardas tomaram uma distância respeitável. Mas, conforme se afastava, um deles olhou para trás e disse:

— Grite se ele causar problemas, alteza. É o que as esposas foram instruídas a fazer.

— Pode deixar — Keris respondeu e, embora estivesse com a mesma cara de tédio de sempre, Aren viu a sombra que passou nos olhos dele, os músculos definidos de seus antebraços se flexionando como se ele quisesse sacar uma faca. Um lobo em pele de cordeiro, tal qual a irmã. Aren se perguntou se Silas sabia.

Notando seu olhar atento, Keris puxou as mangas do casaco para baixo, apesar do calor que atravessava as nuvens.

— Agora, como posso ajudar, majestade? Mais material de leitura, talvez?

— Por mais esclarecedor que seu livro sobre pássaros tenha sido, eu passo.

— Como preferir.

As jovens começaram a rodopiar, batendo palmas em intervalos regulares, a esposa do harém gritando ordens de tempos em tempos.

Mas Keris prestava pouca atenção, observando Aren com cuidado, como se esperando que ele falasse.

— Você corre o risco de receber uma punhalada nas costas pelo tratamento que dá aos homens de seu pai.

— Esse risco existe independentemente do que eu diga ou faça. — O príncipe apoiou os cotovelos na mesa. — Assim como meu pai, eles consideram minha falta de interesse pelo exército um insulto pessoal e, a menos que eu me transforme no que não sou, não poderei me redimir com nenhum deles. Meu destino está selado.

Aren coçou o queixo, analisando as palavras do príncipe, nenhuma das quais, ele pensou, era dita à toa. Silas não gostava de Keris, isso Aren sabia. Parecia inevitável que o rei mandasse matar seu herdeiro para abrir caminho para irmãos mais novos que ele considerava mais adequados para o trono. Entretanto, apesar de suas palavras, Aren não acreditava nem um pouco que o irmão de Lara tivesse se resignado à morte.

— Há outras formas de ser popular que não sejam empunhando uma espada.

— Como alimentar uma nação faminta? — Keris levou a mão à orelha. — Ouça. Está ouvindo?

Vencia era sempre barulhenta, principalmente em comparação com Ithicana, as vozes de milhares de pessoas nas ruas criando um zumbido constante. Mas hoje era possível ouvir gritos se sobrepondo ao barulho, a raiva neles nítida ainda que as palavras não fossem. Dezenas de pessoas, ele pensou. Talvez centenas. E, se Aren ouvia, elas deviam estar às portas do palácio.

— Há um boato de que você está sendo torturado para que meu pai consiga informações sobre como derrotar Eranahl. As ideias terríveis que as multidões inventam quando estão enfurnadas durante tempestades... Mentes vazias são mais do que oficina do diabo...

São o alvo de um príncipe.

Mas Aren não sabia ao certo que alvo era esse.

— Fico surpreso que eles se importem.

— Fica mesmo? — Keris franziu o nariz com desdém. — Minha tia acredita que você é mais inteligente do que parece, mas estou começando a questionar a opinião dela.

— Você acabou de me chamar de *burro*?

— Se a carapuça serviu...

Meu Deus, não havia como duvidar que ele tinha o mesmo sangue de Lara.

Ouvindo os gritos crescentes, claramente de uma multidão, Aren estreitou os olhos. Lara tinha planejado usar os recursos de Ithicana para alimentar Maridrina, minando assim o projeto de seu pai de culpar Ithicana pelos problemas de Maridrina. Durante as Marés de Guerra, Aren acreditava que o plano dela vinha funcionando — os maridrinianos entoavam o nome dele nas ruas, declarando a todos que a aliança com Ithicana era a salvação do povo. Parecera haver poucas chances de Silas seguir em frente com suas intenções de dominar a ponte, mas era óbvio que Aren estava terrivelmente enganado nesse sentido. Tanto que presumiu que o plano de Lara tinha sido uma mentira criada para fazer com que ele baixasse a guarda de Ithicana. Mas agora...

— Pense comigo — Keris disse. — Você diria que entender a natureza do povo ithicaniano foi fundamental para governar bem?

— Eu não governei bem.

Keris revirou os olhos.

— Não seja rabugento.

Veliantzinho irritante. Aren o encarou.

— É óbvio que foi fundamental.

— Se esforce mais um pouco. Vou ver na sua cara quando você compreender.

Fechando os olhos e respirando fundo para controlar a irritação, Aren pensou na pergunta, que não tinha nada a ver com ele e Ithicana, mas tudo a ver com Silas e Maridrina.

Os maridrinianos estavam revoltados com a prisão de Aren porque ele tinha conquistado a lealdade e a amizade deles. E, ao contrário de seu rei, eles não viam com bons olhos aqueles que apunhalavam os amigos pelas costas. Aren tinha visto esse comportamento diversas vezes durante o tempo que passara em Maridrina — a recusa em lucrar com o sofrimento de um amigo. Eles prefeririam morrer a morder um pão roubado. Ele entendeu tudo de repente, e seu estômago revirou.

— Finalmente! — Keris bateu palmas e, bem nesse momento, os músicos começaram a acompanhar as meninas que dançavam, saltavam e tocavam sinos, suas vozes agudas preenchendo o lugar.

— Pensei que teria que esperar a manhã toda.

Aren ignorou a zombaria.

— Os maridrinianos não querem a ponte.

— Não, não querem. A ponte lhes custou muito caro e não ofereceu nada em troca.

Aren estava tão focado em seu próprio povo que não havia parado para pensar nos maridrinianos. Não havia parado para pensar no que o domínio da ponte significava para eles.

A ponte era um fardo e um trunfo, e exigia que seu mestre apertasse as mãos do mesmo povo que a invadiria se tivesse oportunidade. Exigia imparcialidade ao lidar com nações, mesmo que uma fosse amiga e a outra inimiga. Exigia o sangue de homens e mulheres bondosos para protegê-la de quem a queria conquistar e então, só então, ela daria frutos. Mas Silas estava rejeitando os valcottanos. Preferindo os amaridianos aos harendellianos. A única coisa que ele estava entregando era sangue maridriniano, mas não era suficiente.

O comércio havia se esgotado.

A ponte estava vazia.

— Acho que é assim que os pais se sentem quando os filhos aprendem a falar — Keris disse. — É muito gratificante ver essa demonstração de inteligência de sua parte, majestade.

— Cale a boca — Aren respondeu, distraído, pensando na complexa mudança política em jogo, embora fosse difícil com o barulho que as crianças estavam fazendo.

Por quanto tempo os maridrinianos aceitariam pagar com sangue por algo que não queriam? Algo que não lhes proporcionava nada? Quanto tempo até tirarem Silas de seu trono e o substituírem por alguém mais alinhado à sua forma de pensar?

Alguém como o príncipe sentado à sua frente.

— Quando o dinheiro vai acabar? — Aren perguntou, sabendo que a rainha amaridiana não permitiria o uso contínuo de sua marinha de graça. Ainda mais com a tensão aumentando entre Amarid e Harendell.

Keris sorriu para duas de suas irmãs que passaram rodopiando por ele.

— Os cofres, infelizmente, estão vazios.

— Você parece muito satisfeito em ser herdeiro de um reino quase falido.

— Melhor do que uma cova.

Aren suspirou, reflexivo, traçando uma fenda na mesa com a ponta do dedo enquanto pensava. Mas, dessa vez, Keris pareceu impaciente demais para esperar.

— Se Eranahl se render, meu pai não vai mais precisar da marinha amaridiana. E, considerando como é improvável que ele seja misericordioso com aqueles que se renderem, Ithicana não será mais uma ameaça ao controle de Maridrina sobre a ponte. A posição de meu pai será mais poderosa do que nunca. Então, veja, majestade, muita coisa depende de sua pequena fortaleza na ilha continuar de pé.

— Acima de tudo, sua chance de tomar a Coroa maridriniana de seu pai por meio de um golpe.

Keris nem pestanejou.

— Acima de tudo, minha *vida*. O golpe e a Coroa são meramente um meio para um fim.

— Você está colocando muita coisa em risco me contando isso — Aren disse. — E não entendo com que objetivo. Meu envolvimento não muda nada. Pelo contrário, minha morte vai servir para que seu povo se volte cada vez mais contra seu pai. Mas também sei que não estaríamos tendo esta conversa se você não quisesse algo a mais de mim.

Keris ficou em silêncio. Embora toda aquela conversa estivesse relacionada a esse ponto em específico, ele conseguia sentir a relutância do príncipe em expressar seu pedido. Não... Relutância, não. Apreensão. Talvez até medo.

— Zarrah.

Keris deu um brevíssimo aceno de cabeça.

— Você quer que eu providencie a fuga dela.

Mais um aceno.

— Por que acha que eu colocaria o meu povo em risco para salvá-la se não estou disposto a arriscá-lo nem para salvar a minha própria pele?

— Porque ela prometeu que, se você fizer isso, Eranahl vai receber comida suficiente para sobreviver ao cerco de meu pai.

Era uma oferta melhor do que Aren poderia sonhar. Principalmente porque ele havia destruído a relação de Ithicana com Valcotta quando furou o bloqueio ao redor da Guarda Sul.

— Não acho que a imperatriz vá concordar com isso.

— Zarrah é uma mulher poderosa, e o acordo é com ela, não com a imperatriz. É pegar ou largar.

— Aliar-se com o maior inimigo de seu reino para ganhar a Coroa. — Aren assobiou baixinho. — Se seu povo descobrir, você terá problemas.

— Concordo. Por isso que é muito melhor para nós dois que acreditem que você e os seus foram responsáveis pela libertação dela.

Era uma aposta. E poderia custar dezenas de vidas ithicanianas se a tentativa de resgate não desse certo. Mas Zarrah estava sob muito menos vigilância do que Aren. E, se o povo dele conseguisse libertá-la, isso poderia significar salvar todos em Eranahl.

Mas algo ainda o perturbava.

— Você tem acesso a meu povo agora. Não precisa de mim para isso.

Keris ficou sério.

— Serin não confia em mim, então estou quase sempre sob

vigilância quando saio do palácio, o que significa que não posso entrar em contato com seu povo diretamente. Preciso do harém para facilitar a comunicação. Mas aí está o problema: elas odeiam os valcottanos assim como qualquer outro maridriniano, então não existe a mínima chance de concordarem com meu plano.

— E o que você sugere para resolver esse impasse? — Aren perguntou, sabendo exatamente aonde o príncipe queria chegar.

— O harém não vai me ajudar a libertar Zarrah. Mas vai me ajudar a libertar *você*. — Keris sorriu, com um brilho nos olhos. — E é por isso que você vai usá-las para ajudar a orquestrar sua fuga e, quando fugir, vai levar Zarrah junto.

17
AREN

Durante dias depois de sua conversa com Keris, Aren passou o tempo todo estudando as defesas do palácio, logo confirmando o que ele já sabia: não havia saída. Não para alguém tão fortemente vigiado como ele, pelo menos.

Havia oito homens que sempre estavam perto de Aren. Outros dez vigiavam todas as rotas que davam acesso a ele. Inúmeros outros esperavam para oferecer reforço, se necessário. E, para vigiar Aren, só se empregavam os melhores soldados. Não havia nenhuma chance de seu povo silenciar todos eles sem que um alarme fosse acionado, e assim que esses sinos começassem a tocar, as verdadeiras defesas do santuário interno de Silas entrariam em vigor.

Portões fechados e trancados tanto por dentro como for fora.

Dezenas de homens mobilizados para o alto da muralha interna.

Inúmeros outros soldados enviados para patrulhar a base.

A lista de contingências parecia infinita, para a frustração de Aren, porque, a cada dia, ele tentava uma rota de fuga diferente. Não porque tivesse alguma chance de conseguir sozinho, mas porque a única maneira de revelar todas as defesas do santuário interno era acioná-las.

Testes, testes e mais testes, todos resultando em espancamento e sangue, e em nada além da verdade: fugir era impossível.

Durante toda a sua vida adulta, ele trabalhou com seu povo para tornar Ithicana impenetrável, se colocando no lugar dos inimigos para tentar entender como e onde eles atacariam, entender qual a melhor forma de rechaçá-los e, acima de tudo, identificar as fraquezas de Ithicana. Mas, por mais tempo que passasse tentando pensar como Silas, Aren não encontrava solução.

Isso, no entanto, não significava que ele tinha intenção de desistir.

Os guardas o guiaram por uma das passarelas cobertas que ligavam os edifícios do palácio, dois segurando seus braços, os outros ao redor. Uma chuva enevoada caía do céu, mas mesmo assim as esposas estavam nos jardins, seis trabalhando em algum tipo de dança enquanto Silas as observava.

Como era de esperar, os guardas de Aren estavam olhando as mulheres dançarem — ou, melhor, os vestidos grudados no corpo pela névoa —, e Aren viu aí sua brecha.

Usando toda a força, jogou o guarda à esquerda no parapeito e o ergueu pelo braço.

O soldado gritou ao cair, mas Aren não o soltou, se deixando levar pelo peso do homem para se livrar do outro soldado.

Eles despencaram, e Aren se posicionou sobre o soldado para que o corpo do homem absorvesse o impacto.

Mesmo assim, doeu.

Mas aquela era a primeira vez que Aren conseguia se afastar tanto de seus guardas, e ele pretendia se aproveitar disso.

Ignorando os gritos das esposas ao longe, ele levantou com dificuldade, se movendo o mais rápido que a corrente em seus tornozelos permitia e indo até o bueiro aberto na lateral do jardim.

Os sinos do alarme soaram, e gritos tomavam conta do lugar enquanto os maridrinianos entravam em ação. Escondido atrás de vasos de planta e estatuárias, Aren observou todos os movimentos que faziam.

Mais à frente, conseguia ver o bueiro na lateral da abertura. Se conseguisse entrar...

Alguém o atingiu com força nas costas, derrubando-o no chão. Em seguida, mais pessoas se jogaram por cima até ele mal conseguir respirar.

— Você não desiste, não é? — Aren ouviu a voz de Silas. — Estou começando a me questionar se vale a pena mantê-lo vivo, sr. Kertell. Se eu não fosse um homem de palavra, mandaria espetarem sua cabeça nos portões de Vencia ainda esta tarde.

— Conheci ratos com mais palavra que você — Aren vociferou, acotovelando a cara de um dos guardas, esforço recompensado pelo grunhido de dor do homem. — E você está perdendo seu tempo. Lara não vai arriscar a vida para me salvar. Não é da natureza dela.

— Tem certeza? — Silas se agachou, o rosto a poucos centímetros do de Aren. — Por quanto tempo você vai manter a sanidade quando a esfolarmos viva e a pendurarmos na parede para ficar de olho em você?

Aren estava sendo esmagado sob o peso dos soldados, mas continuou os arranhando, sem ligar para nada além de matar o homem à frente dele.

— Parece até um cão feroz tentando escapar da jaula — Silas disse às esposas que esperavam atrás dele. — Disposto a quebrar os próprios ossos nas grades apesar da futilidade de seus esforços. É a natureza do povo dele, minhas queridas. Eles não são nada parecidos conosco.

Furioso, Aren rangeu os dentes, e algumas das jovens deram pulinhos para trás, assustadas.

— Não temam, queridas — Silas riu baixinho, depois puxou uma delas, com a barriga arredondada do começo da gravidez, para junto de si. — Esse cão foi amordaçado.

Os soldados esperaram até Silas e suas esposas saírem, depois se desvencilharam devagar. Enquanto os homens o colocavam de pé, Aren fixou o olhar na torre à frente, se erguendo até o céu, e uma ideia se formou em sua mente.

Silas tinha razão: Aren não se parecia em nada com ele. E era hora de lembrar como pensava um ithicaniano.

18
LARA

Lara estava diante do balcão de uma confeitaria, ao lado de Bronwyn, as duas experimentando doces.

— Cadê ela? — Bron murmurou, enfiando mais um caramelo salgado na boca.

— Ela vai vir.

A mensagem solicitando a presença de Lara tinha chegado à loja de Beth naquela manhã, e desde então Lara vinha sentindo seu estômago borbulhar com uma combinação de nervosismo e ansiedade.

A porta abriu.

— Esperem do lado de fora — uma voz familiar vociferou. — Não preciso de vocês espirrando água em mim enquanto faço compras.

Os outros fregueses viraram, e Lara também, observando sua tia Coralyn atravessar o salão, as roupas secas e os sapatos milagrosamente sem lama.

O confeiteiro corria para montar uma bandeja de amostras, colocando-a no balcão exatamente quando Coralyn chegou ao lado de Lara. Estendendo a mão, a velha pegou um chocolate, examinou-o por um segundo e o colocou na boca. Enquanto mastigava, murmurou:

— Seu marido concordou.

— Perdão, milady? — O confeiteiro se inclinou para a frente.

— Eu disse que vou levar um cento desses.

Os olhos do homem se iluminaram, e ele virou para pegar um formulário de encomenda. Enquanto isso, Coralyn colocou um pedaço de papel na mão de Lara.

— Está na hora.

19
AREN

Tinha que ser no jantar. Era o único momento em que ele e Zarrah estavam juntos no mesmo cômodo e, embora pudesse haver ocasiões e lugares mais oportunos para seu povo o resgatar, a necessidade de libertar a general valcottana era maior que o perigo iminente. Portanto, teria que ser no jantar.

Coralyn pretendia infiltrar seis dos soldados dele dentro das muralhas, mas Aren não sabia mais nada dos planos além disso. Já tinha sido difícil passar as informações a ela. Durante o minuto de privacidade que recebia para ir ao banheiro, Aren rabiscou, às escondidas, os detalhes em um pedaço de papel, sendo obrigado a fingir um desarranjo intestinal por vários dias para conseguir dar conta de todas as informações.

Mesmo assim, era só metade do plano; o resto dependia da pessoa que viria buscá-lo.

O boato de Keris ganhara vida própria, e havia uma verdadeira multidão aos portões do palácio, dia e noite, seus gritos pela libertação de Aren atravessando as grossas muralhas de pedra. O protesto tinha se tornado mais violento nos últimos tempos, e os soldados de Silas passaram a recorrer à força para afastar as pessoas e garantir que os nobres pudessem ir e vir sem serem importunados. Nobres que, por sua vez, eram instruídos a dizer às multidões que Aren estava sendo tratado com o máximo de respeito e cortesia.

Isso só alimentava as chamas dos boatos, pois o povo maridriniano era desconfiado de sua nobreza mesmo nas melhores épocas. E essa não era a melhor das épocas.

Os guardas o guiaram pelos corredores do palácio até os confins escuros da sala de jantar, onde a maioria dos convidados já estava reunida, conversando. Usando um vestido maridriniano azul que deixava seus braços e a maior parte de suas costas à mostra, Zarrah estava sentada na ponta da mesa, inexpressiva, ouvindo as conversas, mas não havia nem sinal de Keris. Sabendo o que ele sabia, era provável que o bostinha estivesse escondido em algum lugar.

Mas talvez fosse melhor assim. No longo prazo, Aren precisava do príncipe vivo, e muitos acidentes podiam acontecer durante uma batalha.

Assumindo seu lugar de sempre na ponta da mesa, Aren acenou para Coralyn enquanto suas correntes eram presas.

— Boa noite, milady.

— Está uma noite linda, não está? Nenhuma nuvem à vista. — Ela sorriu para ele, então seu rosto ficou sério, sua mão enrugada encostando-se à dele. — Tenha cuidado.

Aren sentiu o coração palpitar e precisou de todo o autocontrole para esconder a ansiedade e o medo que reviravam suas entranhas.

Silas entrou na sala, dessa vez sem suas esposas favoritas.

— Onde elas estão? — ele berrou para Coralyn. — Se você começar a fugir de seus deveres, seus dias de extravagância no mercado Safira vão chegar ao fim.

Coralyn inclinou a cabeça.

— As meninas do harém chegarão em breve, *esposo*. Elas prepararam uma apresentação para você. Considerando o esforço que dedicaram para tornar este momento memorável, você deve considerar dar a elas toda a atenção quando chegarem.

Silas pareceu nervoso, mas acenou brevemente antes de se voltar para o embaixador de Amarid. Estava nítido que ele não tinha a intenção de seguir a diretriz da esposa de que *menos* gostava.

Criados entraram carregando a salada, e Aren comeu mecanicamente, os ouvidos atentos a sons de luta no corredor. Passos de botas. Chamados, berros ou qualquer outro sinal de que seu povo estivesse ali.

Mas não houve nada.

Suor escorreu pelas costas dele, a salada em sua boca ficou com gosto de serragem. Mas, ao lado, Coralyn comia com entusiasmo, parecendo não estar nem um pouco preocupada.

Os criados voltaram para tirar os pratos, embora o de Aren estivesse quase intocado.

Onde eles estavam?

A porta principal abriu, e Aren se empertigou, as correntes chacoalhando. Mas, em vez de guerreiros ithicanianos, dois homens entraram na sala batendo tambores com vigor, seguidos por outros dois tocando pratos, e pararam em lados opostos do salão, sem interromper a batida furiosa. Então, com um estrondo retumbante, ficaram em silêncio.

A pulsação de Aren substituiu o som, retumbando em seus ouvidos no mesmo ritmo dos tambores. Então as esposas de Silas entraram no salão, e Aren sentiu um aperto no peito.

Tinha sido um truque.

Tudo um truque, porque não havia chance de Coralyn expor o harém à violência. Ou seu povo tinha sido capturado ou não viria. De qualquer forma, tudo havia sido em vão.

Com um olhar perdido, Aren assistiu, o que era mais do que se poderia dizer que Silas estivesse fazendo, já que o canalha estava concentrado na conversa com o amaridiano.

Todas as seis mulheres vestiam sedas diáfanas e véus que escondiam o rosto, sinos amarrados em seus tornozelos e punhos, os pés descalços. Em um arco-íris de cores, elas rodearam a mesa, balançando os quadris de forma sedutora enquanto dançavam, as sedas cintilando sob a luz das lamparinas.

Havia uma energia — um propósito — em seus passos que Aren não tinha reparado antes, e, embora ele não soubesse ao certo por quê, prestou atenção nas jovens enquanto elas assumiam suas posições.

— Você é um amor. — Coralyn estendeu a mão para afagar a bochecha dele. — E, na verdade, elas vão se apresentar melhor para você do que para o velho fedorento na outra ponta da mesa.

Uma mulher esguia com o cabelo cor de mel começou a dançar, os sinos nos punhos ressoando suavemente com os sutis movimentos das mãos. Ela fez uma sequência elaborada de passos, movendo o quadril de um lado a outro com um ar sedutor. Então as outras se juntaram a ela, imitando seus movimentos em perfeita sincronia, acompanhadas pelos músicos.

As mulheres rodearam a mesa, rodopiando e batendo os pés no chão naquela dança difícil, os cabelos longos balançando e roçando na pele nua da cintura.

As batidas dos tambores se intensificaram, e as mulheres continuaram circulando a mesa de jantar, rebolando, provocantes. Alguns dos homens desistiram de disfarçar e passaram a olhar descaradamente; Silas, por sua vez, continuava ignorando as mulheres.

Uma jovem de cabelo castanho passou por Aren, e a seda de sua manga transparente deslizou pela bochecha dele, que virou para olhá-la. Assim como as outras, tinha o rosto escondido por um véu, apenas seus olhos estavam visíveis. Olhos azul-celeste. Ela deu uma piscadinha para ele antes de sair rodopiando.

Nenhuma das esposas tinha olhos daquela cor. Nenhuma. Mas conforme ele prestava atenção em cada uma das dançarinas, só via aqueles olhos azuis maridrinianos desgraçados. Aren sentiu a pele formigar.

— Elas são talentosas, não são? — Coralyn murmurou.

— Sim. — Ele teve que arrancar a palavra da garganta enquanto notava o corpo definido das mulheres, completamente diferente da compleição das esposas mimadas de Silas.

Notou as linhas tênues de cicatrizes que quase tinham sido escondidas por cosméticos. Havia um ardor na apresentação, algo que ele nunca tinha visto em nenhuma das esposas do harém, que sabiam que eram um entretenimento que deveria passar despercebido.

Aquelas mulheres não eram esposas do harém.

Eram outra coisa. Como Coralyn as chamou? *As meninas do harém.*

As filhas do harém.

Com o coração acelerado, Aren voltou a olhar para a loira de cabelo cor de mel. Consciente e inconscientemente, ele vinha ignorando toda vez que ela passava, a seda de sua roupa flutuando, revelando um corpo que ele conhecia melhor do que o seu próprio.

Lara rodopiou, cuidadosamente evitando o olhar de Aren até estar atrás do pai. Então ela virou a cabeça e eles se encararam. O coração de Aren bateu com violência no peito.

Ela o havia traído. Havia roubado seu reino e provocado a morte de seu povo. Era por causa dela que Aren tinha virado prisioneiro de Silas. Aren a *odiava* como mais ninguém, mas, naquele momento, foram as lembranças de seus dedos entrelaçados no cabelo dela que invadiram seus pensamentos. A sensação das mãos dela em seu corpo, das pernas dela ao redor de sua cintura, dos lábios nos dele. O perfume de Lara forte em suas narinas e o som de sua voz em seus ouvidos.

Era tudo mentira, Aren falou consigo mesmo em silêncio enquanto ela rodeava a mesa. *Ela é a sua perdição.*

Mas não havia como negar que ela estava ali por causa dele.

Os tambores assumiram um ritmo frenético, finalizando a música com um estrondo trepidante dos pratos enquanto cada mulher assumia uma posição final.

— Muito bem! — Coralyn exclamou, batendo palmas. — Belíssima apresentação, minhas lindas. Elas não foram estupendas, Silas?

O rei de Maridrina abriu um sorriso ácido para ela.

— Uma maravilha, mas barulhento demais. — Então fez um gesto de dispensa com a mão, e as jovens recuaram de cabeça baixa para as sombras das paredes.

Todas menos uma.

Lara deu três passos rápidos e saltou, parando no centro da mesa como um gato e fazendo a louça chacoalhar.

— O que está fazendo, mulher? — Silas questionou. — Desça daí e vá embora antes que eu mande açoitá-la.

— Ora, ora, pai — Lara murmurou, atravessando a mesa e chutando as taças de vinho a cada passo, fazendo os nobres e embaixadores recuarem, assustados. — Isso é forma de cumprimentar sua filha *favorita*?

Silas arregalou os olhos enquanto ela tirava o véu e o deixava cair sobre um prato. Ouviram-se arquejos de surpresa, mas ninguém disse nada. Ninguém se atreveu.

— Sua estúpida. — Silas levantou e sacou a espada. — O que exatamente pretendia vindo aqui hoje?

— Pretendo recuperar o que é meu.

Eu não sou seu, Aren quis gritar para ela, mas Coralyn apertou seu braço.

Lara parou, inclinando o quadril para o lado e batendo o dedo esguio no queixo.

— Você mentiu para mim. Me manipulou. Me usou, e não pelo bem de nosso povo, mas para benefício próprio. Para satisfazer sua própria ganância. Por isso, acho que merece ser punido.

Silas apontou a espada para ela.

— Admiro sua confiança de achar que consegue realizar uma façanha dessas sozinha, filha.

Rindo, Lara inclinou a cabeça para trás.

— Acha mesmo que sou idiota a ponto de vir aqui sozinha?

O ar foi cortado por gorgolejos distintos, corpos caindo no chão.

Aren se voltou para as outras cinco dançarinas, agora segurando armas cintilando com o sangue dos guardas que elas haviam acabado de matar. Em um único movimento, elas retiraram os véus e sorriram ao dizer:

— Olá, pai.

O caos se instalou no salão.

Convidados gritaram enquanto tentavam correr em busca de um lugar seguro, colidindo com os guardas de Silas que partiam para cima das dançarinas. Mas as jovens apenas pegaram as armas de suas vítimas e massacraram os soldados com facilidade.

— Ignorem todas as *outras*... é *ela* que vocês precisam pegar! — Silas gritou, e dois soldados correram para a mesa, as armas em punho e os olhos em Lara.

Lara, que estava desarmada.

Aren tentou levantar, mas, com punhos e tornozelos presos à mesa, era incapaz de fazer qualquer coisa além de observar os soldados avançando para matar.

Mas Lara não precisava da ajuda dele. Nem de ninguém.

Jogou um copo na cara de um guarda e aproveitou a distração para chutar a mão dele, fazendo a espada voar.

O outro guarda girou a espada, mas ela desviou com um salto, e a lâmina passou raspando, com um assobio. Lara deu um chute na cara do homem, que caiu para trás, apertando o nariz quebrado.

O primeiro guarda, que tinha se recuperado, agarrou os tornozelos dela. Antes que o homem conseguisse puxar, Lara saltou sobre ele, e os dois foram parar debaixo da mesa, sumindo de vista.

Aren ouviu o estalo de um pescoço quebrando, então Lara ressurgiu com a espada na mão. Com um golpe implacável, ela cortou a garganta do guarda com nariz quebrado, depois virou para enfrentar outro, aparando os golpes do homem grande, seus ombros tremendo pelo impacto das armas.

Lara bloqueou os golpes dele uma, duas vezes, mas na terceira a força do homem derrubou a espada de sua mão.

— Não! — Aren tentou avançar, lutando contra as algemas, mas a mesa mal se mexeu.

Com um urro gutural, o guarda deu um golpe de espada na direção do pescoço dela.

Lara se jogou para baixo, desviando do ataque e pegando uma taça de vinho quebrada. Com um giro, cravou o vidro no ombro dele e o chutou, quebrando o joelho do homem.

— Acho que deveríamos tirar essas correntes, não?

Coralyn, que até então estava plena assistindo à carnificina, levantou da cadeira, pegou uma chave, soltou as correntes nos punhos de Aren e abaixou para fazer o mesmo com seus tornozelos. Do outro lado do salão, protegido por oito guardas, Silas viu isso e gritou:

— Matem-no! Matem o ithicaniano!

Um guarda saiu correndo na direção de Aren, mas ele arremessou uma de suas correntes, os elos se prenderam na espada e um puxão forte jogou a arma para longe. O homem cambaleou, sacando outra espada, mas Coralyn libertou os tornozelos de Aren a tempo para que ele derrubasse o soldado no chão.

Eles se atracaram, rolando entre as pernas dos convidados em pânico. O homem enfim sacou uma faca, mas Aren bloqueou o golpe, segurando o punho dele. Cerrando os dentes com o esforço, empurrou a lâmina para baixo devagar, o homem gritando, depois engasgando quando a arma perfurou sua garganta.

Depois de levantar com dificuldade, Aren socou um guarda e usou a faca para estripar outro. Então ouviu som de batidas.

As portas.

Estavam emperradas.

Exatamente como ele havia sugerido no plano que deu a Coralyn e que ela devia ter passado para *Lara*, o que significava que, sem saber, ele estava trabalhando com sua esposa esse tempo todo. Mas não era a hora de se remoer por ter sido manipulado.

Girando, Aren procurou por Zarrah em meio ao caos, e encontrou a general valcottana lutando, armada com um pedaço da cadeira quebrada. Ela bateu na cabeça de um homem e estava prestes a passar para outro quando Aren a apanhou, evitando por pouco uma concussão enquanto ela mudava de alvo.

— Tudo isso terá sido em vão se você for morta — ele sussurrou, puxando Zarrah para trás de uma das cortinas.

Vá embora. Uma voz sussurrou em sua cabeça. *O resto do plano é seu. Você não precisa delas. A única coisa que importa é libertar Zarrah.*

Mas, em vez de escutar, ele procurou aquela silhueta que já conhecia bem e a encontrou combatendo dois soldados, uma espada numa das mãos e uma faca na outra.

Os homens eram habilidosos. E Lara não chegava nem nos ombros dele em altura. Mas a velocidade com que ela se movia...

Ele nunca a tinha visto lutar, só tinha visto o estrago que ela causou em Serrith. Mas agora... Agora ele entendia por que o número de mortos tinha sido tão alto.

Aren contemplou, fascinado, Lara esquivando e avançando. Desviou de um golpe bem a tempo de a lâmina perfurar um guarda atrás dela e um segundo depois já atacava outro, os dois caindo aos seus pés.

De olhos arregalados e com um único movimento rápido, jogou uma faca na direção da orelha de Aren. Ao virar de costas, ele deu de cara com um soldado, pronto para atacá-lo mas já caindo, a faca de Lara cravada no olho esquerdo.

— Você não vai escapar. — A voz de Silas cortou o ruído.

O rei de Maridrina estava encurralado em um canto, os soldados à frente dele não demonstrando nenhum interesse em atacar as jovens que haviam massacrado seus companheiros.

— Eu sabia que você viria — disse Silas, com uma risada desvairada. — Essa armadilha era para você, e você caiu. Ainda melhor que tenha trazido suas irmãs com você.

— Não é uma armadilha muito boa. — Lara baixou a mão para cortar a garganta do soldado agonizando no chão. — Você está perdendo o jeito.

O sorriso dele era assassino.

— Não há saída. Serin a treinou. Acha mesmo que ele não previu todos os movimentos que você poderia fazer? Ele sabe exatamente como você pensa!

— Estou contando com isso. — Lara atirou sua faca na direção da cabeça de Silas.

Um dos soldados se jogou na frente dele, a lâmina acertando-o com um baque úmido. Mas Lara já estava do outro lado da sala, erguendo a espada e atacando mais um homem.

Então um estalo alto ecoou. Aren se voltou para a porta principal. Uma grande abertura havia se formado na madeira, os soldados do outro lado tentando forçar a entrada. Eles tinham minutos para escapar.

Talvez menos.

Aren viu Lara virar para a porta. Observou o movimento de seus lábios quando ela proferiu um palavrão furioso, e então ela recuou, seguida de perto pelas irmãs, todas tão banhadas de sangue que pareciam mais demônios do que mulheres.

— Você precisa vir conosco, titia — Lara disse, puxando Coralyn pelo braço, mas a velha apenas balançou a cabeça, andando até ficar entre elas e os guardas de Silas.

— Mesmo se eu não fosse velha demais para correr, eu nunca abandonaria minha família. — Então ela ergueu a voz. — Você achou que deixaríamos você impune, Silas? Achou que deixaríamos você impune por roubar nossas crianças? Por assassinar nossas crianças? Achou que não teria que pagar por sua ganância?

— Vou arrancar suas entranhas, sua bruxa velha!

— Por favor, Silas, faça isso! — Coralyn riu. — Vou me entreter no além vendo como você dorme sabendo que todas as suas atuais e futuras esposas estarão observando você, esperando uma brecha para se vingar dos seus atos. O harém protege os seus, e você se revelou nosso *inimigo*. Acho que não vai abaixar as calças tão facilmente agora que sabe que essas lindas boquinhas que te cercam têm dentes. Então, por favor, Silas. Faça de mim uma mártir. Quero um lugar privilegiado para assistir a você pagar por seus crimes.

A porta principal se abriu ainda mais. Eles só tinham mais alguns segundos.

— Temos que ir — disse uma das irmãs de Lara. — Não temos tempo.

Aren segurou Coralyn pelo braço, mas, conhecendo o tipo de mulher que ela era, não pediu que corresse.

— Obrigado.

— Perdoe-a. Ela ama você.

Ele soltou o braço da idosa, sentindo o olhar de Lara sobre ele. Sabendo que ela estava escutando.

— Ela não sabe o que é amor.

— É *por isso* que você deve perdoá-la.

Antes que Aren pudesse responder, Coralyn tirou um jarro de

vidro das dobras do vestido e o atirou no chão, e uma fumaça densa e sufocante se espalhou pelo salão.

Eles precisavam sair. Agora.

Lara e suas irmãs já estavam em ação, puxando a mesa pesada para usar como escudo. Depois de correr para as cortinas, Aren agarrou o braço de Zarrah.

— Fique atrás da mesa e cubra as orelhas!

Com os olhos ardendo pela fumaça, ele encontrou as garrafas que o harém havia deixado no caixilho da janela. Guardando duas em seus bolsos, usou as outras para montar o explosivo, depois acendeu o pavio. Então cobriu as orelhas e se jogou para o lado.

Um estrondo ensurdecedor tomou o lugar, janela e grade de metal explodiram e caíram nos jardins. Depois de levantar com dificuldade, Aren correu até o buraco na parede, pegando as garrafas dos bolsos e atirando-as nas fontes e nos lagos lá embaixo.

Uma névoa subiu da água, tornando impossível ver um palmo à frente.

— Quem é ela? — Lara segurava Zarrah pelo braço, as duas tossindo.

— Depois — ele disse. — Subam!

As irmãs saltaram agilmente sobre a estrutura destruída e enegrecida da janela, desaparecendo na névoa. Rasgando a saia do vestido para que suas pernas ficassem livres, Zarrah subiu atrás delas.

Aren foi em seguida, o som da tosse das pessoas na sala cobrindo o barulho de seus movimentos. Ele escalou a parede do palácio, encontrando apoios onde a argamassa havia se esfarelado, seus sapatos desgastados servindo tanto quanto se ele estivesse descalço. Lara seguia abaixo dele, com uma faca entre os dentes.

Ao chegar à varanda, Aren escalou o parapeito de ferro fundido para entrar. Uma das irmãs estava jogando os sinos que tinham usado no pátio, mas o resto já esperava lá dentro. Ele murmurou:

— Por aqui.

O alarme tocava, fazendo os ouvidos de Aren doerem, mas encobrindo todos os sons que eles faziam enquanto atravessavam o corredor vazio, as lamparinas a intervalos regulares iluminando sua passagem. Detrás das portas, Aren conseguia ouvir a conversa assustada de mulheres. Um bebê chorando. Uma criança pedindo um brinquedo desaparecido.

— Elas vão ficar trancadas nos quartos até o alarme parar e alguém vir avisar que o palácio está seguro — Lara murmurou à esquerda dele. — Mas Coralyn disse que teríamos apenas alguns minutos até os guardas virem confirmar se nenhuma delas escapou.

Era estranho ouvir a voz dela e, ao mesmo tempo... *não*. Lara havia consumido os pensamentos de Aren. Os sonhos dele. Então era quase como se eles nunca tivessem se separado.

Aren olhou para sua esposa, contemplando a imagem. O sangue que cobria Lara tampava mais seu corpo do que o traje de dança. A seda rasgada que ela usava revelava a curva de seu seio direito, sua barriga definida completamente nua. Ainda tinha em mãos a faca e a espada, os nós de seus dedos machucados pelo combate. Ele queria sentir repulsa, mas era desejo que ardia em suas veias.

Irritado, se dirigiu até Zarrah, que caminhava em silêncio e descalça.

— O que ele disse?

Apenas Keris parecia saber todas as partes desse plano. Todas as peças.

— Disse apenas para seguir sua liderança.

— Você confia nele?

Zarrah o encarou com seus olhos escuros.

— Completamente.

O som retumbante de botas subindo a escada colocou um fim às perguntas.

Eles correram, o carpete abafando seus passos. Uma curva os levou a uma porta, que Aren abriu, revelando uma das pontes cobertas sobre os jardins. O interior estava escuro, mas o cheiro de lamparinas recém-apagadas ainda pairava forte. Lá fora, os jarros de substâncias químicas que as esposas haviam despejado nas fontes já se dissolviam na água, criando uma névoa tão turva que lembrava a atmosfera de Ithicana, perfeita para desorientar os soldados maridrinianos.

— O harém cumpre suas promessas de novo — Lara disse, e eles atravessaram a ponte, agachados, mesmo que houvesse pouca chance de ser vistos.

Ao chegar ao lado oposto, subiram na torre, e Aren apontou para a escada.

— Subam.

Lara e suas irmãs subiram dois degraus de cada vez, nenhuma delas parecendo sem fôlego. Mas Aren sentiu cãibra na barriga, os longos dias sedentários que ele havia passado naquela prisão cobrando seu preço. Sem parar de subir, eles passaram pelas portas que levavam a outros andares da torre.

Então a porta à direita de Aren abriu, e um vulto surgiu na escadaria.

Lara empurrou Aren para o lado, erguendo a espada enquanto se preparava para enfrentar quem quer que fosse. Bem quando ela estava prestes a atacar, Aren reconheceu o rosto de Keris. Estendendo a mão, segurou o punho fino de Lara e a puxou para trás.

— Quem é ele? — ela perguntou.

— Quanto tempo, irmãzinhas — Keris disse, inclinando a cabeça para as mulheres Veliant. — Queria que pudéssemos ter nos reencontrado sob circunstâncias melhores.

Lara o encarou, então arregalou os olhos.

— *Keris?*

O príncipe fez que sim, abrindo um sorriso e fechando-o um segundo depois.

— Você está nos ajudando?

— Eu estou *me* ajudando. Mas, hoje, nossos interesses estão alinhados. — Ele voltou a atenção para Zarrah, que passou por Aren.

Keris estendeu a mão e tocou um hematoma que escurecia a bochecha da valcottana.

— Você está bem?

— Não foi nada.

O príncipe acenou e olhou para Aren.

— É aqui que você se separa da general.

— Creio que não. Zarrah vem conosco. Vou garantir que ela cumpra a parte dela do acordo.

Keris parou entre ele e a valcottana, ignorando Lara e suas irmãs quando elas ergueram as armas.

— As chances de você ser capturado ou morto são altas. E a vida dela é mais importante do que a sua. Enquanto todos perseguem você, vou libertá-la.

Aren ficou sério.

— Eu sou só uma distração para você?

— Exatamente. Mas como você tem mais chances de conseguir o que deseja com meu plano, talvez pare de choramingar. Temos pouco tempo. — Keris empurrou Zarrah gentilmente na direção da porta aberta, mas Aren a segurou pelo braço.

Os olhos escuros da mulher encontraram os dele.

— Dou a minha palavra: se eu sair viva, vou enviar provisões a pontos de entrega em Ithicana onde seu povo possa buscá-las. — Então ela levou a mão ao peito. — Boa sorte, majestade.

Sem dizer mais nada, desapareceu pela porta.

— Hora de você seguir em frente — Keris disse. — Mas, antes de ir, preciso que finja que ao menos *tentei* deter você.

— Com prazer. — Aren se preparou e acertou um soco forte no rosto de Keris.

O príncipe cambaleou para trás pela soleira da porta, se encolhendo enquanto tocava o rosto que já começava a inchar.

— Você tem dez minutos até eu descer para alertar os guardas. Faça bom proveito.

Eles correram até o topo da torre, chegando à sala de vidro cercada por uma varanda larga. A vista da cidade era incrível, mas não havia tempo para admirá-la.

— Cadê? — ele questionou.

Uma das irmãs foi até a parede e tirou uma obra de arte emoldurada. Eram peças de madeira e metal dispostas em um desenho abstrato, mas, quando a mulher puxou a moldura e derrubou o conteúdo no chão, Aren se deu conta do que estava vendo.

— Jor me disse que você saberia montar — ela disse.

— Ele está vivo?

— Estava da última vez que o vi. Ele disse que, se você não conseguir montar, talvez mereça seu destino. Aliás, meu nome é Bronwyn.

Sem responder, Aren ajoelhou, separando as peças enquanto as mulheres vestiam os uniformes maridrinianos que estavam escondidos em um baú.

Ao lado dele, Lara vestiu as roupas e as botas.

— Seja rápido — ela disse. — Já se passaram cinco minutos.

Como se ele precisasse de mais pressão. Aren suava enquanto encaixava as peças da arma, usando as pequenas ferramentas para girar os parafusos e prender as partes. Segundos se passaram. Minutos.

— Rápido — uma das irmãs murmurou, mas Aren a ignorou, focando na tarefa.

— Pronto.

Erguendo a enorme besta, testou o mecanismo duas vezes por

garantia, depois pegou a única flecha que antes fazia parte da obra de arte. Enquanto ele montava a arma, a morena alta chamada Bronwyn havia aberto a moldura oca, revelando uma corda, que entregou para ele.

— Tem certeza que é comprida o suficiente? — ele perguntou enquanto vestia as roupas e calçava as botas.

Ela apenas ergueu a sobrancelha, depois apontou para a varanda.

— Hora de fazer jus à sua reputação, majestade.

— Você só não quer errar o arremesso.

Ela sorriu.

— Bonito *e* inteligente. Eu deveria ter me esforçado mais para me casar com você.

— Chega, Bronwyn — Lara murmurou. — Deixe para quando escaparmos daqui.

Balançando a cabeça, Aren abriu a porta da sacada, se agachando para espreitar pelo parapeito de ferro fundido. Lá embaixo, o pátio estava completamente coberto pela névoa, que já havia chegado até as botas dos soldados na muralha interna. A muralha externa também estava guarnecida, mas o foco deles era a multidão enorme que cercava o palácio, os civis gritando o nome de Aren e exigindo sua liberdade.

Lara ajoelhou ao lado dele, o rosto sombreado pelo capuz de seu casaco. Mas apesar do cheiro de sangue, não havia como confundir o aroma doce e a presença familiar dela com qualquer uma das irmãs.

Ele virou, se concentrando no telhado abobadado do posto de vigilância no canto da muralha interna. Esse poderia ser o erro fatal em seu plano. Talvez os primeiros deles conseguissem descer pela tirolesa sem ser percebidos, mas uma hora os guardas veriam. E, no segundo em que isso acontecesse, a luta começaria.

— Não vai funcionar — Lara sussurrou. — Você precisa nos levar até a muralha externa.

Ele olhou para onde Lara apontava: a torre de vigilância da muralha externa, feita de pedra e nada mais, e a uns bons quinze metros mais longe do que seu alvo.

— Impossível.

— Jor disse que não.

— Não dá para atingir a torre. Ela é de pedra sólida; a flecha não vai fincar.

— Você só precisa atirá-la por aquela janela. Minhas irmãs já devem ter invadido a torre de vigilância a essa altura. Elas vão dar o sinal assim que... — Lara parou de falar quando dois breves clarões de luz brilharam pela abertura estreita na janela.

— É uma distância grande. — E ele teria que acertar de primeira. Não haveria como puxar a flecha pelo terreno do palácio para um segundo tiro. — É impossível que os soldados na muralha não nos notem voando sobre eles, Lara. Seremos alvos fáceis para os arqueiros. É um plano péssimo. Estamos presos.

— Se você acha que não consegue, me dê essa porcaria de arma. Quanto ao resto, nosso povo preparou uma distração — ela disse.

— Nosso povo? — Não era hora. Não era lugar. Mas os meses que eles haviam passado separados não haviam atenuado sua fúria pela traição dela. — Você está falando das pessoas que perderam a casa? Entes queridos? A vida? Por causa de *você*. Eles não são o *seu* povo.

Lara baixou o capuz do manto e virou para ele.

— Guarde o drama para quando estivermos fora daqui. Ithicana dedicou praticamente todos os recursos restantes para este resgate, e seria uma pena desperdiçar os esforços de todos por semântica.

— Lara, eles estão prontos. — A voz de Bronwyn cortou a tensão, e, nos morros distantes, Aren avistou uma luz brilhar de novo. Uma. Duas. Três vezes.

— Consegue ou não?

Aren ergueu a besta, apontando para a torre de vigilância.

— Consigo.

— Cinco. Quatro. Três — Bronwyn contou. — Dois... — Seu sussurro foi abafado por uma explosão na cidade que fez a torre tremer. Então outra explosão e mais outra. Rajadas de brilho iluminaram o céu escuro, os tímpanos de Aren zumbiram.

— Agora — Lara disse, e ele respirou fundo, focando na abertura estreita.

Então atirou.

A flecha cortou o ar com o cabo traçando o percurso logo em seguida, enquanto outras explosões abalavam os arredores do palácio. Embaixo deles, os soldados gritavam, a organização virando caos conforme percebiam que a cidade toda estava sob ataque. Mas Aren mal os escutou. Mal os viu.

— Por favor. Por favor.

A flecha atravessou a janela.

Bronwyn deu um tapinha no rosto dele.

— Ah, você é magnífico.

Aren recuou, olhando feio para ela.

Duas das outras irmãs amarraram o cabo, a tensão crescendo enquanto esperavam que quem quer que estivesse na torre de vigilância do outro lado fizesse o mesmo. Então uma luz brilhou.

Lara e suas irmãs tinham ganchos idênticos aos usados em Ithicana, e Lara estendeu um para ele.

— Vou primeiro. Depois vocês. — Ela olhou para as irmãs. — Não percam a coragem.

Segurando o gancho com firmeza, ela o prendeu no cabo.

— Espere. — Aren estendeu a mão para ela. Já tinha visto cordas cederem. Já tinha visto soldados caírem, embora normalmente fosse na água, o que era bem mais seguro. Ninguém sobreviveria a uma queda nos pátios lá embaixo. — Deixe que eu...

Outra explosão iluminou o céu da cidade, e Lara saltou.

Aren sentiu um frio na barriga e segurou o parapeito com força, observando Lara descer em silêncio, pegando velocidade no caminho. *Não olhem para cima*, ele rezou mentalmente conforme ela passava sobre a muralha, a poucos metros dos soldados. *Não olhem para cima.*

Mas a sorte ou o destino estava do lado deles, e os soldados em pânico mantinham o olhar nos jardins e pátios enevoados lá embaixo, onde supunham que Aren estava escondido.

Ao se aproximar da torre de vigilância, Lara ergueu a mão enluvada para desacelerar. Seus pés acertaram a pedra, e ela parou para confirmar que ninguém havia notado. Depois, subiu para o alto da torre, onde se agachou, escondida nas sombras.

— Vá! — Bronwyn empurrou os ombros de Aren.

Ele conferiu as muralhas, ninguém estava olhando, então saltou.

20

LARA

Ela não conseguia respirar enquanto ele voava pelo palácio enevoado, a roupa preta o tornando quase invisível na noite sem luar. Mais explosões fizeram a terra tremer, o ar denso de fumaça. Lá fora estava uma confusão de pessoas e gritos, mas ela não deu atenção.

Até agora, tudo tinha corrido de acordo com seu plano, mas isso poderia mudar a qualquer momento. Seu *irmão* — que, sem que ela soubesse, tinha feito parte do esquema — iria alertar os guardas de que eles estavam na torre. Do terreno, os guardas não conseguiam ver através da névoa, mas da muralha interna, sim. Suas irmãs se tornariam alvos fáceis.

Mas Lara só conseguia pensar nos olhos de Aren quando ele a reconhecera. Quando ela o viu pela última vez na Guarda Média, os olhos dele estavam vermelhos e cheios de raiva e mágoa. Mas agora... eram frios. Como se ela não significasse nada para ele e nunca tivesse significado.

O som das botas de Aren acertando a torre de vigilância a trouxe de volta à realidade. Ela esticou a mão para ajudá-lo, mas ele recusou, se erguendo em um único movimento rápido.

Ele agachou ao lado dela nas sombras, e Lara cerrou os dentes, sentindo um aperto no peito por estar tão perto dele.

E ao mesmo tempo tão longe.

— Não pense que isso muda alguma coisa — ele sussurrou entre uma explosão e outra. — Não dou tanto valor à minha vida a ponto de achar que seu resgate desfaz o mal que você causou. Assim que estivermos longe de seu pai, quero que você vá embora. Entendido?

Não havia por que discutir, considerando os planos em ação, e ela foi poupada de dizer isso quando Athena subiu na torre e se juntou a eles.

Faltam quatro.

Com o coração acelerado, Lara dividiu a atenção entre as irmãs descendo pela tirolesa e os guardas que andavam lá embaixo. Apesar do caos na cidade, nenhum deles pareceu estar se preparando para sair do palácio, totalmente focados em capturar Lara e Aren.

Cierra também chegou, seguida por Cresta. Brenna veio depois, pálida.

— Isso foi horrível — ela murmurou. — Nunca mais.

Só faltava Bronwyn. Mas a névoa estava se dissipando no vento de uma tempestade iminente. Lara cerrou os dentes, observando a silhueta da irmã pegando a corda e deslizando para baixo.

— Vamos — ela murmurou — Mais rápido.

Bronwyn pegou velocidade, mas, enquanto passava sobre a muralha interna, gritos ecoaram pelo santuário.

— Eles estão na torre!

Todos os guardas na muralha olharam para cima a tempo de ver Bronwyn. Os homens gritaram e ergueram as armas.

— Explodam o portão! — Lara ordenou, embora fosse cedo demais.

— Já dei o sinal — Athena respondeu. — Fechem os olhos e tampem os ouvidos.

Um segundo depois, o mundo explodiu ao redor deles.

21
AREN

Aren tapou os ouvidos e fechou os olhos por instinto, pressionando o rosto contra o parapeito.

Não adiantou muita coisa; a detonação estilhaçou o ar, o brilho forte das substâncias químicas incandescentes ardendo através de suas pálpebras, seus ouvidos zumbindo. Sentindo Lara se mover ao seu lado, ele abriu os olhos. Ela estava debruçada no parapeito, estendendo a mão para pegar Bronwyn pendurada lá embaixo.

— Sua vagabunda — rosnou a Veliant morena, enquanto Lara a puxava para cima. Os olhos lacrimejando pelo brilho da explosão. — Não dava para ter me avisado? E nem se dê ao trabalho de se explicar: não consigo ouvir porcaria nenhuma.

Lara apenas a puxou para o topo da torre de vigilância. As outras já estavam descendo pela parede, aproveitando os poucos momentos em que os soldados estariam tão desnorteados quanto Bronwyn.

Aren as seguiu de perto, observando duas irmãs de uniformes maridrinianos saírem da torre de vigilância. Uma delas fez sinal para o grupo baixar os capuzes e segui-la, então desceu correndo pela escada interna até sair no caos. Havia muita fumaça no ar, e o portão estava voltado para dentro pela força da explosão. Vários soldados estavam de joelhos, estancando sangramentos no ouvido.

Mas não foi nessa direção que as mulheres o guiaram. Elas entraram no estábulo no canto oposto, os cavalos girando de aflição em suas baias. Muitos estavam com selas e rédeas, e as mulheres entraram rapidamente nas baias, agachando.

Lara o arrastou para uma baia, depois o puxou para baixo, murmurando:

— Não vai demorar.

Dito e feito: gritos atravessaram as paredes de pedra.

— São eles! Passaram pelas muralhas!

Espiando pelas frestas das ripas de madeira, Aren observou soldados invadirem o estábulo, pegando os cavalos nas primeiras fileiras de baias e montando em suas selas antes de irem atrás do que Aren imaginou serem iscas.

— Agora. — Lara levantou, pegou as rédeas do cavalo na baia deles e entregou para ele.

Ele encarou o animal enorme.

— Não sei andar a cavalo.

— Aprenda. E, pelo amor de Deus, não levante o capuz.

Com receio da boca cheia de dentes do cavalo, Aren guiou o animal para fora da baia, depois passou as rédeas sobre a cabeça dele. Encaixou o pé no estribo, e a força com a qual segurava a sela foi a única coisa que o impediu de cair quando o animal se agitou.

— Rápido! — Lara já estava na sela de outro, cabelo e rosto escondidos pelo capuz, a roupa larga dando volume a seu corpo esguio. Um arco estava pendurado em seu ombro, com uma aljava cheia amarrada à sela.

— Seria bom se eu tivesse mais armas — ele resmungou.

— Concentre-se em ficar na sela.

Olhando feio, Aren subiu com dificuldade no dorso do cavalo, e mal teve tempo de encaixar o outro pé no estribo quando Lara deu um tapa nas ancas do cavalo dele.

Então eles estavam em movimento.

Os cascos dos cavalos ressoaram alto nos paralelepípedos enquanto eles avançavam pelo portão cheio de fumaça, os uniformes e adornos nos animais convencendo os guardas de que também estavam perseguindo as iscas rumo à cidade. Mas, se algum deles prestasse atenção, perceberia no mesmo instante que Aren não era um soldado maridriniano. Não agarrado daquele jeito à crina e pulando violentamente no dorso de sua montaria, as rédeas balançando à frente dele, inúteis.

Os manifestantes nas ruas abriram caminho quando o grupo passou em alta velocidade. As mulheres guiavam seus cavalos com habilidade nas ruas íngremes. O cavalo de Aren seguia os outros, o que era uma bênção, porque ele não fazia a mínima ideia de como conduzi-lo, todos os seus esforços estavam focados em não cair.

— O porto vai estar cheio de soldados! — ele gritou. — A corrente vai estar erguida. Nunca vamos conseguir um navio.

— Não vamos para o porto — Lara respondeu. — Confie no nosso plano, Aren, e concentre-se em não cair de seu cavalo.

Como se eu pudesse confiar em você, ele pensou, mas se tornou impossível elaborar o pensamento quando começou a chover. Mesmo com os paralelepípedos escorregadios, e com os cavalos quase caindo, as mulheres mantiveram o ritmo. Aren suou frio e ficou com o coração acelerado quando seu cavalo derrapou.

Atrás deles, a torre de tambor soou, enviando uma mensagem. As mulheres ergueram a cabeça, atentas, e Aren se incomodou por não entender o código, embora suspeitasse da ideia geral: o plano deles havia sido descoberto.

— Bem a tempo! — Bronwyn gritou, e o grupo desceu pelo bulevar principal, seguindo para os portões a leste, os cavalos a pleno galope.

Ao longe, o céu ardia, brilhante, enquanto explosivos detonavam no portão. Alguns dos cavalos se assustaram, com os olhos desvairados, enquanto a enorme explosão reverberava no ar.

Quando o zumbido em seu ouvido passou, Aren notou o som de gritos e cascos. Soldados avançaram sobre eles de todas as direções, correndo para interceptá-los antes que chegassem aos portões.

Batidas de tambor ressoaram alto, e dessa vez Aren entendeu perfeitamente a mensagem: *portão leste sob ataque*.

Ithicana. Tinha que ser.

— Mais rápido! — Lara gritou. — Precisamos que eles se esforcem!

Os cavalos avançaram, e os prédios dos dois lados não passavam de vultos escuros. Agora, a chuva era um dilúvio ofuscante. Havia chamas à frente, parte do portão estava pegando fogo, a luz iluminando dezenas de soldados sobre a muralha. E inúmeros outros embaixo tentavam apagar as chamas e proteger os portões.

A torre de tambor no portão tocou, repetindo a mesma mensagem.

— Eles nos viram! — Bronwyn gritou. — Estão pedindo reforços!

Uma flecha passou perto do rosto de Aren, e outra acertou as ancas do cavalo, fazendo o animal gritar de dor. Mais três atingiram as paredes das casas; as únicas coisas que faziam os soldados errarem os alvos eram a escuridão e a chuva.

— Quase lá! — Lara gritou.

Mais uma vez os tambores tocaram e pararam abruptamente no meio de uma mensagem. Ao lado dele, Lara tirou o capuz, olhando a linha de telhados. Aren seguiu o olhar dela, distinguindo uma silhueta nas sombras ao longe. A silhueta ergueu um braseiro, iluminando o próprio rosto. *Lia*.

A amiga e guarda-costas de Aren o cumprimentou quando o grupo passou em um tropel. Então Lara agarrou as rédeas dele, freando os dois cavalos. As outras também pararam e deram meia-volta enquanto os soldados no portão formavam uma barreira e corriam atrás deles.

Lia jogou algo na rua.

Houve uma explosão, que fez os cavalos empinarem e saltarem. Aren mal conseguiu se segurar quando outra explosão o ensurdeceu a um quarteirão de distância, cercando seu grupo dos dois lados e escondendo-os com fumaça.

Três das meninas guiaram seus cavalos por um beco que levava ao norte. O cavalo dele ia na direção oposta, quando Lara puxou as rédeas para o beco, com Bronwyn guiando o caminho, e uma das outras irmãs formando a retaguarda.

Eles avançaram pela semiescuridão e viraram em uma rua que retornava para o ponto de onde tinham vindo.

As ruas estavam quase vazias agora. Os maridrinianos, acreditando que Vencia estava sob ataque, se abrigaram em suas casas fechadas.

— Aonde estamos indo? — Aren perguntou.

— Oeste. — Lara estava focada no caminho. — Só temos alguns minutos até a torre mandar outra mensagem, e a guarnição toda virá atrás de nós novamente. — Então ela praguejou. — Cresta! Bronwyn! Temos companhia!

Assim que ela disse isso, seu cavalo tropeçou e quase caiu. Foi preciso muito esforço para se endireitar. Suas patas traseiras estavam encharcadas de sangue: havia sido atingido por uma flecha. O animal não conseguiria manter o ritmo por muito tempo.

— Me encontre do outro lado! — ela gritou para Bronwyn. — Vou ganhar um pouco de tempo para nós.

Lara guiou o cavalo agonizante para perto dos edifícios, ficou de pé no dorso dele e agachou, o arco encaixado em um dos ombros. Então saltou.

Aren olhou para trás, mesmo correndo o risco de perder o equilíbrio, e a viu pendurada em uma varanda. Escalando. Ela preparou uma flecha e colocou outras duas entre os dentes enquanto mirava nos soldados atrás deles. Um deles caiu do cavalo e o outro levou a mão ao ombro, atingido por uma flecha. Os outros soldados apontaram e ergueram suas armas ao avistar Lara, mas o cavalo de Aren fez uma curva, e ele não viu mais nada.

Preciso voltar. O pensamento atravessou sua mente, mas Bronwyn emparelhou com ele e balançou a cabeça.

— Ela sabe o que está fazendo. Siga em frente.

Eles subiram a rua íngreme, a respiração ofegante dos cavalos tão alta quanto seus cascos.

Ela pode morrer, ele pensou. *Pode estar caída e ensanguentada na rua.*

— Se estiver, foi merecido — ele rosnou consigo mesmo.

Ainda assim, o alívio tomou conta quando uma sombra surgiu no topo dos prédios à sua frente. Lara saltou em uma varanda e depois na rua, onde desceu rolando, levantou e na mesma hora começou a correr.

Bronwyn galopou na direção dela, e Lara agarrou o estribo da irmã no último segundo. Saltou, arqueando a perna sobre o dorso do cavalo. Bronwyn segurou a mão de Lara para ajudá-la a subir.

Os tambores começaram a tocar um ritmo diferente, parecendo um trovão que os perseguia pelas ruas.

O portão oeste mal merecia esse nome, pois não passava de uma fenda na muralha para uma trilha estreita e íngreme rumo à costa. Não havia nenhum lugar onde ancorar um barco. A única forma de chegar a uma embarcação seria nadar até encontrá-la. Ele poderia fazer isso. Fácil. Mas Lara e suas duas irmãs...

Subiram o morro pelas ruas sinuosas, os cavalos ofegantes e perto da exaustão. Então avistaram o portão, um rastrilho estreito de aço defendido por seis soldados fortemente armados.

— Não temos os códigos. — A outra irmã, Cresta, se aproximou de Aren. O grupo diminuiu para um trote, depois para uma caminhada. — Diga a eles que as torres de tambor foram invadidas, mas que há relatos de embarcações ithicanianas perto do quebra-mar. Só precisamos chegar perto o bastante para eliminá-los.

— Parem e se identifiquem! — um soldado gritou.

Aren pigarreou, se esforçando para fingir um sotaque maridriniano.

— As torres de tambor foram invadidas! — gritou, descendo do cavalo, as pernas doendo.

— Os códigos! — o homem gritou, erguendo o arco e apontando uma flecha para o peito de Aren.

— Os códigos foram comprometidos, seu idiota! — Aren gritou, improvisando. — Os ithicanianos descobriram todos. Como você acha que eles conseguiram invadir a porcaria do harém do rei e depois escapar?

O soldado franziu a testa, mas não baixou a arma, e seus companheiros mantiveram a mão no cabo das espadas.

— Há relatos de embarcações ithicanianas perto do quebra-mar. A última atualização confiável foi que o rei ithicaniano estava rumando para o portão sul. Se ele der a volta pela cidade, vai conseguir descer as falésias e chegar à água sem que nenhum de vocês perceba, seus idiotas.

O homem baixou o arco, mas balançou a cabeça quando Aren deu um passo à frente.

— Mesmo assim, amigo. Diga o código de hoje...

A voz do homem cessou, uma faca cravada na garganta.

Lara e suas irmãs atacaram, um borrão de lâminas de aço se chocando. Aren pegou a espada caída do homem e se lançou na confusão, cortando um soldado, e com o arco dele atirou nas costas de outro que tentou fugir pela muralha.

A luta acabou em questão de minutos, mas, atrás deles, cavalos se aproximavam depressa. Reforços.

As irmãs já tinham entreaberto o rastrilho quando Aren deu meia-volta, e eles rolaram por baixo dos espetos de ferro erguidos, a corrente presa com uma espada para refrear seus perseguidores.

Eles avançaram com cautela pela trilha escura até chegarem ao cruzamento, um caminho guiando para a entrada e o outro subindo pela inclinação íngreme. Aren ouviu o som das ondas, o ar estava denso com o cheiro de água salgada. Fazia meses que ele não via o mar. Que não ouvia o som da maré. Que não sentia o cheiro sem que o fedor da cidade o maculasse. Em poucas horas, ele estaria de volta a Ithicana.

Mas Lara o puxava na direção oposta.

— Por aqui.

Ele se recusou a ir.

— Aren, não tem nenhum navio. Nenhum barco — ela sussurrou. — Era tudo uma armadilha. Tem cavalos novos esperando por nós não muito longe daqui.

Ele não queria ir com Lara. Não queria nem estar perto dela, não apenas por causa da traição, mas porque não confiava nos próprios instintos.

— Para nos levar aonde?

— Ao ponto de encontro onde temos provisões. — Ela virou para olhar a trilha atrás deles que levava à cidade, revelando seu nervosismo. — Temos que nos apressar.

— Não vou a lugar nenhum com você, Lara. Vou voltar para Ithicana. — Ele conseguiria fazer isso sozinho. Conseguiria chegar à costa, roubar uma embarcação e depois voltar para casa.

— Não seja estúpido. — Havia raiva na voz dela agora. — Passamos semanas nos preparando para esse plano, e você vai jogar tudo fora.

— Não confio em você. Nem em seus planos. Eu disse que nunca mais queria ver sua cara. Disse que a mataria. Você tem sorte por eu não jogá-la desta falésia.

— Tente só para ver, seu ingrato imbecil — Bronwyn rosnou, mas Lara fez um gesto para ela se acalmar.

— Entendo que não confie em mim. Mas talvez confie em sua irmã. Em sua avó. Em Jor. Em todos os ithicanianos que investiram tudo nesse plano. Confie neles.

A indecisão se infiltrou em suas entranhas, e Aren encarou sua esposa. Mesmo não conseguindo ver muita coisa no escuro.

— Quando apareci em Eranahl, o *único* motivo para Ahnna me deixar viver foi saber que eu era a melhor chance de levar você de volta a Ithicana. E ela deixou muito claro que, depois que você estivesse livre e voltasse para casa, ela me mataria se eu colocasse os pés lá de novo. Será que você pode, por favor, mostrar ao menos *um pouco* do pragmatismo dela?

Como é que Lara havia chegado a Eranahl?, foi o primeiro pensamento que lhe ocorreu, mas ele deixou isso de lado.

— Está bem.

— Subam, seus idiotas — Cresta disse de onde estava vigiando a trilha de volta a Vencia. — Eles estão quase nos alcançando.

Rangendo os dentes, Aren escalou o rochedo com dificuldade, tentando encontrar apoios para as mãos no escuro. Lá embaixo, o som de passos na trilha ressoou, os soldados em rápida perseguição depois de terem descoberto seus camaradas mortos.

Mais rápido.

— Eles estão subindo!

O grito os alcançou, e um segundo depois cordas de arcos ressoaram e flechas ricochetearam no rochedo.

Aren se encolheu quando uma delas cravou o solo rochoso a centímetros de sua mão, outra resvalando no calcanhar de sua bota.

Mas eles já estavam quase chegando.

Então um grito de dor.

— Bronwyn! — Lara arfou.

Quando Aren olhou para baixo, viu uma silhueta pendurada no rochedo, se segurando cerca de cinco metros abaixo dele.

— Vá! — Bronwyn gritou. — Tire-o daqui!

— Não vou deixar você!

Aren ouviu Lara começar a descer e hesitou.

— Não! — A voz de Bronwyn era aguda. — Se capturarem ou matarem você e Aren, nosso pai vence. E sai impune de tudo que fez conosco. Tudo que nos obrigou a fazer. *Por favor*, Lara. Você precisa continuar lutando.

Lara parou de descer, e Aren percebeu que ela estava tomando uma decisão. Ele soube em seu coração qual era.

Mas Aren estava cansado de pessoas morrendo por ele.

— Subam ao topo e me deem cobertura — ele sussurrou para Cresta, depois começou a descer.

Lara estendeu a mão para pegar o braço de Aren, mas ele a empurrou.

— Vá para o topo e faça cada tiro valer a pena.

Ele levou segundos para alcançar Bronwyn, e a respiração dela estava áspera de dor.

— Onde?

— Ombro direito. — Havia tensão na voz dela. — Vá. Não deixe que eles nos acertem de novo.

Ignorando-a, Aren passou a cabeça e o ombro por baixo do braço bom dela.

— Se segura.

Ela envolveu as pernas na cintura dele e segurou firme, um leve gemido escapando de seus lábios quando mexeu o ombro machucado.

De cima, arcos ressoaram enquanto Lara e Cresta trocavam flechas com os soldados, e pelos gritos de dor lá embaixo as mulheres estavam tendo mais sorte em acertar seus alvos. Aren ignorou tudo aquilo e escalou, rangendo os dentes com o peso extra, seu equilíbrio precário e sua força longe do que costumava ser. Ele conseguia sentir o sangue quente de Bronwyn encharcando suas roupas, com um cheiro forte, mas ela continuava agarrada a ele com força.

Uma flecha ricocheteou em uma rocha perto de seu rosto e, ao longe, Aren ouviu os soldados subindo. Não olhou para baixo. Não olhou para cima para ver quanto faltava.

— Peguei você. — A voz de Lara.

Então Bronwyn o soltou e suas irmãs a puxaram para cima.

Aren encontrou a beira do penhasco e subiu com dificuldade, se mantendo agachado caso os soldados ainda tivessem alguma flecha.

Então eles correram o mais rápido possível pelo terreno acidentado, tropeçando por pedregulhos e arbustos, Lara puxando Bronwyn.

— Vá na frente e pegue os cavalos — Lara sussurrou para Cresta. — Eles vão chegar em minutos, e deve ter cavaleiros dando a volta pelo portão sul a essa altura. Temos que correr.

Cresta desapareceu no escuro, e Aren avançou ao lado de Lara, ajudando a levar Bronwyn, ensopada de sangue.

— Merda — ele praguejou, então a pegou nos braços. — Você ainda tem alguma flecha?

— Três — Lara respondeu. — Mas tenho outras formas de matá-los. Deixe um cavalo para mim.

Então ela ficou para trás.

22
LARA

As coisas não estavam correndo de acordo com o planejado.

Lara voltou pelo caminho na ponta dos pés, segurando o arco sem firmeza e tentando escutar os sons dos soldados atrás deles.

Ouviu passos de botas e se escondeu na lateral da trilha, contando os homens que passaram correndo, espadas em mãos. *Seis*. E haveria mais em breve.

Dando a volta, Lara atirou flechas nas costas de três soldados, depois recuou para as sombras enquanto o restante gritava em alerta e procurava cobertura. Sacando uma faca, ela se escondeu atrás de rochas para esperar até que fosse seguro, tentando ouvir ou ver alguma coisa.

Nada.

Então, sentiu uma brisa trazendo o cheiro fétido de suor. Sorrindo, Lara se agachou e avançou lentamente até avistar uma rocha grande que daria uma boa cobertura. Atirou uma pedra nos arbustos distantes, notando uma leve movimentação quando os homens viraram a cabeça para olhar.

Depois de atirar outra pedra, avançou depressa e arremessou a faca.

Não houve grito, mas um som de carne perfurada deixou claro que sua mira tinha sido perfeita, e, sacando a espada, Lara abandonou a furtividade e atacou.

Os soldados ergueram suas espadas, preenchendo a noite com ruídos de metal. Enquanto lutava contra um, Lara se esquivou de outro, que tinha vindo por trás, e o instigou a se aproximar. Quando este atacou de novo, ela desviou, fazendo o homem cravar a espada no peito do companheiro. No mesmo instante, Lara decepou o braço dele.

O soldado gritou e caiu no chão apertando o coto ensanguentado, então ela acertou a garganta dele com a ponta da espada, silenciando-o, depois fez o mesmo com seu camarada moribundo. Recuperou a faca cravada no primeiro homem e levantou quando ouviu o som de cascos.

Os guardas do portão sul.

Praguejando, ela correu para as árvores onde seus cavalos estavam escondidos. Como prometido, restava um para ela, que se jogou sobre a sela, batendo os calcanhares e cavalgando na direção dos soldados que se aproximavam.

Com Bronwyn machucada e Aren completamente inútil em cima de um cavalo, ela precisava despistar os perseguidores. Dar tempo para que seu grupo alcançasse Sarhina, que tinha mais provisões.

Tirando o capuz, ela soltou o cabelo. Mesmo no escuro, seria o suficiente para confirmar sua identidade.

Descendo a estrada, esperou até o grupo surgir, então puxou as rédeas, fazendo o cavalo girar, como se estivesse perdida. Em pânico. Bateu as rédeas e correu de volta pela estrada, abrindo um sorriso sombrio quando eles vieram atrás dela.

A chuva havia cessado, mas a estrada estava coberta de lama, a água imunda respingando na montaria e nas pernas enquanto ela levava os soldados de seu pai para longe de Aren e suas irmãs, na direção de uma cidade pequena em uma enseada a oeste de Vencia. O animal escorregava pela inclinação rumo às casas de pedra ao redor da encosta, luzes de lamparinas brilhavam nas janelas. Nas ruas, havia poucas pessoas, que paravam para olhar e saltavam do caminho enquanto ela descia a galope em direção às pequenas docas onde as embarcações de pesca estavam ancoradas.

— Esperem! — ela gritou alto o bastante para metade da cidade ouvir. — Estou chegando... não me deixem para trás! Aren, não me deixe para trás!

Chegando à margem, ela pulou do cavalo e desamarrou as cordas que ancoravam as embarcações, afastando-as da doca até o porto estar mergulhado em caos. Então, ouvindo que os soldados haviam chegado, ela se enfiou embaixo da doca, ficando praticamente submersa, e se agarrou a um píer incrustrado de cracas.

Conforme as ondas a puxavam e arrastavam, um velho medo inundou seu peito. E se ela escorregasse? E se a maré a puxasse para o mar? E se houvesse tubarões à espreita nas profundezas?

— Estão vendo ela? — um soldado gritou. Ele e vários de seus companheiros correram pela doca. — Aquele era o cavalo dela!

Mais soldados chegaram, o som alto das botas acobertando a respiração ofegante de Lara. Eles foram até a outra ponta, e ela conseguia imaginá-los olhando para o mar escuro, buscando algum sinal de uma embarcação.

— Algumas testemunhas disseram que ela estava gritando para alguém aqui, senhor — um homem contou, caminhando acima dela, sua sombra visível pelas frestas nas tábuas. — Pediu que esperassem por ela. Disse o nome do ithicaniano.

O comandante praguejou.

— Eles estão na água. Mande acenderem os sinais para os navios em patrulha. Se a marinha não apanhá-los logo, não conseguiremos mais. Traga alguns dos pescadores aqui para ajudar com a caçada.

Lara esperou que eles voltassem à costa, então se moveu lentamente debaixo da doca, segurando nas frestas, sabendo que precisava se apressar. Depois que o dia raiasse, os perseguidores logo saberiam que Aren e as irmãs dela não tinham vindo pela água, e seu pai desconfiaria da farsa. Eles precisavam estar longe quando isso acontecesse.

Chegando à praia rochosa, Lara engatinhou pela água na altura dos joelhos, se encolhendo toda vez que uma onda a engolia. Suas mãos e seus joelhos estavam sangrando por conta das pedras afiadas, mas ela não podia arriscar ficar de pé enquanto ainda estivesse no campo de visão dos soldados.

E havia outros chegando a cada minuto. Eles não eram idiotas. Vasculhariam cada barco de um lado a outro da costa, e ela não ficaria surpresa se trouxessem cães para ajudar na missão.

Quando achou que estava fora de perigo, Lara foi até a praia, tensa com o som de suas botas encharcadas que parecia ecoar pela noite. Contornando a cidade, ela subiu o morro correndo, depois virou para leste, se mantendo na lateral da estrada até chegar a uma ponte sobre um pequeno rio, onde ouvia com nitidez o barulho da água corrente. Voltou a chover, e aos poucos raios começavam a iluminar o céu. Ela seguiu rio acima e buscou as manchas indecifráveis de algas cintilantes que marcariam seu caminho.

Só quando as encontrou se permitiu se questionar se Bronwyn ainda estava viva. Se alguma das outras irmãs tinha se ferido. Ou morrido.

A culpa corroeu suas entranhas. Elas sabiam no que estavam se metendo quando aceitaram ajudá-la, mas ainda assim estavam naquela situação por causa de Lara. Lara, que havia salvado a vida das irmãs, agora as colocava em risco de novo.

E Aren?

Pensar nele lhe dava náuseas. O olhar dele para ela, o ódio na voz. Não havia motivo para crer que seria diferente, mas mesmo assim ela havia alimentado esperanças.

Seguindo as sutis marcas de algas e limpando-as ao passar, Lara subiu o morro, sentindo como se seus braços e pernas fossem feitos de chumbo, inúmeros machucados pequenos sugando sua força.

Ao chegar à abertura da pequena caverna, ela viu os cavalos amarrados ao lado. Viu gotículas de sangue na pedra da entrada. *Por favor, estejam todos vivos*, ela rezou. *Por favor, esteja aqui, Aren.*

— Caçadora. — Sua voz era rouca, e ela engoliu em seco antes de acrescentar: — É Lara.

Então entrou, mas foi recebida por uma voz amarga e familiar.

— Bem, os astros realmente *não* estão do nosso lado hoje, pois aqui está você, ainda viva.

23
AREN

Depois de dez minutos a galope, eles tiveram que parar para amarrar Bronwyn no cavalo dela.

— Tire isso — ela murmurou para Aren. — Está doendo.

— Essa flecha é a única coisa impedindo você de sangrar até a morte. — Mas Aren se sensibilizava; já tinha sido atingido mais de uma vez na vida. — Vamos tirá-la assim que estivermos em um lugar seguro.

Se ela sobrevivesse até lá.

Cresta segurou as rédeas da montaria da irmã enquanto Bronwyn estava caída sobre o pescoço do cavalo. Mas, mesmo na escuridão, Aren notou como Cresta ficava olhando para trás, às vezes parando para verificar o pulso dela. Distraída.

— Aonde estamos indo? — ele perguntou finalmente. — E quem vai nos encontrar lá?

— Subindo o rio, há uma pequena caverna. Nossa irmã, Sarhina, estará lá com as provisões de que você e Lara precisam para a viagem.

— Viagem para onde, exatamente? — Ele odiava não saber o plano. Odiava ser um seguidor quando havia passado a vida toda liderando.

— Lara vai explicar quando nos encontrar.

— Ou não. Ela pode estar morta.

Cresta riu baixo.

— Que bom que não vou com vocês dois. Não tem nada pior que segurar vela em briga de casal.

— Não somos mais um *casal* — ele respondeu com os dentes cerrados.

Cresta continuou rindo, como se o conflito entre ele e Lara não passasse de uma desavença sobre a decoração do quarto.

— Como quiser, majestade. Mas não pense que vai se livrar dela facilmente. Lara não vai ser morta pelos soldados de nosso pai. É praticamente impossível matar aquela mulher; é por isso que a chamamos de baratinha. E o simples fato de que não fomos pegos é um sinal de que está tudo correndo de acordo com o plano dela.

Nesse momento Bronwyn soltou um gemido, e Aren bateu os calcanhares no cavalo, puxando as rédeas desajeitadamente para se aproximar dela, a água do rio respingando e encharcando suas pernas. Ele pressionou os dedos no pescoço. A pulsação estava fraca, e a pele, fria.

— Temos que correr.

No escuro, os cavalos só conseguiam se mover em um ritmo lento rio acima, os cascos escorregando nas rochas úmidas. Aren teria conseguido ir duas vezes mais rápido a pé, mas não carregando Bronwyn. Ele estava exausto, desacostumado a atividades tão extenuantes, e odiava isso. Odiava se sentir fraco depois de ter sido forte a vida toda.

Ele avistou o brilho familiar das algas antes de Cresta e sentiu um aperto no peito. Era um pedaço de Ithicana, provando que seu povo estava envolvido nessa parte do plano.

Após dez minutos seguindo a trilha por entre as árvores, eles chegaram a um penhasco baixo, a abertura de uma caverna revelada pelo brilho da luz bruxuleante de uma fogueira.

Desmontando rapidamente, Cresta amarrou os cavalos enquanto Aren desamarrava Bronwyn e a levava para a caverna.

— Caçadora — Cresta chamou, e um momento depois uma mulher grávida com o cabelo longo e escuro apareceu, uma espada em uma das mãos e uma faca na outra.

— Bronwyn foi atingida.

— Merda! — A mulher grávida, que Aren imaginou que fosse a irmã Sarhina, embainhou suas armas e foi até ele, mas parou de repente. — Cadê a Lara?

— Despistando os soldados — Cresta respondeu. — Chegará daqui a pouco.

— Entrem.

Aren entrou com Bronwyn na caverna e congelou ao ver um rosto conhecido.

— Vovó?

Ela estava em pé, empunhando suas próprias armas, mas, quando o viu, deixou o facão cair com um estrondo.

Pelo que pareceu uma eternidade, Vovó não falou nada e, então, sussurrou:

— Você está vivo. Você está aqui. Graças ao bom Deus... — Lágrimas começaram a escorrer pelo rosto dela.

Ele nunca tinha visto sua avó chorar na vida. Nem mesmo quando seu pai — o filho dela — tinha sido perdido para o mar.

Então ela voltou o olhar para Bronwyn, secando as lágrimas do rosto e recuperando a compostura em um instante.

— Traga-a para cá.

— A flecha atravessou o ombro — ele disse, colocando a mulher no chão. — Ela perdeu muito sangue.

Vovó apenas grunhiu, sacando uma faca para cortar a roupa de Bronwyn.

— Ah, Bronwyn. — A mulher grávida passou acotovelando Aren e abaixou devagar, pegando a mão da irmã. — Por que é sempre você que se machuca?

A ponta da flecha na frente do ombro cintilava de sangue à luz do fogo. Cresta tinha se aproximado pelo outro lado, o rosto pálido de preocupação.

— Ela vai ficar bem?

Vovó não respondeu.

— Aren, quebre a cabeça da flecha e saia para ficar de guarda. Você — ela lançou um olhar sombrio para Sarhina —, vá com ele.

— Cresta vai com ele.

— Cresta vai ficar aqui — Vovó retrucou. — Preciso de uma assistente e, ao contrário de você, ela segue instruções.

Ignorando a batalha de gênios, Aren quebrou a cabeça da flecha e jogou num canto. Bronwyn apenas gemeu em resposta. Quando ele levantou, uma voz rouca chamou do lado de fora:

— Caçadora. É Lara.

Alívio percorreu o corpo dele enquanto sua esposa errante se aproximava, os ombros subindo e descendo com sua respiração rápida e ofegante. Ela estava encharcada, o cabelo cor de mel solto e emaranhado. Havia um hematoma sutil na face, e a calça estava rasgada nos joelhos, a pele ensanguentada por baixo. E, ainda assim, quando Lara ergueu o rosto para Aren, o coração dele acelerou.

A voz de Vovó o trouxe de volta ao momento.

— Bem, os astros realmente *não* estão do nosso lado hoje, pois aqui está você, ainda viva.

— Desculpe decepcioná-la. — Lara olhou para Bronwyn, franzindo os lábios ao ver a irmã. — Ela está...?

— Viva, mas por pouco. Vá lavar as mãos e venha me ajudar. Pelo menos para isso você pode ser útil.

Sem dizer uma palavra, Lara passou por ele, e Aren praticamente se atirou para fora da caverna. Sentiu um aperto enorme no peito, como se não conseguisse puxar o ar necessário, e foi só quando ele parou sob o céu nublado, a chuva quente lavando o suor de seu rosto, que seus músculos relaxaram o suficiente para inspirar fundo.

Cresta também passou por ele.

— Vou fazer o reconhecimento. — Tão silenciosa quanto um ithicaniano, ela desapareceu entre as árvores, uma aparição à noite.

Um soluço de dor veio de dentro da caverna, sugerindo que a flecha tinha sido retirada, e ele avançou colina abaixo, sem querer escutar. Sem querer sentir.

— Então você é o rei de Ithicana.

Com um susto, Aren virou e encontrou Sarhina ao seu lado, o cabelo escuro encharcado pela chuva. Apesar de parecer estar a semanas de dar à luz, ela se movia tão silenciosamente quanto Cresta. Doze irmãs. Silas havia criado doze dessas armas. E só agora Aren estava se dando conta do perigo que elas representavam.

— Era.

Ela soltou um suspiro exasperado.

— Por favor, não se faça de pobre coitado para cima de mim. Minha irmã pode estar morrendo lá dentro, e não tenho paciência para lamúrias desnecessárias.

— Desnecessárias? — A voz dele era ácida, mas ele não fez esforço para se controlar.

— Ithicana ainda não caiu. Eranahl resistiu a todas as tentativas de infiltração de suas defesas e, pelo que sei, a maioria de seus civis conseguiu chegar na ilha em segurança antes dos soldados de meu pai.

Ele sabia disso. Sabia que a maioria tinha chegado com pouco mais do que as roupas do corpo, e apenas os soldados de carreira de Ithicana permaneceram nas outras ilhas para combater as forças maridrinianas. Por meses, eles tinham vivido a céu aberto com o que restava da guarnição da Guarda Média, dormindo no chão e comendo o que conseguiam caçar ou coletar na selva, enquanto combatiam soldados que estavam morando em suas casas e comendo feito reis com as provisões que chegavam pela ponte.

— E o que exatamente você acha que esses civis estão comendo agora?

Ela o encarou com firmeza, sem se deixar abalar.

— Eles estão vivendo de ração, obviamente. É por isso que o tempo é crucial. Sua irmã está cumprindo a primeira parte do plano de Lara e, com você livre, a segunda parte pode começar. Você vai sentar em seu trono de novo, guarde o que estou dizendo. Meu pai irritou a mulher errada quando pisou no calo de sua esposa.

— Não a chame assim.

— Por que não? É o que ela é.

— Ela é uma mentirosa e uma traidora que merece ser degolada!

Abruptamente, Aren foi jogado de costas, uma faca em sua jugular.

— Vou deixar uma coisa clara, majestade — Sarhina rosnou, e seus dentes brancos eram a única coisa visível na escuridão. — Nunca mais fale de minha irmã dessa forma ou é você que será degolado. Entendido?

Encarando-a, ele não respondeu.

Sarhina pressionou a faca com mais força, e uma gotícula de sangue escorreu pelo pescoço dele.

— Você não significa nada para mim. Você não é nada. Eu e minhas irmãs só aceitamos ajudar você porque *Lara* te ama, e nós a amamos. Sem falar que devemos nossa vida a ela.

Ela aliviou um pouco a pressão, e Aren avaliou como poderia se desvencilhar sem machucar o bebê.

Mas, grávida ou não, Sarhina sabia o que estava fazendo. Ele estava rendido.

— Você não faz ideia do que ela sofreu — Sarhina continuou.

— O que todas nós sofremos nas mãos do meu pai, de Serin e do restante deles. *Quinze* anos sofrendo lavagem cerebral e acreditando que nosso povo estava passando fome e morrendo por causa de Ithicana. Eles nos espancaram, nos fizeram passar fome e nos transformaram em assassinas e, durante esse tempo todo, sussurravam que era tudo para salvar Maridrina de *você*. Que era por *sua* causa que precisávamos sofrer. Que você era um demônio detestável que não se importava nem um pouco com os inocentes que prejudicava apenas para satisfazer a própria ganância!

Havia fúria na voz dela, e a razão disse a ele que provocá-la seria imprudente. Mas Aren não conseguiu se segurar:

— Ela viu a verdade dias depois de chegar a Ithicana. A realidade foi esfregada na cara dela diversas vezes, e, mesmo assim, escolheu acreditar nas mentiras de seu pai e me apunhalar pelas costas!

— Escolheu? — A palavra saiu entre os dentes da mulher. — Você é tão idiota a ponto de não entender que as mentiras dele eram como veneno? Um veneno de que *nunca* vamos nos recuperar. Eu sei a verdade. Eu vi com meus próprios olhos e, mesmo assim, quase toda noite, acordo em frenesi, meu ódio por Ithicana voltando como se nunca tivesse ido embora.

Tão abruptamente quanto o havia atacado, Sarhina saiu de cima dele, massageando a lombar. Olhando para ela com desconfiança, Aren levantou, tocando o pescoço machucado.

— Lara cometeu um erro — ela disse, exausta. — Se tivesse contado toda a verdade a você, nada disso teria acontecido. Mas, por favor, entenda que só o fato de ela ter passado a confiar em você é praticamente um milagre. Ela é vítima das maquinações do meu pai tanto quanto você e Ithicana. Mas, ao contrário de você, ela não estava disposta a deixar que ele saísse vencedor. Lara continua sendo a rainha de Ithicana mesmo que você tenha desistido de ser rei.

Sem dizer outra palavra, ela entrou, deixando-o na chuva. Alguns minutos depois, foi Lara quem saiu, hesitando antes de ir até ele.

— Como está Bronwyn?

— Estancamos o sangramento, mas ela está muito fraca. Vai demorar mais ou menos um dia para termos certeza de que ela vai se recuperar e, mesmo assim, sempre há o risco de o ferimento infeccionar.

Lara massageou as têmporas, o cansaço e o preço de seja lá o que ela fez para despistar os perseguidores estampados em seu rosto, e Aren conteve o impulso de estender as mãos e massagear o pescoço dela, onde ele sabia que sempre tinha um nó.

Em vez disso, ele disse:

— Ela vai sobreviver. Sua irmã é uma guerreira.

Lara tirou as mãos do rosto e olhou para ele.

— Fico surpresa por você se importar.

É claro que me importo. Não sou como você, ele quis retrucar, mas falou:

— Não tenho nenhum ressentimento contra suas irmãs.

— Nem mesmo contra a que acabou de quase cortar sua garganta?

Ela ergueu a mão para tocar o pescoço dele, que se desvencilhou.

— Não encoste em mim.

Cruzando os braços, ela deu um passo para trás.

— Sarhina disse que você arrastou Ahnna para esse seu plano — ele disse. — Onde ela está? O que está fazendo? E aonde exatamente você acha que vou com você?

— Ahnna está a caminho de Harendell. Vai honrar o Tratado de Quinze Anos e implorar que Harendell auxilie Ithicana a trazer Guarda Norte para nosso controle de novo. — Ela desviou o rosto. — Para *seu* controle, digo.

As mãos de Aren gelaram.

— Você entregou minha irmã por um tratado que não existe mais? Ela não tem poder lá. Não tem aliados. Eles podem fazer o que quiserem com ela. — Aren virou o rosto, a mente acelerada tentando encontrar uma maneira de deter Ahnna antes que fosse tarde demais. — Eles só seriam bondosos com Ahnna se isso lhes garantisse termos favoráveis na ponte. Uma ponte que Ithicana não controla mais! Para eles, minha irmã não vale nada.

E Ithicana não valia nada. Se Harendell quisesse tirar Guarda Norte do controle de Maridrina, eles provavelmente conseguiriam. Mas não havia motivo para não ficarem com ela para si.

— Esse plano é loucura.

Lara ficou em silêncio, depois disse:

— Discordo. Depois que nos separamos, passei meses em Harendell. Eles terão o maior prazer em participar dessa empreitada, mas só se vocês cumprirem sua parte do acordo.

— Qual parte?

— Uma coisa é Harendell tomar Guarda Norte. Outra completamente diferente é atravessarem os mares Tempestuosos para invadir Guarda Sul bem debaixo do nariz de Maridrina. Precisamos conseguir outro aliado.

Aren sentiu o estômago revirar porque ele *sabia* o que ela estava planejando. Assim como sabia que seria loucura sequer sonhar que isso aconteceria.

— E é por isso — Lara continuou — que eu e você vamos para o sul para reatar a relação de Ithicana com a imperatriz de Valcotta.

24
LARA

Estava quase amanhecendo. O tempo tinha melhorado durante a noite, permitindo um amanhecer brilhante cor-de-rosa, laranja e dourado, embora sua beleza passasse despercebida por Lara. Ela estava do lado de fora da caverna, mordiscando um pedaço de pão mesmo sem fome.

Mal havia dormido.

Como poderia dormir tendo arrastado Bronwyn para essa confusão que a deixou à beira da morte? Toda vez que pegava no sono, Lara acordava assustada, certa de que a irmã tinha parado de respirar. Certa de que a havia perdido. Que a havia matado como tinha feito com Marylyn.

Para piorar, depois de ficar sabendo do plano, Aren havia se esforçado para se manter o mais longe possível dela, mesmo confinados dentro da caverna, se recusando a encará-la, preferindo olhar para a pequena fogueira por horas.

A culpa vinha sendo uma companhia constante desde que Lara tinha sido exilada de Ithicana, mas agora a sensação se renovava, fazendo seu estômago doer. Ela havia causado tanto mal. Mesmo se o plano funcionasse, mesmo se Ithicana conseguisse alianças e retomasse a ponte, esse mal não seria desfeito.

— Está pronta?

Sarhina surgiu atrás dela, entregando um pequeno copo de metal fumegante para Lara.

— Ele me odeia. — Sem conseguir controlar, uma lágrima quente escorreu pelo rosto, e Lara a secou furiosamente. — Pensei que... — A voz ficou fraca, e ela balançou a cabeça. — Não sei o que pensei.

— Que você seria perdoada por ter resgatado aquele idiota ingrato e gostoso?

Lara soltou um misto de riso e soluço.

Sarhina olhou a caverna, depois pegou o braço da irmã e a puxou para a colina.

A luz estava forte o suficiente para Lara conseguir ver o rosto de Sarhina, as olheiras e a tensão ao redor de sua boca. Exaustão e preocupação, nada bom para o bebê.

— Talvez ele nunca a perdoe, você sabe. E não tem como controlar isso.

O pescoço de Lara estalou quando ela fez que sim, seus músculos tensos.

— Eu sei.

— Isso muda alguma coisa? — Sarhina perguntou. — Quer desistir? Porque você pode. Podemos dar cavalos e provisões para aquela bruxa velha e sua majestade, depois nós quatro podemos sair daqui e deixar que eles façam o que bem quiserem.

— Não. — Lara não conseguiria abandoná-lo. Ela preferia morrer a abandoná-lo, independentemente do que Aren sentisse por ela. Porque libertar Ithicana do jugo de seu pai era algo que ela precisava fazer para viver em paz consigo mesma. — Mesmo que ele me perdoasse, o povo de Ithicana nunca me perdoaria. E não vou fazê-lo escolher. Vou levar isso até o fim, depois vou partir e...

E o quê?

Seus planos se limitavam a soltar Aren, libertar Ithicana, e ela não havia se permitido imaginar o que faria depois que atingisse esses objetivos. Não havia se permitido refletir sobre o momento em que teria que dar as costas para Aren e nunca mais voltar.

— Imagino que eu vá atrás do nosso pai.

Sarhina expirou.

— Ou talvez você esqueça tudo isso e venha me encontrar. Viver em algum lugar sem o peso da política e da violência. Seguir em frente com alguém que coloque você em primeiro lugar.

Lara sentiu um aperto no peito, uma onda súbita de angústia a preenchendo, e ela desviou o olhar.

— Dói pensar nisso. — E, por mais ilógico que fosse, o que Sarhina descreveu *não* era o que ela queria. Não era *ela*.

— Dói agora porque é recente. Vai melhorar com o tempo. — Sarhina puxou Lara para perto, beijando a testa dela. — Faça o que for preciso para acabar logo com isso, depois volte para nós. Promete?

Antes que ela pudesse responder, passos ecoaram no chão, e Lara se afastou da irmã. Viu Aren na entrada da caverna, os braços cruzados e os lábios comprimidos em uma linha fina.

Era sua primeira chance de olhar para ele à luz do dia, e Lara observou o corpo alto, os ombros largos, a cabeça erguida. O cabelo dele estava mais comprido do que em Ithicana, agora dava para ver que era ondulado como o de Ahnna. Seu rosto estava sombreado por uma barba rala.

— Bronwyn está acordada e perguntando sobre você — ele disse, sua voz grave impossível de interpretar.

— Obrigada por me avisar. — Ela tentou fazer contato visual, mas ele virou o rosto, dizendo:

— Vou carregar os cavalos.

Sarhina bufou.

— Até parece que você sabe fazer isso. Vou ajudar você.

— Vou me despedir de Bronwyn e Cresta — Lara murmurou. Quando entrou, ela inspirou fundo ao ver Bronwyn sentada, apoiada em Cresta, enquanto Vovó dava uma colherada de caldo em sua boca. — É bom ver você acordada.

— Contra minha vontade. — Bronwyn sorriu. — Mas eu não aceitaria que você fosse embora e me deixasse inconsciente no meio de um incêndio de novo!

Vovó bufou, depois cuspiu no canto e as abandonou.

— Meu Deus, como ela é geniosa. — Bronwyn murmurou, franzindo o rosto ainda pálido. — Como você a aguentou por um ano?

— Mantendo o mínimo de contato possível. — Lara sorriu. — Precisei sair escondida certa noite, então dei uma dose de laxante a ela. Tive horas de liberdade enquanto ela estava presa no banheiro.

As irmãs riram, Bronwyn apertando o ombro.

— Pare. Pare. Isso dói.

Lara se aproximou, encostando a testa na dela.

— Você vai melhorar. Isso é uma ordem.

— Você ficou muito autoritária, majestade — Bronwyn disse antes de abraçá-la.

Então Cresta encostou a testa nas delas. Depois sentiram mais um par de braços as envolvendo, e a barriga de grávida de Sarhina se infiltrou no abraço.

Lara se permitiu um momento para respirar antes de dizer:

— Sigam o plano. Voltem para as montanhas e fiquem em segurança.

Era algo tão fácil de falar, mas Lara sabia que suas irmãs ainda estavam correndo um grande perigo. As que ainda estavam em Vencia ficariam escondidas na cidade, até a estação de tempestades passar, depois se dividiriam e pegariam navios a norte e a sul, enquanto Sarhina, Bronwyn e Cresta encontrariam uma caravana de mercadores do pessoal de Ensel, que lhes daria cobertura e as levaria de volta a Renhallow — se tudo desse certo, antes de o bebê de Sarhina nascer.

— Vamos partir imediatamente. — Sarhina levantou. — A carroça tem um compartimento de contrabando; vamos esconder

Bronwyn e Cresta lá dentro se cruzarmos com uma patrulha. Ninguém vai desconfiar de uma velha e uma grávida. E nenhuma patrulha vai querer buscar contrabando em uma carroça cheia de esterco bovino seco.

— Você pensa em tudo.

— Você deveria experimentar de vez em quando — sua irmã respondeu, depois abriu um sorriso para Lara e lhe deu um empurrãozinho para a entrada da caverna.

Lá fora, Aren esperava com os cavalos, imerso na conversa com Vovó, mas eles pararam assim que viram Lara. Caminhando a passos largos até seu cavalo, Lara apertou a cilha e verificou se os alforjes estavam firmes antes de montar. Desviou o olhar quando Aren subiu desajeitadamente no cavalo, embora uma parte mesquinha dela gostasse de vê-lo tendo dificuldade em algo. Especialmente depois de toda a zombaria que ela havia aturado por sua fobia do mar.

— Se algo acontecer com ele... — Vovó começou a dizer, mas Lara estava cansada das ameaças dela.

— Sim, sim. Você vai me caçar e me dar de comer para os tubarões. Eu lembro.

Então estalou a língua para seu cavalo descer a trilha para o rio. Um momento depois, ouviu o trote do cavalo de Aren atrás.

Lara esperou até eles terem atravessado o rio, pegando a direção das montanhas baixas ao sudeste antes de diminuir o ritmo e seguir ao lado de Aren.

— A essa altura, eles já devem ter percebido que minha fuga de ontem à noite não passava de uma farsa e que não pegamos os barcos. Mas vão imaginar que estamos contando com isso, então desconfio que as patrulhas ao longo da costa sejam intensas. Por isso, vamos contornar a beira do deserto Vermelho até chegarmos em território valcottano, depois podemos voltar à estrada e seguir direto para Pyrinat. — A capital de Valcotta era o lugar mais certo para encontrar a imperatriz.

Aren continuou focado na trilha à frente deles, os dedos brancos de tanto apertar as rédeas.

— Supondo que Keris tenha libertado Zarrah, tudo isso é desnecessário. Ela prometeu que abasteceria Eranahl.

— O que nos dá tempo, mas não resolve o problema. E não dá para saber se ela conseguiu sair, ainda mais se meu meio-irmão estiver envolvido. Você confia demais nas pessoas, Aren.

— Irmão.

Lara abriu a boca, então a fechou de novo. Depois de um momento, perguntou:

— O quê?

— Vocês têm a mesma mãe, pelo que ele disse.

Era possível. Lara havia deixado o complexo quando tinha cinco anos e, embora lembrasse de Keris, eram memórias turvas e pouco específicas.

— E não confio em Keris, nem um pouco — Aren disse. — Mas tenho total confiança de que ele vai fazer o que for preciso para se manter vivo e, para isso acontecer, ele precisa da coroa de seu pai. E, para isso acontecer, ele precisa que Eranahl resista.

Lara ouviu em silêncio enquanto Aren explicava o plano de Keris, que era desnecessariamente complicado na opinião dela. Mas em vez de focar no plano do *irmão*, sua primeira pergunta foi:

— Minha mãe… Ela ainda está viva?

Aren ficou em silêncio por um longo momento, depois balançou a cabeça.

— Não.

A dor do luto pareceu golpeá-la na barriga, e os longos anos em que ela não tinha visto a mãe não atenuavam o sofrimento.

— Você sabe como ela morreu?

— É melhor que você não saiba. — Aren bateu com os pés nos flancos do cavalo, ultrapassando Lara na trilha.

Um lampejo de raiva percorreu as veias dela, que ultrapassou Aren a galope e parou na frente dele.

— Não seja mesquinho, Aren. Esconder isso só para me irritar é golpe baixo.

— É bem arrogante da sua parte supor que me importo a ponto de querer te irritar — respondeu Aren, desviando o olhar, e ela estreitou os olhos, sabendo que ele estava tentando desconversar.

Expirando devagar, ela pediu:

— Por favor, me conte a verdade.

O silêncio se estendeu.

— Só sei o que Keris me contou. — Aren a olhou nos olhos. — Ele disse que sua mãe tentou ir atrás de você e que seu pai a estrangulou como punição. E como um alerta para que as outras esposas não o irritassem. — Ele hesitou. — Sinto muito.

Lara não conseguia respirar. O mundo entrou e saiu de foco, e ela se curvou, cerrando os punhos ao redor das rédeas. Entredentes, rosnou:

— Odeio aquele homem!

— Keris também. Então confie nisso, se não confia em mais nada. — Ele bateu os calcanhares nos flancos do cavalo, quicando como um saco gigante de batatas, sem deixar opção a ela além de segui-lo.

O ritmo rápido e a necessidade de se manter alerta ajudou a distraí-la da dor crescente em seu peito enquanto eles galopavam ao longo da trilha sinuosa que atravessava as colinas e montanhas ao redor do deserto Vermelho. Eles passaram por um ou outro lavrador ou pastor, mas não atraíram a atenção de ninguém, uma vez que estavam vestidos como mercadores maridrinianos, as armas de Lara escondidas.

Pararam perto de um córrego ao meio-dia para comer e deixar

os cavalos beberem, mas Aren continuou em silêncio. Então Lara se sobressaltou quando ele disse:

— Como você fez?

— Fiz o quê? — retrucou, embora soubesse a que ele se referia. Ela não queria ter aquela conversa.

— Como e *quando* você escreveu seu plano para invadir Ithicana naquela carta que enviei a seu pai? Escrevi aquilo logo antes de nós... — Ele perdeu a voz, virando para mexer na sela. — Esquece. Não importa. Não quero saber.

— Aren...

— Não quero saber. — Ele subiu no cavalo com dificuldade. — Vamos.

Com o peito apertado, Lara encheu o cantil no córrego, depois montou e o seguiu.

— Escrevi na noite em que aqueles invasores acertaram você no ombro. — Enquanto ela dizia aquilo, a imagem de Aren ajoelhado na trilha enlameada, o sangue jorrando enquanto ele tentava explicar seu sonho de uma Ithicana diferente, que não fosse oprimida pela guerra e pela violência constante, surgiu em sua mente. — Escrevi em todos os papéis timbrados sabendo que um dia você enviaria algo para meu pai.

— Não quero ouvir. — Ele instigou o cavalo, mas puxou as rédeas ao mesmo tempo, e o animal, irritado, apenas bufou e bateu as patas no chão. — Ande, criatura idiota!

— Na noite em que ficamos juntos pela primeira vez, antes de encontrar você no pátio, eu estava no seu quarto destruindo os papéis. A tinta derramada pela qual você culpou seu gato foi obra minha. E eu contei todas as páginas. A carta que você havia começado e as outras... estavam todas lá. Não sei como uma me escapou, mas, por favor, saiba que, quando fui até você, eu achava que tinha colocado um fim a meus planos.

Desistindo do cavalo, Aren desceu pela lateral do animal e caminhou pela trilha.

— Não importa, Lara! Ainda assim aconteceu.

Como poderia não importar? Como ele poderia não se importar com o fato de que ela havia tentado impedir que seus planos um dia se concretizassem? Como poderia não se importar com o fato de que ela tinha virado as costas para o próprio pai e para uma vida de treinamento? Como poderia não se importar com o fato de que a invasão fora um choque tão grande para ela quanto para ele?

Segurando as rédeas, ela trotou atrás dele.

— Aren, escute! Sei que foi culpa minha, mas, por favor, entenda que eu não queria que acontecesse.

Ele deu meia-volta, colocando a mão dentro do casaco e tirando uma página vincada e desgastada de tanto dobrar e desdobrar, e Lara reconheceu a carta maldita.

— Li isto todos os dias desde que sua irmã a esfregou na minha cara. Todo santo dia eu leio a *merda* dos seus planos e vejo como você me manipulou. Como todos os momentos que passamos juntos eram apenas parte de sua estratégia para me enganar e conquistar minha confiança. Para encontrar as informações necessárias para destruir tudo que eu amava.

Estupidez ou não, era por isso que ela não tinha confessado para ele sobre a carta: porque sabia que ele reagiria assim.

— Mas isso não é o pior! — ele gritou. — Você teve seus motivos para fazer o que fez. Qual é minha desculpa? Todos os detalhes que você aprendeu, todas as oportunidades que teve de espionar... foram erros meus. Levar você para Ithicana foi erro meu. Confiar em você foi erro meu. Amar você foi erro meu. — Ele pegou uma pedra e a atirou em uma árvore. — Ithicana caiu por culpa minha e, se você pensa que ela vai se reerguer sob meu comando, está muito enganada.

Naquele momento, Lara entendeu o que alimentava a raiva nos olhos dele. Não era ela. Não era o que ela tinha feito. Aren no fundo só culpava a si mesmo.

E o que ela poderia dizer? Argumentar que ele não deveria se culpar por ter entrado no casamento deles de boa-fé soaria vazio e ridículo. Lara abriu e fechou a boca, rejeitando todas as palavras que brotaram em seus lábios.

— Aren...

A voz falhou, dando lugar ao som de cascos. Ela olhou para trás, mas era impossível ver algo entre as árvores.

— Alguém está vindo.

— Mais de uma pessoa. — Aren se aproximou do cavalo dela, a cabeça erguida, escutando. — Está ouvindo?

Ela notou os sons distantes de cachorros latindo.

— Estão nos rastreando. Precisamos correr. Agora!

Por dois dias, eles atravessaram os morros e vales, se esforçando para escapar de perseguidores que pareciam nunca se cansar, sempre poucos passos atrás por mais truques que Lara fizesse. Ela roubava montarias novas para eles quando chegavam a pequenas vilas e fazendas, deixando seus animais exaustos para trás em forma de pagamento. Mas eles jamais conseguiriam equiparar a qualidade da cavalaria dos soldados de seu pai, então, a cada hora que passava, o som de latidos e cascos galopantes se aproximava mais.

— Eles sabem aonde estamos tentando ir — Aren disse a ela, se ajeitando na sela enquanto os cavalos bebiam água de um pequeno riacho.

— Eu sei. — Ela tampou o cantil e o estendeu para Aren antes de encher outro. — Imaginei que Serin descobriria meu plano, mas não tão rápido. — Ela só rezava que ele tivesse descoberto por conhecê-la muito bem, e não porque tivesse capturado uma de suas irmãs.

— Seu pai mandará os soldados correrem pela estrada principal na costa e depois para leste, para nos interceptar. Não temos nenhuma chance de ultrapassá-los. Não nesses pangarés.

— Não são pangarés — ela murmurou, acariciando seu cavalo suado enquanto voltava a montar. — Só não nasceram para correr.

— Peço desculpas por ofendê-los. Mas o que importa é que precisamos correr agora.

O que eles precisavam mesmo era *dormir*. Nenhum deles havia dormido mais do que algumas horas na sela, enquanto o outro guiava os cavalos. Ela estava exausta e dolorida, e a acidez constante de Aren estava dando em seus nervos.

— Vamos chegar mais perto da fronteira do deserto. Não haverá muita água, então eles não devem estar esperando que façamos isso. Depois que passarmos por eles, podemos cortar de volta à costa e comprar cavalos mais velozes.

Se ao menos ela estivesse tão confiante quanto parecia.

Batendo os calcanhares, ela o guiou pela trilha estreita, olhando para trás de vez em quando. Era impossível esconder a rota que eles seguiam no terreno acidentado, que agora estava desprovido de árvores. Ela conseguia ver o brilho da luz do sol se refletir em uma luneta, a nuvem de poeira subindo sob os cascos dos cavalos.

O que ela não daria por uma chuva naquele momento, por água fria caindo do céu para lavar a sujeira, encher sua boca, abafar o cheiro de seu rastro. Mas a única tempestade que eles encontrariam pela frente era a de poeira.

A cada hora que passava, iam mais para o leste, o ar ficando mais seco e o vento carregando o cheiro familiar de areia. Impulsionando seu cavalo a subir ao topo de um morro, Lara parou e olhou para baixo, para as areias vermelhas que se estendiam diante dela, infinitas e vastas como o oceano.

— Seguimos para o sul daqui pelo tempo que conseguirmos até os cavalos precisarem de água. Depois vamos...

Ela parou de repente, olhando para a nuvem de poeira que se aproximava. *Impossível.*

— Inferno! — Aren rosnou, apontando para um ponto atrás deles. Mais dois grupos, se movendo rapidamente. Cercando-os por todos os lados.

Todos os lados, menos um.

Virando o cavalo, Lara olhou para o leste, as areias vermelhas parecendo se mover com as ondas de calor.

Eles não estavam equipados para isso. Não tinham água suficiente, muito menos considerando os cavalos. Mas lá, ao menos, eles tinham uma chance. Se ficassem, seria morte ou prisão.

Tomando a decisão, Lara apertou os calcanhares nos flancos do cavalo suado e guiou Aren e sua montaria para dentro do deserto Vermelho.

25
AREN

Ele nunca havia sentido um calor como aquele.

Por dias, foram entrando cada vez mais no deserto, o rastro de seus perseguidores sempre visível no horizonte.

Ele havia esgotado até a última gota de água. Sua boca estava completamente seca, sua pele ardia sob o ataque incessante do sol, os lábios estavam rachados. Seu cavalo cambaleava, arfando, e o pelo tinha uma crosta branca de suor seco. O animal soltou um gemido e caiu de joelhos, fazendo Aren tombar na areia.

— Levanta! — ele gritou para o cavalo, puxando as rédeas, mas o animal só ficou caído de lado, as narinas bem abertas.

— Deixe-o — Lara passou por ele, desamarrando os alforjes do animal e entregando-os para Aren antes de remover os seus. Soltando as rédeas dos dois, ela fez algumas carícias no pescoço deles antes de pendurar os sacos nos próprios ombros.

— Vamos morrer aqui — Aren disse.

Em vez de responder, Lara ergueu a mão para proteger os olhos enquanto olhava ao longe.

— Ainda não. Agora, ande.

Horas se passaram, e cada passo era um ato de força de vontade, cada respiração doía. Mas Lara não vacilava, e ele se recusava a ser o primeiro a ceder.

Eles subiram uma duna que parecia tocar o céu, uma montanha

de areia que deslizava e se movia sob os pés de Aren. Ele tropeçava. Caía. Voltava a levantar e repetir todo o processo.

Estava com muita sede. Uma sede que ele não julgava possível, uma necessidade tão terrível de água que o pânico começava a se infiltrar nele, como ficar submerso e precisar desesperadamente de ar. E essa tortura parecia não ter fim.

Ao chegar ao topo da duna, ele parou ao lado de Lara, respirando com dificuldade, sabendo que deveria olhar para trás para verificar se seus perseguidores estavam perto. Mas era incapaz de encontrar energia para isso.

Então, ergueu o rosto e viu o que havia feito Lara parar.

O paredão de areia se formando logo à frente devia ter uns trezentos metros de altura. Um raio crepitou dentro dele e o trovão ecoou sobre as dunas logo em seguida.

Lara não se moveu, encarando a tempestade como se estivesse hipnotizada, o vento fazendo seu cabelo esvoaçar como uma nuvem dourada. Desviando o olhar dela, Aren observou os oito homens em camelos ao longe, batendo os braços para açoitar suas montarias e aumentar a velocidade.

— Lara! — A boca dele estava completamente seca. — Os camelos conseguem correr mais do que a tempestade?

Ela virou para observar a força do furacão de areia que se aproximava rapidamente.

— É nisso que eles estão apostando. Querem nos capturar ou matar, depois correr em direção à fronteira onde vão se abrigar em tendas até a tempestade passar.

— Então lutamos contra eles e pegamos seus animais.

Talvez, se os dois não estivessem à beira da morte por desidratação e exaustão, esse fosse um bom plano. Mas eles não tinham mais flechas para abater as fileiras, e o simples ato de sacar a arma da bainha esgotaria todas as forças de Aren. Eles não venceriam aquela luta.

E, pela expressão sombria de Lara, ela sabia disso.

— A tempestade precisa lutar essa batalha por nós. — Então, ela correu para o pesadelo de vento e areia.

26
LARA

AQUELA ERA A ÚNICA CHANCE DELES.

A maioria das pessoas teria pensado que se tratava de uma miragem ou uma ilusão, mas ela tinha visto o verde tremulante ao longe, algum sexto sentido enraizado por uma vida no deserto. Tudo que eles tinham que fazer era correr para a tempestade.

Seu coração estava acelerado, uma percussão constante que competia com o som crescente do trovão, mas mesmo assim ela seguiu em frente, puxando Aren.

Ele tropeçou e caiu, mas ela o levantou, apoiando-o em seus ombros, embora seus joelhos mal aguentassem o próprio peso. Ao olhar para trás, viu que os camelos estavam se aproximando.

O que seu pai teria oferecido a eles? Que recompensas, que riquezas valeriam o risco de morrer para tirar duas vidas?

Ou talvez nem houvesse recompensa.

Talvez fosse o medo do que Silas faria com eles se não trouxessem a cabeça dela e de Aren.

Os ventos estavam soprando cada vez mais fortes, enchendo o ar de areia, e Lara parou para ajustar o lenço, apertando-o sobre a boca e as orelhas e fazendo o mesmo com Aren — mas, no caso dele, cobriu os olhos também.

— Não me solte! — ela gritou, depois o guiou para a frente.

A areia arranhava os olhos de Lara, e seu corpo estava incapaz de produzir lágrimas para aliviar o incômodo.

Então, ela conseguiu sentir o cheiro. Água. Salvação.

Eles estavam muito perto.

Ela ouviu o grito dos homens de seu pai quando o sol desapareceu do horizonte, escondido pelos turbilhões de areia. Minutos. Eles tinham minutos para a tempestade alcançá-los e esconder tudo ao redor.

Tinham que seguir em frente.

O uivo do vento era ensurdecedor, sua força os açoitando por todos os lados, a areia queimando sua pele, os olhos agonizando enquanto ela apertava a mão de Aren, puxando-o para a frente um passo de cada vez.

Você consegue!, ela gritou mentalmente. *Você vai sobreviver.*

A escuridão caiu, e Lara fechou os olhos, erguendo o lenço para esconder o rosto todo.

Ela não tinha senso de direção. Mal diferenciava o céu da terra.

Coisas mais pesadas do que areia passaram a voar também, e ela gritou quando uma pedra cortou seu ombro.

Ao lado, Aren tossia violentamente, então caiu, soltando sua mão.

— Aren! — Lara gritou, tateando a areia, começando a tossir também, partículas minúsculas atravessando seu lenço e fazendo com que ela sufocasse. — Aren!

Mas ela não conseguiu encontrá-lo, e estava com pavor de se mover e seguir na direção errada.

— Aren!

Ela estendeu a mão o máximo possível, girando de joelhos. Pedaços de rocha a acertaram, rasgando suas roupas. Sua pele.

— Aren!

Ela sentiu a textura de um tecido e tateou, encontrando o corpo caído de Aren. Encostou os lábios no local onde o tecido do lenço cobria a orelha dele.

— Levanta! — Eles seriam soterrados se ficassem parados por muito tempo. — Rasteja!

Ele se mexeu, se apoiando nas mãos e nos joelhos. Ela conseguia sentir o corpo dele estremecendo a cada tosse, embora não conseguisse ouvir com o barulho do vento. Com o estrondo alto de trovão.

Através das pálpebras fechadas, ela viu o brilho de um raio, e seus ouvidos doeram pelo estrondo que se seguiu. Então ela sentiu um cheiro forte de fumaça.

O raio havia atingido uma das árvores do oásis.

Mal conseguindo respirar, ela apertou o casaco de Aren, seguindo o cheiro fugidio que rodopiava e dançava ao redor.

Siga em frente, ela entoou. *Você não vai deixá-lo morrer.*

Seus dedos bateram em algo duro. Tossindo, Lara tateou o objeto. Pedra lisa. Blocos.

A parede do pátio de treinamento, agora quase soterrada pela areia.

Ela avançou sofregamente, seguindo a parede, que em algum ponto daria a volta até o prédio onde as armas eram armazenadas. Eles poderiam se abrigar lá dentro até a tempestade passar.

Aren caiu.

— Não! — ela gritou. — Não! — Então um acesso de tosse a impossibilitou de falar.

Segurando-o embaixo dos braços, ela o arrastou, cada passo agonizante. Caindo e se obrigando a ficar de pé, confirmando o tempo todo que a parede ainda estava ali.

Mas ele era pesado demais. Duas vezes o tamanho dela, e ela estava esgotada. Estava exausta e sufocando, se pelo menos pudesse deitar e descansar...

— Não! — A palavra saiu à força entre respirações engasgadas. Passo.

Passo.

A parede desapareceu debaixo da mão. Confiando em sua memória, ela seguiu em frente até colidir com o prédio. Depois, colocou Aren no chão e continuou segurando-o enquanto tateava em busca da porta.

Ali.

Estava aberta, e ela o arrastou para dentro, apoiando-o na parede dos fundos. Depois recuou até a porta, tirou punhados de areia da frente e puxou a madeira até fechá-la, o trinco pesado se encaixando.

Seus olhos ardiam, e ela mal conseguia respirar de tanto que tossia, a boca cheia de areia e seca demais para cuspir. Mas temia que Aren estivesse pior.

Ele ainda não tinha saído do lugar. Tossia quase continuamente, mas era a desidratação que mais a preocupava porque poderia matá-lo. *Iria* matá-lo, se ela não conseguisse água logo.

Mas a tempestade poderia durar por horas. Dias. E os cantis que traziam pendurados no corpo estavam completamente vazios.

Mantendo o lenço enrolado no rosto, Lara foi em direção a Aren, se guiando pelo barulho da tosse, tateando até tocar o pescoço dele. O pulso estava acelerado, e ele ardia de febre.

— Aren. — Ela o chacoalhou. — Aren, você precisa acordar.

Ele resmungou e se remexeu, empurrando-a para longe.

— Maldição — ela rosnou, o pânico crescendo no peito. — Não se atreva a morrer, seu idiota.

Ela precisava buscar água da nascente, e precisava fazer isso agora, com ou sem tempestade.

Depois de baixar o lenço dos olhos de Aren para ele não acordar vendado, Lara tateou para encontrar o caminho até a porta. Confirmando que seu lenço estava firme, ela encostou o ombro na porta e empurrou, as botas deslizando no piso de pedra enquanto ela lutava contra o vento.

Devagar, Lara conseguiu abrir uma fresta, mas a tempestade jogou a porta contra a parede externa da construção, escancarada.

Areia e vento entraram em um redemoinho, um estrondo trovejante ressoando enquanto ela se esforçava para fechar de novo. Se escorando na parede externa, onde a porta estava imprensada pelo vento, Lara empurrou com ajuda da perna e conseguiu fechá-la. Então encaixou a faca em uma dobradiça para impedir que abrisse e começou a rastejar.

O único sentido que lhe restava era o tato, e Lara se moveu com uma lentidão meticulosa porque, caso se perdesse, não chegaria à nascente, muito menos voltaria até Aren. Só seria morta pela tempestade.

Foi guiada pela memória, traçou as laterais dos prédios, afundando os dedos na areia para encontrar a trilha de mosaico de pedra que tinha sido soterrada. A última vez que ela seguiu por esse caminho tinha sido para aquele jantar fatídico, prestes a forjar a morte das irmãs para salvá-las. A memória tomou conta de sua mente com o barulho de seus saltos, o cheiro de comida no ar, a sensação das saias de seda roçando suas pernas. A única coisa em comum com a jornada atual era seu pavor.

Centímetro por centímetro, ela seguiu na direção da nascente, seu corpo tremendo por conta da tosse e as mãos ardendo pela areia abrasadora. O vento a atingia de um lado, depois do outro, derrubando-a e golpeando seu corpo com pedras e galhos soltos das plantas no oásis, sangue escorria de sua pele em vários pontos.

Sua cabeça latejava tanto que ela mal conseguia pensar, a desorientação a fazendo questionar todos os movimentos que fazia, quase paralisando-a.

Continue!, ela gritou para si mesma. *Faltam só alguns metros.*

Mas e se ela estivesse errada? E se tivesse pegado a direção errada?

Lara ficou paralisada, o pânico a engasgando tanto quanto a areia, sua respiração entrecortada e rápida demais, insuficiente para seus pulmões. Uma tontura tomou conta dela. Sentiu cãibra nos braços e nas pernas, se encolheu em posição fetal até formar uma bola na areia.

Siga em frente. Você é a maldita rainha de Ithicana! Não vai ser derrotada por areia!

Com uma lentidão dolorosa, seus membros obedeceram, e ela rastejou.

Sua memória lhe dizia que a ponte sobre a nascente ficava logo à frente, mas, quando as muretas de pedra que cercavam a trilha acabaram, a única coisa que ela sentia era areia. Mantendo um pé na mureta para não se perder, Lara estendeu o braço, apoiando o peso em uma das mãos enquanto tateava ao redor, procurando algo familiar.

Então a terra cedeu sob seus pés.

Ela caiu de cara em uma mistura de areia e água. Se debatendo, rolou, apoiando os joelhos no chão e sentando, com lama até a cintura.

Praguejando, ela lembrou da última vez que uma tempestade de areia havia atingido o complexo e que tinha levado semanas para dragar a fonte e mais um mês até que fluísse normalmente. Daria para beber a água, mas seria necessário filtrar.

Lara rasgou um pedaço de tecido da roupa e o amarrou na boca do cantil preso a sua cintura, conferindo se estava bem firme. Então mergulhou o cantil no caldo imundo, esperando encher, depois tirou o lenço e deu um gole. Era arenosa e tinha um gosto horrível, mas sentir água fresca em seus lábios era como uma verdadeira bênção, e ela enxaguou a boca e cuspiu antes de dar um gole grande.

Bebeu o máximo que conseguiu sem passar mal. Encheu o seu cantil e o de Aren, confirmando que estavam bem presos em seu cinto antes de voltar à trilha.

A água lhe deu forças, e ela voltou rapidamente pelo mesmo caminho.

— Estou chegando — murmurou entre uma tosse e outra. — Aguente firme.

Ao chegar ao prédio, abriu a porta à força. Apesar do rugido da tempestade, conseguia ouvir a tosse de Aren. Depois de rastejar às cegas, colocou-o sentado, escorando o corpo dele, e esperou um acesso de tosse passar. Então despejou um pouco de água e fechou a boca dele para que engolisse com calma. Assim foi repetindo o processo até que na quarta vez, ele engasgou e, desvencilhando-se dela, rolou para o lado.

— Aren?

— Mais água — ele pediu com a voz rouca. Lara colocou o cantil na mão dele e ficou ouvindo-o beber. Quando julgou que a dose tinha sido suficiente, pegou de volta. — Mais.

— Você vai vomitar — ela disse, tomando um gole também. — E não vou voltar lá fora até a tempestade diminuir.

Lara recostou na pedra fria da parede e bebeu mais um pouco. A ardência nos olhos era enlouquecedora, e ela rezou para o estrago não ser permanente. Tinha que lavar o rosto, mas, para isso, precisaria de uma água mais limpa. Por conta da queda na nascente, estava encharcada, com areia arranhando os lugares mais inconvenientes possíveis, o estômago doendo e todos os músculos doloridos. Mas o pior de tudo era o frio, a roupa molhada parecia gelo em sua pele enquanto a temperatura do deserto despencava com o cair da noite.

— Onde estamos? — A voz dele soava como uma lixa. — Que lugar é este?

Era um lugar secreto. Um lugar ao qual pretendia nunca retornar.

— Aqui — ela sussurrou, desabotoando e tirando o vestido encharcado — é onde tudo começou.

27
AREN

Aren andou pelo corredor gelado, ouvindo os trovões do tufão lá fora, o ar pesado pela umidade e pela energia do relâmpago. Ele tinha umas cem coisas para fazer. Mil. Mas, como ferro e magnetita, era atraído por ela, e a necessidade de encontrá-la ofuscava qualquer tarefa.

Parando no patamar da escada, ele apoiou os cotovelos no parapeito e observou o saguão do palácio. Lara estava sentada no chão com uma dezena de crianças ao redor, todas olhando para ela com encantamento. Ela lia uma história como fazia durante as tempestades, variando o tom para dar um ar dramático, os pequenos inclinados para a frente, ansiosos, enquanto a narrativa chegava ao clímax. Sentindo a presença dele, Lara olhou para cima, um sorriso lento surgindo no rosto.

Bum.

O palácio tremeu pela intensidade do trovão, e algumas crianças levaram um susto.

— Calma — Lara sussurrou. — Não há perigo aqui.

Um relâmpago brilhou, iluminando o salão abobadado, e ocorreu a Aren que era estranho isso acontecer, pois não havia janelas.

Bum.

Todas as lamparinas se apagaram, mergulhando o palácio na escuridão. Gritos encheram o ar, e Aren desceu correndo, tropeçando e cambaleando no breu.

— Lara!

Mais gritos.

— Lara!

Outro raio brilhou e, por um segundo, Aren conseguiu ver. Viu os pisos e as paredes do palácio cobertos de carmim. Então mergulhou nas trevas mais uma vez.

Bum.

— Lara! — ele chamou por ela, tateando no escuro. — Cadê você?

Mais raios, dessa vez iluminando Lara, que estava de joelhos, o pai atrás dela com uma faca em seu pescoço.

— Diga como invadir Eranahl.

Aren acordou assustado.

Ao seu redor havia escuridão e barulho, e ele tossiu violentamente, a boca seca como serragem, um gosto de areia na língua.

Ele sentiu uma onda de pânico percorrer o corpo e, ao arrancar o lenço que cobria o rosto, sua mão passou roçando em fios de cabelo.

Lara.

O corpo trêmulo dela estava grudado ao de Aren, e ele estava com um braço ao redor de seu pescoço e o outro de seu tronco, as mãos dos dois entrelaçadas. Ela tossiu, depois virou para ele, ainda dormindo. E, embora soubesse que não deveria, Aren a abraçou com firmeza para se proteger do frio noturno do deserto.

O som era inacreditável — tão intenso quanto o de qualquer tufão —, o vento furioso lançando areia e sabe Deus o que mais na pequena construção de pedra. Trovões faziam a terra tremer. Apesar da porta fechada e da total falta de janelas, pó e areia pairavam no ar, obrigando-o a colocar o lenço sobre o nariz e a boca de novo, embora odiasse aquela sensação sufocante.

Depois de revelar que eles estavam no complexo onde ela havia sido criada, Lara falou pouco, os dois tão exaustos que pegaram no sono um ao lado do outro. Ela tinha trocado o vestido encharcado pela camisa dele. E Aren não precisou de nenhuma explicação para entender que Lara havia salvado sua vida.

Sua última lembrança era estar cercado por uma escuridão arenosa e sufocante, e então nada, até Lara acordá-lo entornando água em sua boca. O que significava que ela havia conseguido encontrar o prédio e puxar Aren para dentro, além de ter saído para buscar água. Façanhas aparentemente impossíveis, até ela provar o contrário. Isso provocava nele uma admiração relutante.

A capacidade de Lara de suportar as dificuldades era bastante espantosa, o que o surpreendia e ao mesmo tempo... *não*. Mesmo quando escondia sua verdadeira natureza dele, ela havia demonstrado ser resiliente e disposta a superar as piores circunstâncias. Parte era treinamento — as condições de vida a que ela e as irmãs haviam sido submetidas por Serin e os outros durante o tempo que passaram nesse lugar —, mas ia além disso.

Força de vontade. Era o que a fazia seguir em frente. Pura força de vontade e uma teimosia igualmente grande.

Mas o que ela pretendia ganhar ao ajudá-lo?

Se Lara queria que ele a aceitasse de volta, estava perdendo tempo. Não importava se tinha sido um erro deixar a carta cair nas mãos de seu pai; as consequências foram as mesmas. E era tudo resultado das mentiras, da farsa, da manipulação dela. A mulher por quem ele havia se apaixonado não existia — era apenas uma máscara que Lara havia escolhido usar por um tempo. Ele não a conhecia. Não queria conhecê-la.

Mentiroso, uma vozinha sussurrou em sua cabeça. *Olhe só para você! Se não estivessem semimortos, você provavelmente estaria entre as pernas dela!*

A raiva ardeu pelo seu corpo, e Aren tirou o braço do pescoço de Lara e sentou. Tateando na escuridão, encontrou o vestido dela, que estava seco, e cobriu seu corpo adormecido. Então os ventos pararam de repente, a chuva de projéteis que caía sobre o abrigo cessando seu ataque.

Agora, era possível ver os contornos da porta sob a luz fraca, e ele a abriu, piscando diante do brilho do sol das primeiras horas da manhã, observando o paredão de areia se mover continuamente para o oeste. Completamente diferente dos tufões que atingiam Ithicana, mas não menos mortal.

Fechando a porta ao sair, ele observou o lugar onde Lara havia crescido.

Havia areia vermelha por toda parte, soterrando parte dos prédios de pedra no perímetro do complexo, mas o olhar dele logo foi atraído para as árvores e folhagens, que pareciam deslocadas no deserto desolado.

Assim como o cheiro de água.

Aren caminhou entre os prédios, que estavam manchados de fuligem, algumas das portas estilhaçadas ou carbonizadas. Mas ele não parou para investigar, instigado pela sede.

Ao chegar às árvores — troncos surrados e desfolhados graças à tempestade —, encontrou a nascente que alimentava a vegetação, embora não passasse de uma sopa arenosa agora. Escavando a areia até uma poça se formar, ele bebeu com as mãos em concha, se engasgando com os grãos de areia e ao mesmo tempo se deliciando com a sensação do líquido morno em sua língua. Ele só seguiu para o centro do oásis após saciar a sede, e lá encontrou uma mesa grande cercada por cadeiras tombadas em meio a montes de areia. Dava para entrever talheres esparramados, cintilando sob o sol, e pratos quebrados, cacos de vidro espalhados.

Curioso, Aren se aproximou, mas seu pé ficou preso em algo na areia. Ele tropeçou e quase caiu. Quando se abaixou para soltar a bota, ficou paralisado ao perceber em que havia tropeçado.

Um cadáver dessecado.

Praguejando, Aren soltou a bota da pilha de ossos e tecido, mas, ao erguer o rosto, viu que o corpo não era o único. Para onde quer que olhasse, esqueletos despontavam da areia. A cena não lembrava mais uma festa abandonada, mas sim uma cova.

Ele vasculhou os prédios ao redor, todos arrebentados e queimados por dentro, e encontrou mais corpos. Dezenas de mortos, e o fogo não tinha sido suficiente para consumir as evidências. Embora ele já tivesse visto um bom número de cadáveres, esse lugar lhe causava arrepios.

— Aren! — A voz de Lara chegou a seus ouvidos, e ele saiu, piscando sob o sol forte. — Aren, cadê você?

Deixe que ela entre em pânico, a parte furiosa de sua consciência sussurrou. *Deixe que ela pense que você foi embora, que não precisa dela.*

Então Aren a viu descendo a trilha usando apenas a camisa dele e as botas dela. Ela estava andando devagar, ainda com uma venda sobre os olhos. O que tinha de errado com ela?

— Aren! — Com os braços estendidos, Lara tateava os prédios para se guiar, mas tropeçou numa pedra e caiu na areia. Mesmo se levantando em um pulo, cambaleava, desorientada. Perdida. — Você está bem?

A angústia e o medo na voz dela atingiram o coração dele.

— Estou bem, Lara. Fique aí. Estou indo.

Depois de ir a passos largos até lá, Aren tirou a venda de Lara com cuidado, ficando tenso com a imagem. Os olhos dela estavam quase fechados de tão inchados, a pele ao redor tinha arranhões vermelhos, as lágrimas que riscavam seu rosto estavam cheias de areia e sangue.

— Consegue enxergar alguma coisa?

— Não muito bem.

Aren lembrou da tempestade, Lara tinha coberto o rosto dele

todo, até os olhos, sacrificando os seus próprios para levá-lo a um lugar seguro.

— Deixe eu dar uma olhada.

Não que ele soubesse ao certo como ajudar. Olhos eram órgãos delicados; embora ele tivesse certa habilidade em colocar ossos no lugar e dar pontos, aquele terreno já era mais complicado. Mas no mínimo eles precisavam ser lavados, e isso Aren conseguia fazer.

— Achei a cozinha. Deve ter o necessário para higienizar isso aí.

Pegando a mão dela, ele a guiou pelas trilhas, tentando não reparar na textura da pele dela sob a sua. Não estava mais brilhante e macia como em Ithicana, mas seca e calejada. Mesmo assim, o formato da mão dela e como se curvava ao redor da sua era terrivelmente familiar. Ele a soltou assim que chegaram à cozinha.

— Fique aqui — ele murmurou. — Vou buscar um pouco de água.

A areia começava a decantar na nascente, mas a água ainda estava turva. Ele encheu uma chaleira e uma panela, carregando-as de volta. Depois de pensar um pouco, foi até um dos prédios onde tinha visto os restos de vestidos e pegou um monte de seda. Com diversas tentativas, conseguiu filtrar a água no tecido até ficar transparente, então a ferveu no fogão e deixou a chaleira esfriar.

— Você me contou uma vez que seu pai mandou matar todos que sabiam sobre os planos dele. Foi aqui?

Ela desviou o rosto, secando as bochechas.

— Sim.

— Você o ajudou?

— Não. — A voz dela era inexpressiva. — Mas também não fiz nada para salvá-los.

Aren a observou, esperando, vendo a leve contração do maxilar dela, o vinco tênue na testa. Ele tinha aprendido que aquela expressão significava que Lara estava decidindo se contaria a verdade ou se mentiria.

Ela suspirou.

— Meu pai veio com o núcleo de soldados dele buscar a filha que Serin havia escolhido para casar com você: minha irmã Marylyn.

A mulher que havia tentado matá-lo na Guarda Média — que *havia* matado Eli, assim como a mãe e a tia do garoto, e Deus sabe quantos outros. A irmã que *Lara* havia matado com uma única torção do pescoço.

— Eu era próxima do meu mestre de armas. Na primeira noite depois que o grupo do meu pai chegou, ele deu um jeito para que eu escutasse seus planos. Descobri que meu pai pretendia me matar e matar as minhas irmãs quando Marylyn fosse anunciada oficialmente como a escolhida, pois nos manter vivas representava um custo maior do que ele desejava pagar. Então eu me vi com apenas alguns dias para encontrar uma forma de salvar a nossa vida.

— Seu pai me contou essa história.

Ela franziu a testa.

— Por quê?

— Não sei. — Mentira. Tinha sido um conforto para Aren acreditar que Lara não era o tipo de pessoa que se arriscaria em uma tentativa de resgate, e Silas quis tirar isso dele. — Por que você não contou para suas irmãs e depois escapou? Com seu treinamento, teria sido fácil.

— Sim, mas significaria passar a vida inteira em fuga a menos que também matássemos nosso pai e todo o núcleo de soldados dele. Os riscos eram óbvios. Além disso... — ela perdeu a voz, balançando a cabeça de leve. — Àquela altura, todas nós ainda acreditávamos no que havíamos aprendido a vida inteira sobre a vilania de Ithicana e o sofrimento de Maridrina. Se eu fosse embora, abandonaria o que encarava como a única chance de salvar meu país, e eu não queria isso. — Ela fechou a cara. — Agora parece idiota ter acreditado naquilo, mas acho que é difícil se imaginar cego quando se pode enxergar.

Foi por isso que Silas as havia mantido escondidas. Não para protegê-las de um assassinato, mas para impedir que descobrissem a verdade.

— Por que você? Você poderia ter fingido sua morte e a das suas irmãs, e depois deixado Marylyn continuar como a escolha de seu pai.

— Havia algumas questões logísticas. — Ela mordeu o lábio. — Mas, sobretudo, foi porque eu achava que não ela sobreviveria a você. — Ela soltou uma risada amargurada. — Mal sabia eu que era o contrário, e que era você que não teria sobrevivido a ela. Ao menos disso te poupei. — A voz de Lara embargou no final da frase.

Lágrimas escorreram no rosto inchado, e Aren fez de tudo para não puxá-la para seus braços. Em vez disso, ele levantou, testou a água e viu que havia esfriado.

— Deite a cabeça aqui — ele disse, enrolando um vestido de seda como se fosse um travesseiro e colocando na mesa. — Vai doer.

Lara cerrou os dentes, mas não disse nada enquanto ele entornava a água com cuidado em seus olhos vermelhos. O rosto dela estava marcado por arranhões e hematomas, mas ela continuava linda.

Será que ele teria se apaixonado por alguma das outras irmãs que tivesse vindo no lugar de Lara? Será que ele teria cometido os mesmos erros?

Talvez, mas ele achava que não. Havia algo *nela*. Algo que falava com a alma dele como nenhuma outra mulher que ele conhecia.

Ithicana nunca a perdoará, ele se repreendeu em silêncio. E pedir que a perdoassem seria cuspir na cara de todas as pessoas de seu povo que haviam perdido filhos, pais, irmãs e irmãos. Ele não poderia fazer isso, independentemente do que sentisse por ela.

No entanto, não precisava continuar sofrendo por todas as coisas que não podiam ser desfeitas. O passado era o passado, e ele precisava estar focado no futuro.

Colocando a mão no bolso, Aren pegou a carta. Leu frente e verso, mas, pela primeira vez desde que Marylyn lhe dera, as palavras não despertaram sua fúria. Ele olhou para o fogão, observando as chamas que bruxuleavam sob a chaleira.

Lara se ajeitou, erguendo a cabeça.

— O que está queimando?

— Nada importante — ele respondeu, observando a carta virar cinzas.

28
LARA

O COMPLEXO PODIA TER SALVADO A VIDA DELES, mas não seria sua salvação. Não sem comida. E não com mais soldados de seu pai a caminho para garantir que ela e Aren estivessem mortos. O que significava que o maior desafio estava por vir: sair do deserto Vermelho vivos.

Suas irmãs haviam levado as provisões do complexo, e o que restava estava cheio de areia, quebrado ou queimado. Pior: enquanto as princesas haviam feito a jornada mais curta para o norte rumo a Maridrina, Lara e Aren precisavam se dirigir ao sul para Valcotta, que era duas vezes mais distante.

— Encontre todos os recipientes que podemos usar para levar água — ela disse a Aren. — E qualquer coisa comestível, embora eu duvide que haja muita coisa.

Ela estava certa nesse aspecto. Fora um punhado de tâmaras, um único saco de farinha e um pote de pimenta, Lara não tinha encontrado nada para comer. Havia algumas árvores que davam frutos no oásis, mas a tempestade as havia deixado sem nada. As hortas estavam soterradas de areia, e enterrado não encontrou nada além de polpas intragáveis. O que significava que eles teriam cerca de duas semanas sem comida.

— Não vamos encontrar muita coisa. — Aren colocou as provisões que havia coletado no chão perto da fonte, que Lara dragava com uma pá, seu vestido encharcado de suor pelo esforço que fazia.

Estava um calor infernal, mas água limpa no momento era mais urgente do que um banho, e essa era uma tarefa que ela conseguia fazer de olhos fechados — o que, considerando como sua vista ainda ardia, era uma bênção.

Lara tateou em busca de um copo, e, quando encontrou, o encheu e o entregou para ele.

— Água é mais importante.

— Também é pesada. — Ela o ouviu beber e em seguida o som de respingos. Então, ele murmurou: — Nossa, que delícia. O que eu não daria para nadar um pouco.

— Saia! — ela gritou, fazendo força para abrir os olhos, seu horror diante do que ele estava fazendo pior do que a dor. — É proibido! — Ignorando como ele a encarava ao sair, Lara ergueu a mão, levantando os dedos um a um ao dizer: — Nenhum animal pode beber diretamente da fonte para não contaminar as águas. Só recipientes limpos devem ser usados, de preferência de prata ou ouro. E nada de banhos!

— Está cheia de areia e não tem ninguém aqui além de nós.

Ela olhou feio para ele, mas a enxurrada de lágrimas que escorreram pelo seu rosto cortou o efeito.

— Bom, mas eu não quero beber a água que lavou seus pés suados.

Ele deu de ombros como se esse argumento, sim, fosse válido.

— Deveríamos cortar caminho até a costa. É mais perto.

— A costa vai estar fortemente patrulhada. Os soldados do meu pai vão estar lá, vigiando o deserto para o caso de aparecermos.

Os olhos de Lara pareciam implorar para que ela os fechasse, mas ela ignorou a ardência quando Aren tirou a camisa e a jogou para o lado. Depois, ele ergueu a mão para cobrir o rosto enquanto observava o deserto ao redor. Tinha uma cicatriz recente nas costelas e outra logo acima do cotovelo, e Lara se pegou buscando mais mudanças naquele corpo que ela conhecia tão bem. Ele estava mais magro — o cativeiro havia desgastado parte de sua massa muscular —, embora isso não prejudicasse em nada sua aparência. Aren virou, e ela fechou os olhos antes que ele notasse seu olhar.

— Aqueles soldados não podem ter sobrevivido à tempestade — ele disse. — E, quando eles não voltarem, seu pai vai supor que também estamos mortos.

— Ou que os matamos.

Ele bufou.

— Talvez.

— E só porque aquele grupo morreu não quer dizer que outros não virão — Lara disse. — Serin vai desconfiar que eu tentaria chegar aqui. E não vai dar chance ao azar.

— Poderíamos emboscar quem ele mandar. Pegar as montarias e provisões.

Se apoiando na pá, Lara considerou a ideia.

— Serin não vai enviar um grupo pequeno. E seria na calada da noite.

— Podemos nos esconder, depois emboscá-los pela manhã.

— Talvez isso funcionasse se tivéssemos alguma flecha, mas minhas irmãs levaram todas quando fugiram, e não gosto da ideia de enfrentar mais de duas dezenas de soldados treinados mano a mano.

Aren ficou em silêncio por um momento.

— O que você propõe, então? Esperar aqui e morrer de fome?

Uma gota de suor escorreu pelos aranhões ao redor dos olhos, e Lara se encolheu, contendo o impulso de esfregar a ardência.

— Tem uma rota de caravana ao leste daqui. Proponho emboscarmos um grupo de mercadores e pegar o que precisamos para chegar a Valcotta. Eles vão ter guardas, claro, mas nada páreo para nós dois.

Silêncio.

Lara voltou a escavar a areia, se recusando a abrir os olhos e olhar para Aren, porque já conseguia sentir o julgamento dele. Já sabia as palavras que sairiam de seus lábios quando ele tomou ar para falar.

— Você quer que matemos mercadores inocentes para roubar as provisões deles? Parece bastante cruel.

Ela era uma sobrevivente e, para sobreviver, não podia ter piedade.

— Você prefere morrer?

— Prefiro considerar opções menos extremas. Por que não pedimos ajuda aos mercadores? Ou roubamos apenas o necessário e os deixamos vivos. Ou, melhor ainda, usamos um pouco do ouro que sei que você tem para *comprar* o que precisamos.

Era estranho pensar que ela antes acreditava que Aren fosse um homem cruel e impiedoso, completamente desprovido de compaixão. Que ela havia passado quase a vida inteira certa de que todos os ithicanianos eram iguais.

Enfiando a pá em um monte de areia, Lara se voltou para ele.

— Os mercadores que vamos encontrar estão seguindo para o norte no rastro daquela tempestade, o que significa que, se os deixarmos vivos, será apenas uma questão de dias até eles chegarem às margens do deserto Vermelho. Lá, eles sem dúvida encontrarão os soldados, que vão interrogá-los durante um bom tempo. Agora, estamos na vantagem porque meu pai não sabe se estamos vivos, mas perderemos esse trunfo assim que os mercadores contarem que foram abordados por duas pessoas com o nosso perfil.

— Estou ciente disso. — O tom de Aren era tranquilo. — Mas já estaremos bem na frente para que eles consigam nos alcançar no deserto.

— Mas não o suficiente para cavaleiros velozes capazes de trocar de montarias todos os dias não conseguirem nos alcançar em Valcotta e nos interceptar do outro lado.

— Você tem resposta para tudo, hein? — Houve um clangor surdo quando ele chutou a pá que Lara segurava, depois respingos quando a ferramenta tombou na fonte. — E quem diria... essa resposta sempre é matar.

Lara conseguia sentir que estava perdendo a calma, o sangue em suas veias fervendo enquanto ela se esforçava para manter a compostura. Mas era em vão.

— Você acha que quero matar pessoas? Que gosto disso? — Abrindo os olhos, ela passou por cima da areia e foi até ele, com os punhos cerrados. — Não estou tentando me salvar. Estou tentando salvar *você* porque você é a única pessoa capaz de garantir uma aliança com Valcotta.

— Por que precisa ser eu?

— Porque sim! — ela gritou. — Além de Ahnna, você é o único ithicaniano que a imperatriz conhece! Acha que ela vai comprometer a marinha em uma batalha cara a pedido de Jor? A pedido de Lia? Tem que ser você porque ela não vai acreditar que mais ninguém vai cumprir as promessas.

Ele desviou os olhos.

— Também já tive que fazer escolhas difíceis, Aren. — A voz dela estremeceu. — Sei qual é a sensação de sacrificar a vida de inocentes para salvar aqueles que amo. — Ela apontou para a ilha, cheia de ossos de servos e músicos que ela não protegera. — E isso me atormenta, mas não quer dizer que eu não faria de novo, porque a alternativa era a vida das minhas irmãs. Só porque uma escolha é difícil não quer dizer que não deve ser feita. — Ela fez uma pausa, depois perguntou: — Então, o que vai ser? Meia dúzia de mercadores ou o povo de Eranahl? Decida!

Os únicos sons eram o fluxo da nascente e o rugido do sangue pulsando em seus ouvidos.

— Não. — Ele balançou a cabeça. — Não vou matar pessoas inocentes para salvar minha pele. Eu me recuso.

A frustração a arranhou como um animal selvagem, movida pelo desespero, porque, embora ela pudesse protegê-lo das tempestades, dos soldados e da fome, não podia proteger Aren de si mesmo. Lara abriu a boca para argumentar, mas ouviu o som de cascos na pedra, e seu coração acelerou.

— Se esconda!

Ela agarrou o braço de Aren e o puxou para dentro do complexo, escondendo-os atrás de um dos dormitórios. Depois, grudou nele contra a parede, sentindo perfeitamente os músculos definidos do peito despido e o cheiro familiar.

Se concentra, sua idiota!

Com o cabo da espada na mão, Lara espiou pelo canto, escutando.

— Quantos? — Aren sussurrou, o hálito quente em seu ouvido, apertando o antebraço dela.

Lara conseguia ouvir apenas um, mas isso não significava que não houvesse mais. Não significava que eles não estavam vindo de todos os lados, prontos para atacar.

Virando, ela recostou na parede ao lado dele, observando os arredores em busca de algum sinal de movimento enquanto praguejava sua visão turva.

Mas não havia nada. Nada além de um único indivíduo cujo camelo estava bebendo na fonte. Um alvo fácil.

Ou seria, se a visão dela não estivesse embaçada por lágrimas.

Erguendo a arma, Lara respirou fundo.

— No três — ela balbuciou, o mais silenciosamente possível, para Aren.

— Um.

Aren virou correndo. Xingando, Lara correu atrás.

Mas deu de cara com as costas dele.

— O que você está fazendo? — ela rosnou.

— Agradecendo a sorte — ele respondeu, depois deu um passo para o lado. — Veja com os próprios olhos.

29
AREN

O camelo estava com a cabeça enfiada dentro da fonte, a garganta do animal se mexendo enquanto ele bebia um gole após outro. Virou um olho quando Aren se aproximou.

Ele ainda tinha rédea e sela, sobre arreios nas cores maridrinianas; o que mais interessava Aren, porém, era o homem morto pendurado pelo pé na sela.

— Acho que ninguém explicou as regras da fonte para o camelo. — Ele começou a se aproximar dos dois.

— Aren, pode ser uma armadilha! — Lara saltou na frente dele, observando os arredores.

Ele desviou dela.

— Acho que não. — Ou, pelo menos, era o que sua intuição, além de anos de experiência afastando invasores, dizia.

O camelo chegou para o lado quando Aren estendeu a mão para pegar as rédeas penduradas, fazendo um barulho estranho antes de bater os dentes amarelos para ele.

— Não o incomode enquanto ele está bebendo — Lara chegou perto do animal, a arma ainda na mão.

Com a testa franzida, ela desenganchou o pé do soldado morto, que caiu no chão com um baque.

Aren arrastou o cadáver para longe dos cascos do camelo, então agachou para examiná-lo. O corpo do soldado estava machucado de tanto ser arrastado, a pele ralada pela areia e pela tempestade, mas Aren julgou que estava morto havia pelo menos um dia. Era muito provável que fosse um de seus perseguidores. E, com sorte, isso significava que os outros homens também tinham morrido.

Lara retirou a sela do animal e a jogou perto de Aren, deixando que ele soltasse as fivelas dos alforjes e pegasse o que havia dentro. Carne seca, frutas e nozes. Não era muita coisa, mas seria suficiente para sustentá-los por dias. Talvez uma semana.

Havia também lona e cordas para uma barraca, as estacas que faltavam facilmente substituíveis. Dois cantis para se somar à pilha e, no fundo do alforje, uma garrafinha cheia de uísque.

— Parece saudável. — Lara soltou a pata traseira do camelo, depois de inspecioná-la, e fez carinho na anca dele. — Temos o que precisamos?

— O suficiente para nos virar.

— Que bom. — Lara limpou as mãos na saia. — Vamos deixar esse rapazinho beber água e depois dar a forragem que tiver sobrado no estábulo. Enquanto isso descansamos um pouco. E partimos à noite.

30
LARA

Em vez de seguir o próprio conselho, Lara deixou Aren dormindo em uma das camas, sem conseguir resistir a explorar mais o lugar que já tinha sido sua prisão e seu lar.

Suas pernas a guiaram pelos dormitórios, e ela foi de quarto em quarto até chegar ao que dividia com Sarhina, que estava praticamente intocado. Os leitos estreitos mal cabiam ali, e o cômodo era desprovido de qualquer toque pessoal, já que isso não era permitido a elas. A pequena cômoda estava marcada de fuligem, mas, ao abrir, Lara encontrou as roupas que usava ali.

Tirando o vestido já destruído, examinou seus ferimentos como pôde, os olhos ainda lacrimejando. Vestiu roupas íntimas limpas, uma calça, uma camisa de linho e um casaco, depois trançou o cabelo. Não se sentia tão humana assim desde a noite em que havia resgatado Aren.

Levantou a pedra solta embaixo da cama, revelando o buraquinho onde escondia sua caixa de madeira de tesouros infantis, e sentou na cama com a caixa no colo.

Tirou os conteúdos um a um: colocou no pulso um bracelete de couro que Bronwyn havia trançado para ela; escondeu no bolso uma moeda de prata que Sarhina havia encontrado, a face desgastada sem identificação; folheou os pedaços de papel com anotações reclamando sobre seus mestres, que suas irmãs escreviam e passavam entre si.

Sorriu ao ler alguns, mas também sofreu por outros, pois muitos de seus mestres tinham sido cruéis em sua tutelagem. O nome de Serin estava ausente, nenhuma das meninas tinha coragem de escrever nada crítico sobre ele. Aquele homem sempre foi muito bom em desvendá-las.

Deixando a pilha de lado, colocou a mão dentro da caixa de novo e tirou um frasco do caminho para pegar um cordão prateado com um pingente de safira. Era feito para uma criança, já não servia mais nela, mas ainda assim ela o segurou diante do pescoço, derramando lágrimas que não tinham nada a ver com a areia em seus olhos.

Sua mãe dera o cordão. Lara tinha poucas lembranças da mulher, mas lembrava bem de quando ela o prendeu em seu pescoço. E Lara estava usando a joia quando foi levada pelos soldados de seu pai, então o escondeu por todos aqueles anos, seu bem mais precioso. Prova de que, em algum momento, havia sido amada.

E esse amor tinha matado sua mãe.

Um soluço escapou de sua garganta, e ela se curvou, os ombros tremendo.

— Você está bem?

A cama à frente rangeu, e ela levantou o rosto, vendo Aren sentado ali, os cotovelos apoiados nos joelhos enquanto a observava.

— Minha mãe me deu esse colar — ela disse, erguendo-o. — É a única coisa que tenho dela.

— Que bom que você teve a chance de recuperá-lo.

Passando o polegar na pedra, Lara fez que sim.

— Eu estava usando o colar de sua mãe na noite em que... — A voz dela ficou fraca, e Lara balançou a cabeça. — Foi como consegui voltar. Tracei as pedras em um papel e usei como mapa.

— Inteligente.

— Imaginei que você fosse querer de volta, então o deixei em Eranahl.

Ele não respondeu, apenas encarou o chão.

— Enquanto procurava por você, encontrei a sala onde Serin guardava seus... *instrumentos*.

Ela ficou tensa, sabendo exatamente a que Aren se referia. Serin achava que tortura era uma forma de arte a ser aperfeiçoada e, graças ao *treinamento* dele, ela estivera tanto do lado de quem recebia como do lado de quem usava os instrumentos.

— Serin não podia me machucar fisicamente, então me fazia assistir enquanto torturava os ithicanianos que ele capturava. Quando não estava fazendo aquelas perguntas malditas sobre as defesas de Eranahl, falava sobre as coisas que tinha feito a você e suas irmãs. E as coisas que as tinha obrigado a fazer umas com as outras.

Lara sentiu o rosto empalidecer e desviou o olhar.

— Nós doze não fomos as únicas meninas trazidas para o complexo. Éramos vinte. Duas ficaram doentes e morreram. Quatro foram mortas em treinamento de combate, e uma em um acidente. Mas uma... O nome dela era Alina, e ela se recusou a jogar os jogos de Serin. Se recusou diversas vezes. Até que, certa noite, ela desapareceu. — Lara engoliu em seco. — Duvido que tenha escapado.

Aren assentiu devagar.

— Ele gostava de me dizer o que pretendia fazer com você quando a capturasse. Então fingia que enfim estavam com você. E eu ficava apavorado porque sabia que, se um dia eles conseguissem, eu contaria tudo que eles quisessem saber.

Uma dor incômoda se formou no estômago de Lara. Pelo sofrimento que Aren havia passado e também porque Serin havia conseguido usá-la contra ele.

— Ele vai pagar em breve, prometo.

— Não sei se isso muda alguma coisa.

Sentindo a necessidade de cortar a tensão, ela perguntou:

— Como é meu irmão?

Aren bufou.

— Ele é péssimo. Não o suporto.

— Não pedi sua opinião sobre ele. Perguntei como ele é.

— É um sabichão conspirador que admira muito a própria inteligência.

— Ele é inteligente?

— Sim — Aren concordou, relutante. — Mas é... difícil definir. Ele diz que só quer a coroa porque a alternativa seria uma cova ao lado dos irmãos, mas não acredito nisso. Seu pai o detesta por ele não se encaixar no molde que tem em mente para um herdeiro, mas Keris o provoca em vez de se adequar. — Franzindo a testa, ele encarou o piso de pedra rachado sob seus pés. — Ele está disposto a colocar a vida em risco para viver de acordo com certos princípios, mas fala de si mesmo como se fosse um covarde. Não faz sentido para mim.

— Não confie nele, Aren. Ele só ajudou você e a valcottana a escaparem porque alimentar Eranahl favorece as ambições dele.

— Acho que é mais complexo do que isso — ele respondeu, depois colocou a mão na caixa de tesouro e tirou o último objeto. — O que é?

— Veneno.

— A maioria das meninas guarda cartas de amor, mas você guarda armas.

O riso que saiu da garganta dela era amargurado.

— Foi o que usei para forjar a morte de minhas irmãs. Eu que criei. Poucas gotas são suficientes para matar uma pessoa, então cuidado para não colocar os pés na água que eu bebo de novo.

— Pode deixar.

Levantando, Lara colocou a garrafa, junto com o colar, no bolso de seu casaco.

— Vamos. O sol está prestes a se pôr, e precisamos seguir.

31
LARA

NÃO O FORCE DEMAIS. Pela milésima vez, o pensamento passou pela cabeça de Lara, e ela lançou um olhar enviesado para onde Aren atravessava a areia com os ombros curvados, o rosto marcado pelas sombras da lamparina que ela carregava.

Eles estavam andando fazia uma semana, e ainda não haviam chegado ao oásis mais próximo no entreposto de Jerin.

Ela havia considerado o desgaste mental e físico que o cativeiro provocou nele. O Aren que ela conhecia em Ithicana estava em sua melhor forma, capaz de suportar situações extremas por dias — semanas — sem vacilar. Mas, durante a prisão, ele havia sido algemado e confinado aos seus aposentos e aos pátios do palácio. Uma vida sedentária tão conflitante com a personalidade dele que era um milagre Aren não ter enlouquecido.

Se tivessem conseguido seguir o plano dela e subido pela costa, ele teria ficado bem, ou bem o suficiente para não causar preocupação, mas o deserto Vermelho era uma jornada completamente diferente. Um monstro completamente diferente.

Aren conhecia o calor, mas não daquele jeito. E ela duvidava que ele tivesse chegado a passar mais do que algumas horas sem água. Jamais precisaria passar por isso com os céus de Ithicana oferecendo mais do que qualquer pessoa era capaz de beber. Mesmo a fome era algo estranho para ele, pois as ilhas eram fartas de coisas para comer, bastava saber onde procurar — por isso o povo dele estava sobrevivendo mesmo isolado da ponte agora.

Pensar nos ithicanianos fez Lara ranger os dentes de frustração. Ela e Aren estavam atrasados, e não podiam se dar a esse luxo. A estação de calmaria — que antes seriam as Marés de Guerra — começaria em breve, então eles tinham pouco tempo para conseguir ajuda de Valcotta para expulsar Maridrina. Mais um atraso e eles perderiam a oportunidade, pois um ataque durante a estação de tempestade seria impossível. Mesmo se o pai dela perdesse o apoio da marinha amaridiana, seria quase impossível para as pessoas em Eranahl sobreviverem a mais uma estação de tempestade sem a ponte.

Aren escolheu esse momento para cambalear, quase caindo, e Lara sentiu um aperto no peito. Puxando a rédea do camelo até o animal parar, ela disse:

— Venha, ande nele por um tempo.

— Sem chance.

Aren não se dava bem com o camelo, que ela havia batizado de Jack. Eles ficavam trocando olhares mal-encarados disfarçadamente. Lara havia convencido Aren a montar uma vez, mas, enquanto ele ainda estava se endireitando na sela, o camelo levantou e o jogou de cara na areia. Dizer que Aren não havia aceitado bem o incidente era um eufemismo.

Lara mordiscou o interior da bochecha.

— O oásis Jerin fica a apenas algumas horas daqui. Se for para entrar e sair sem sermos pegos, é melhor *não* tropeçar nos próprios pés.

— Temos água de sobra ainda. Vamos dar a volta e continuar andando.

Talvez eles de fato tivessem água suficiente, mas a pouca quantidade de comida nos alforjes de Jack tinha acabado fazia tempo.

Lara achava que Aren não conseguiria aguentar mais uma semana nessas condições de barriga vazia. Não sabia nem se ela própria aguentaria.

— Jack está a uma semana sem beber. Ele precisa de água. — Era mentira, o animal poderia facilmente passar mais uma semana sem água, mesmo naquele calor. Mas Aren não sabia disso. — Então, a menos que queira dividir sua parte, precisamos parar.

— Não vou matar mercadores inocentes.

Lara ergueu os olhos para as estrelas, pedindo paciência.

— Deve haver umas cem pessoas em Jerin, então matar todas as testemunhas não é uma opção. Precisamos ser discretos, sim. Mas, no seu estado, não conseguiria passar despercebido nem por uma taverna harendelliana cheia de bêbados.

Ela conseguia praticamente escutar a guerra entre a teimosia e a praticidade dele, mas, depois de um tempo, a segunda venceu e ele parou de andar.

— Apenas por uma hora.

— Está bem. — Puxando o camelo para deitar, ela esperou que Aren subisse e pegou uma corda.

— O que está fazendo?

— Caso você pegue no sono. Não quero que caia e quebre o pescoço.

Deixar que Lara o amarrasse à sela era prova da exaustão dele, mas ela não disse nada enquanto completava o trabalho, incentivando Jack a levantar e guiando o animal para a frente.

Eles caminharam noite adentro, e, como ela previa, o balanço do passo embalou o sono de Aren, que foi se curvando cada vez mais até deitar o rosto no pescoço do camelo. Foi mais ou menos nesse momento que uma brisa leve passou por eles e Jack ergueu a cabeça, interessado, apertando o passo.

— Está sentindo o cheiro de água, rapazinho? — Lara perguntou, acariciando o pescoço dele. — Que bom. Continue andando nessa direção.

Resmungando, Jack puxou a rédea, tentando fazer com que ela se movesse mais rápido.

— Eu sei — ela murmurou —, mas preciso que você me dê mais um tempinho.

Parando o animal, ela acorrentou as patas para que ele só conseguisse se mover em um passo lento. Tirando todos os cantis vazios, ela os pendurou sobre o próprio ombro.

— Cuide bem dele por mim — disse, acariciando o pescoço do camelo, então saiu em uma corrida lenta rumo ao oásis.

Levou cerca de uma hora para Lara chegar ao entreposto comercial que cercava o laguinho, a luz forte das lamparinas fazendo o lugar brilhar como o contorno ardente de um sol eclipsado.

Agachando atrás da beira de uma duna, Lara examinou as construções. Eram de pedra, estruturas quase sem janelas como aquelas no complexo em que ela havia sido criada. Havia sinos de vidro colorido pendurados no teto, preenchendo o lugar com uma música suave e, no bosque bem iluminado entre os prédios e a água, havia painéis de seda colorida pendurados nos galhos. Influência valcottana. A fronteira entre as duas nações era tão indefinida ali como ao longo da costa, embora muito menos contestada. Nenhuma das duas ligava muito para alguns quilômetros de areia, ao menos não o suficiente para guiar um exército para dentro do deserto para lutar por isso. Portanto, Jerin era um entreposto das duas nações ou de nenhuma, dependendo do ponto de vista.

Chegando mais perto, Lara observou as pessoas nas ruas, a atividade do entreposto refletindo os hábitos noturnos dos que percorriam a rota de caravanas. Muitos eram compatriotas dela, reconhecíveis pelas calças, botas e casacos justos, enquanto os valcottanos preferiam vestimentas volumosas que envolviam punhos, tornozelos e cintura, sandálias de couro amarradas aos pés. Os valcottanos também tinham a pele bem mais escura, o cabelo castanho cacheado deles aparado bem rente ou preso em coquinhos no alto da cabeça.

Todos se moviam em grupos, e Lara notou que passavam longe uns dos outros apesar da regra tácita de paz no oásis. *Um sinal*, ela pensou, *de que o conflito entre Maridrina e Valcotta estava chegando a um momento tenso*. E isso agiria em favor de Aren e Ithicana.

Avançando em uma corrida lenta para o entreposto, ela parou quando dois cachorros saíram em disparada detrás dos prédios na direção dela. Pegou a pimenta que havia encontrado no complexo — e que levou exatamente para esse fim — e atirou neles. Os cães começaram a espirrar na hora, esfregando as patas nos focinhos e deixando a entrada no espaço estreito entre os dois prédios livre para Lara.

Lá ela parou.

Houve um barulho tumultuado, e alguém abriu a porta.

— Que confusão toda é essa, seus animais malditos? Voltem aqui!

Lara pulou em um barril e alcançou a borda do telhado. Subindo em silêncio, ela rastejou ao longo da superfície plana até chegar ao lado oposto, onde poderia observar as movimentações.

Seu mestre de armas, Erik, havia descrito o oásis para ela uma vez, e essa informação, além do que ela conseguia ver, era o limite de seu conhecimento. Muitos dos prédios eram alojamentos para viajantes, embora alguns fossem residências privadas. Havia vários estabelecimentos que ofereciam comida, bebida e entretenimento, uma ferraria, uma série de estábulos e vários prédios fortemente iluminados que pareciam oferecer os serviços necessários para quem atravessava o deserto.

Havia sobretudo homens percorrendo as ruas estreitas, mas Lara avistou algumas mulheres valcottanas, erguendo a cabeça com orgulho, os cajados que preferiam usar como armas firmes em suas mãos. Havia pessoas de todas as nações também, identificáveis pelas vestimentas e pelos tons de pele. Nenhuma parecia ithicaniana, mas isso não significava muita coisa, já que ela sabia como era fácil para o povo de Aren adotar disfarces.

Lara sentiu o aroma salgado de carne cozinhando, e voltou a atenção para alguns prédios abaixo, onde uma mulher estava ao lado de uma grelha cheia de espetos. Lara salivou, e seu estômago roncou. *Água primeiro*, decidiu, voltando o foco à escuridão do lago à frente. Ela teria que atravessar três ruas, todas bem iluminadas, para chegar às árvores, e o fato de estar sozinha atrairia a atenção imediatamente.

Precisava de uma distração.

Fogo era a escolha óbvia, mas, como se Aren estivesse sentado ao lado dela, Lara sentiu o julgamento dele sobre a ideia de destruir lares e trabalhos das pessoas apenas para desviar a atenção de si mesma. Franzindo a testa, ela estava considerando suas opções quando avistou um grupo de camelos amarrados no canto da cidade, os dorsos carregados de bens e mantimentos, apenas um menino sozinho para vigiá-los. Mas havia muito espaço ao redor deles, tornando quase impossível se aproximar dos animais sem ser vista.

Abaixo dela, os cães haviam finalmente se recuperado da pimenta, latindo de um lado para outro entre os prédios.

Lara teve uma ideia.

Esperou um momento oportuno, então levantou e saltou pelo vão até o prédio ao lado. Depois para o seguinte. Se aproximando da frente da casa, ela escutou a mulher cantarolar enquanto alternava entre realizar as tarefas do lar e girar a carne na grelha. Desembainhando a espada, Lara segurou a ponta da lâmina, esperando.

Quando a mulher entrou, ela se debruçou na beirada, desceu a espada, até passar o cabo por entre as grelhas, e depois virou, para encaixá-lo. Então, com cuidado, ergueu a espada com a carne junto e correu para os fundos da casa.

Incapaz de resistir, ela mordeu um pedaço, sem ligar se queimaria a língua. Em seguida, cortou mais um pedaço e jogou entre as casas, atraindo imediatamente a atenção dos cachorros.

Se crispando com os latidos e saltos deles, Lara foi para o lado oposto, e os cães foram junto. Ao confirmar que eles estavam vendo, ela atirou o resto da carne no dorso carregado dos camelos.

Os cães correram atrás, e os camelos ergueram a cabeça, assustados. O ar se encheu de gritos.

Os camelos avançaram todos ao mesmo tempo, se soltando de suas cordas e galopando para dentro da cidade, com os cães em seu encalço. Seu cuidador gritou, tentando apanhar as rédeas, mas era uma causa perdida, e logo as ruas estavam cheias de homens e mulheres em frenesi correndo atrás dos camelos aos berros.

Depois de confirmar que seu lenço estava bem preso à cabeça, Lara saltou do prédio e entrou no meio do caos, cortando o caminho rua após rua antes de se esquivar para as sombras do bosque. Com cuidado avançou pela folhagem e correu na direção do lago.

Para manter o oásis limpo e puro, pedras tinham sido posicionadas com cuidado para que fosse possível chegar à água sem pisar nela. Ajoelhando, Lara baixou a mão para encher um cantil após outro, depois voltou até a beira do bosque.

Ao longe, conseguiu distinguir gritos furiosos, os mercadores donos dos camelos, maridrinianos, a julgar pelo sotaque, brigavam com o dono dos cachorros, valcottano. Mais e mais vozes entraram na confusão, o incidente desequilibrando a paz frágil entre as duas nações, e logo aquilo virou uma briga. Mais pessoas correram de todas as direções, e Lara se encolheu, concluindo que um incêndio provocaria menos estrago do que a briga que ela havia instigado.

Mas não havia nada a fazer em relação a isso agora.

Ela entrou no meio das pessoas que gritavam e corriam para a briga no mercado. Os camelos haviam derrubado algumas barracas, e dezenas de homens se atracavam, aumentando o caos.

Cortando caminho pela multidão, Lara pegou um saco de damascos secos que havia sido derrubado de uma barraca do mercado e um punhado de pãezinhos de outra, todos distraídos demais para notar. E desse jeito Lara fez o caminho de volta, pegando o possível para comer de algumas barracas, passando escondida por outras.

Tudo que ela precisava agora era sair da cidade, encontrar Aren e Jack, e então...

Mãos grossas saíram detrás da barraca e seguraram seus punhos.

— Aqui está nossa ladrazinha — uma voz grave disse.

32
AREN

Aren acordou com um sobressalto, tentando encontrar apoio enquanto tombava para o lado. Se agarrou ao pescoço do animal, a cabeça zonza de tontura enquanto ele se endireitava com cuidado na sela. À qual estava amarrado.

Ele olhou para o sol nascente, depois resmungou:

— Por que não me acordou?

Nenhuma resposta.

Girando na sela, olhou em volta, mas não encontrou Lara em lugar algum. Sentiu uma onda de preocupação. Será que ela havia desmaiado? Será que estava em algum lugar lá atrás, caída inconsciente na areia?

Puxou as rédeas do camelo, tentando forçar o animal a virar, mas Jack o ignorou, as orelhas erguidas e voltadas para a frente na direção de algo que Aren não conseguia ver sob a luz fraca.

— Você não quer deixá-la para trás — Aren disse, puxando as rédeas de novo. — Ela gosta de você. Eu não.

Mas seus esforços foram em vão.

Desistindo, Aren soltou as rédeas e começou a desamarrar os nós que prendiam suas pernas à sela — a única coisa que o impedia de escorregar completamente. Quando enfim caiu, ele fincou os calcanhares no chão, parando o camelo à força. Foi só então que notou a corrente entre as patas traseiras de Jack.

Será que ela havia tentado parar para descansar e o camelo havia saído vagando com Aren? Assim que esse pensamento cruzou sua mente, ele sacudiu a cabeça e sentiu dor. O casaco de Lara e todas as provisões deles ainda estavam amarrados à sela e, mesmo se tivesse se assustado, Jack não teria como se mover rápido o suficiente nas correntes para escapar das mãos treinadas de Lara.

Uma brisa leve soprou no rosto de Aren, e o camelo puxou a rédea com um entusiasmo que até então não tinha demonstrado nessa viagem. E só poderia haver um motivo: água. O camelo estava seguindo na direção do oásis de que Lara havia falado.

Em um instante, a mente de Aren, mais lenta por causa do sol, entendeu o que Lara havia feito, e praguejou, chutando a areia. Jack aproveitou a oportunidade para tentar seguir em frente, mas Aren o puxou para trás.

— Precisamos esperar *sua majestade* voltar para não estragarmos o precioso plano dela.

Os contornos do sol surgiram no leste, subindo, mas Lara não voltou. Aren bebeu a água de um dos cantis com vontade, secando o suor da testa ao observar o horizonte em busca de movimento.

Jack expressou seu desprazer pela demora, o barulho ecoando pelas dunas vazias.

— Eu sei — ele respondeu para o camelo. — Já era para ela ter voltado.

O que significava que havia algo errado.

33
LARA

Eles a colocaram num maldito pelourinho.

No meio do mercado, o grandalhão e seu amigo haviam forçado Lara, aos gritos e pontapés, a ajoelhar, enfiando a cabeça e as mãos dela na estrutura de madeira do pelourinho, e fechando a parte de cima para prendê-la. Ela vociferava xingamentos.

Mas isso não ajudou muito.

Suor escorria como um rio pelo seu corpo, o sol nascente banhando sua pele nua — porque é claro que eles não haviam permitido que ela ficasse com suas roupas. Tiraram tudo, sem deixar nem o suficiente para preservar sua decência.

E ela sabia exatamente o porquê.

— Beba aqui, gracinha, beba.

Um copo foi levado aos seus lábios e uma preciosa água foi entornada em sua boca enquanto ela tentava desesperadamente engolir o máximo possível sem se engasgar. Então, olhou para cima para examinar o gigante que a havia capturado. Ele era um produto do deserto, rosto e pele herdados de seus ancestrais tanto de Maridrina como de Valcotta.

— Uma morte fácil não seria castigo. — Ele acariciou a bochecha dela. — E apostei dinheiro que você sobreviveria até o fim da semana. Tempo suficiente para o sol arrancar a pele de seus ossos.

Quando um copo de água poderia significar vida ou morte,

roubo era levado tão a sério quanto assassinato no deserto Vermelho, e punido na mesma medida. Haviam encontrado um pedaço de carne nos alforjes do camelo e concluído que tinha sido ela quem assustou os animais, e toda a ira antes dirigida ao dono dos cachorros agora estava voltada para ela. Apenas esse homem os havia impedido de espancá-la até a morte, mas não foi por nenhum senso de altruísmo. Eram os damascos dele que Lara havia roubado, e, pelo visto, ele apreciava uma morte mais prolongada.

— Vá à merda — ela rosnou, mas o homem apenas riu e deu um tapa na bunda dela, cuja pele, não acostumada ao sol, já ardia.

Por isso, ela tinha todas as intenções de destripá-lo.

Aquela imagem encantadora rodeava os pensamentos de Lara quando ela ouviu um homem cantando desafinado. Era uma música vulgar de taverna harendelliana sobre um homem e sua mula que Lara escutara muitas vezes durante suas semanas na nação ao norte, mas nenhuma desde então.

Erguendo a cabeça, ela estreitou os olhos sob a luz forte e viu o camelo solitário se aproximar da cidade. Um homem balançava na sela, segurando as rédeas com uma das mãos, e com a outra, um cantil de uísque cujo metal reluzia sob o sol. Entrando na praça do mercado, o homem puxou as rédeas, fazendo o camelo parar de repente, enquanto terminava a canção.

Aren desmontou desajeitadamente, prendendo o pé na sela e se estatelando no chão. Provocou risos dos poucos mercadores que ainda estavam por ali.

— Animal maldito do inferno! — Aren gritou para Jack. — Você se mexeu! — Então levou o cantil à boca. Aparentemente o encontrou vazio e o jogou para o lado. — Preciso de uma bebida! Alguém me venda uma bebida!

O mercador cujos camelos Lara havia assustado foi até Aren com uma garrafa na mão.

— Meu amigo, meu amigo, como você chegou até nós sozinho e nesse estado? O que aconteceu com você?

Lara observou Aren enquanto ele repousava a cabeça entre as mãos, e ficou boquiaberta quando ele choramingou de repente.

— Perdi tudo. — Ao erguer a cabeça, lágrimas escorriam pelo seu rosto. — Uma tempestade varreu nosso acampamento, levando meus companheiros e minhas mercadorias. Todos morreram. Perdi tudo. Minha avó me disse para não arriscar a sorte na areia, mas minhas ambições superaram meu bom senso.

Lara fez de tudo para não revirar os olhos. Aren claramente a tinha notado no pelourinho, e o comentário foi dirigido tanto para ela como para o mercador.

— O deserto é uma mulher volúvel, meu amigo. — O mercador deu um tapinha no ombro de Aren. — Como você sobreviveu?

Aren secou os olhos.

— A sorte claramente quis que eu convivesse com meus erros em vez de repousar na ignorância do sono eterno. — Então ele fixou o olhar na garrafa nas mãos do mercador. — Se você for um amigo de verdade, vai me ajudar a afogar as mágoas.

— Claro, claro. — O homem pegou um copo e serviu uma dose para Aren, que a virou em um gole só e estendeu o copo para pedir mais. Mas o mercador estalou a língua com pesar. — Infelizmente, amigo, tudo tem um preço no deserto.

— Mas eu perdi tudo! — ele lamentou. — Tenha piedade de mim.

Aquilo era mentira. Lara sabia que Aren tinha ouro e prata nos bolsos porque ela mesmo tinha dado caso os dois se separassem. Era mais do que o suficiente para pagar por alojamentos e provisões e para Jack beber água. O que ele estava tramando?

— Talvez você tenha algo que deseje vender?

— Não tenho nada. — Aren encostou a cabeça na areia, representando com maestria o papel de filho mimado de um mercador. Jack escolheu esse momento para ir em direção ao lago, Aren rastejando atrás dele, tentando puxar as rédeas. O mercador estendeu a mão e freou Jack, passando os olhos pelo animal e pelos arreios, calculando seu valor ao mesmo tempo que media o nível de desespero de Aren.

— Talvez possamos chegar a um acordo. Um dos meus animais está coxo, e não tenho tempo para esperar que ele se cure. Culpa daquela desgraçada. — O mercador apontou para Lara com o queixo. — Se estiver disposto a ceder o seu, eu pagaria um preço justo.

Lara abriu a boca, desejando gritar: *Não se atreva a vendê-lo!* Eles precisavam daquele camelo para ter alguma chance de sair do deserto vivos.

Mas Aren não era tolo. Ele sabia disso, o que significava que tinha um plano. Era apenas a cabeça dela queimada pelo sol que estava lenta demais para entender qual.

— Mas preciso dele — Aren choramingou. — De que outra forma vou chegar a Valcotta?

O mercador coçou o queixou.

— Talvez possamos nos ajudar, meu amigo. O que você acha de se juntar a nosso grupo quando partirmos hoje à noite? Seu animal pode carregar parte de minhas mercadorias e, em troca, levamos você em segurança para fora das areias.

Com uma expressão de incredulidade, Aren exclamou:

— Você faria isso?

Mesmo a uma dezena de metros de distância, Lara conseguia ver o brilho nos olhos dele, sugerindo que aquela era *exatamente* a oferta que o rei de Ithicana queria que o mercador fizesse. E o sangue de Lara gelou. Se fosse com eles, Aren não precisaria dela.

Os homens eram mais do que capazes de cumprir a promessa, e o camelo valeria até mais do que o preço dos serviços deles.

Ele não a deixaria. Não faria uma coisa dessas. Mas uma voz em sua mente sussurrou: *Por que não? Ajudá-la seria um risco, e ele não deve nada a você.*

— A sorte sorri para nós dois! Qual é seu nome, amigo? Eu me chamo Timin.

— James. E estou em dívida com você, Timin.

O mercador o ajudou a levantar, guiando Aren e Jack para os estábulos. E Aren nem sequer lançou um olhar de esguelha para Lara ao passar.

A dor em seu peito era mais intensa que o latejar em sua cabeça, e Lara desabou no pelourinho, seus olhos queimando, embora ela estivesse desidratada demais para chorar. Pensou que as coisas tinham mudado, que Aren tinha, se não a perdoado, ao menos deixado para trás o ódio que antes o consumia.

Mas talvez ela só tivesse visto o que queria ver. O que sonhava em ver. Ou talvez ele tivesse fingido. Seja como for, parecia que Aren planejava deixar que ela morresse ali.

O queixo de Lara estremeceu enquanto ela se esforçava para não chorar, então ela cerrou os dentes com força. Era uma rainha. Uma guerreira. E ainda mais do que isso, ela era a baratinha.

E não tinha a menor intenção de morrer.

As horas se estenderam, o sol se movendo devagar no céu; o único alívio de seu calor escaldante era a sombra do pelourinho. Lara manteve a cabeça baixa, o cabelo escondendo o rosto, suas mãos o mais curvadas possível sob os punhos para se proteger do sol. Com os joelhos e os pés, ela foi se enterrando no chão aos poucos, cobrindo a canela de areia e mantendo as coxas sob a sombra do tronco.

Mas não havia como proteger suas costas nem suas nádegas, a pele já queimada a ponto de formar bolhas. Mais cicatrizes para a sua coleção.

O grandalhão trazia água para Lara pontualmente, e ela bebia com vontade enquanto especulava como o mataria depois que se libertasse. Não que ela tivesse alguma noção de como escapar do pelourinho.

Em nenhum momento ela viu Aren.

Ele estava descansando, ela imaginou, aproveitando o acordo que tinha feito com o mercador para tirar algumas horas de sono nos confins de um dos prédios. Mas, mesmo naquela situação, uma onda de alívio tomou conta dela quando Aren voltou ao mercado, cercado pelo mercador e dois outros sujeitos. Eles foram até uma taverna e se acomodaram em uma mesa à sombra do prédio.

Garrafas de líquido amarelo-âmbar e pequenos copos surgiram, além de um prato de tâmaras cristalizadas, e em pouco tempo os homens estavam bebendo e rindo como se fossem velhos amigos, nenhum mais feliz do que Aren. Outros homens se juntaram a eles, e não demorou para virar uma verdadeira festa, em que Aren os entretinha com uma versão inventada de como havia sobrevivido à tempestade de areia.

De tempos em tempos, um dos homens se afastava da mesa para urinar na areia perto do pelourinho. Lara recuava dos respingos nojentos todas as vezes, ao mesmo tempo que imaginava privar cada um de seus agressores de certa parte do corpo. O fedor ao redor dela era quase insuportável naquele calor.

O sol estava baixo no céu quando Aren decidiu que era sua vez.

— A situação não parece boa para você — ele disse, desafivelando o cinto. — Esses homens levam roubo *muito* a sério.

Cerrando os dentes para controlar a raiva, Lara ergueu a cabeça.

— Pode pegar aquele frasco de veneno para mim? Está no meu casaco, amarrado à sela de Jack.

Ele ergueu as sobrancelhas.

— Este frasco aqui?

Em um instante o vidro marrom estava na mão de Aren, no outro desapareceu no bolso dele.

— Aren...

— É um plano interessante. — Ao terminar, ele afivelou o cinto. — Mas eu não recomendaria. Eles planejam dar seu corpo para os cães comerem. É melhor pensar em outra coisa.

Sem dizer mais nada, ele virou e voltou para seus companheiros.

— Com licença por um momento, cavalheiros. Vou entrar para conversar com aquela moça bonita atrás do balcão.

Ele entrou e demorou um bom tempo para voltar, parecendo ainda mais bêbado.

Aren não a ajudaria e, se era porque não queria colocar a própria fuga em risco ou porque achava que ela merecia, não importava. Lara estava sozinha.

Quando o sol não passava de uma réstia brilhante cor de laranja, Aren, o mercador e o resto de seu grupo levantaram, rindo e dando tapinhas nos ombros de seus companheiros de bebida enquanto se despediam. Aren cambaleava sem firmeza nos pés.

— Idiota — Lara murmurou. — Boa sorte enfrentando a ressaca com o racionamento de água.

— Falando sozinha, gracinha?

O grandalhão estava de volta. Agachando, ele entornou água na boca de Lara e deu a ela um naco de pão, pedaço por pedaço, cuidadosamente.

— Coma! Coma! — ele murmurou, com bafo de álcool. — Quero que o sol cozinhe a carne de seus ossos, e isso leva tempo.

Lara rangeu os dentes, mas ele apenas riu. Quando levantou,

cambaleando de bêbado, apoiou o peso no pelourinho. A estrutura de madeira rangeu e tombou um pouco, mas ele, preocupado em aumentar a poça de mijo ao lado dela, não pareceu notar.

Depois de afivelar o cinto, o homem apoiou no pelourinho de novo, fazendo a areia sob os joelhos de Lara se mover.

— Vejo você depois, gracinha.

Lara esperou até ele voltar para seus companheiros. Depois sorriu.

— Cuidado com o que deseja.

34
AREN

— Quanto tempo leva a viagem? — Aren perguntou a Timin, cambaleando pela trilha que levava aos estábulos, onde a caravana os esperava. Ele não estava exatamente bêbado, mas também não estava sóbrio. Suas recentes privações lhe deixaram fraco para a bebida forte que esses homens gostavam de tomar. Para que seu plano funcionasse, ele precisava da mente mais lúcida.

— Uma semana — Timin respondeu, dando um tapinha nas costas dele. — Talvez dez dias. Aonde você vai depois, meu amigo?

— Para a costa. — Um dos meninos do estábulo entregou as rédeas de Jack para Aren. O camelo ergueu o focinho como se fosse mordê-lo, mas decidiu que Aren não valia o esforço. — Já estou cansado de areia.

— Você tem amigos lá? Familiares preocupados com seu estado?

Aren se esforçou para não revirar os olhos com a obviedade do plano do homem, mas respondeu:

— Minha família está toda em Harendell, graças a Deus. Terei tempo para pensar em uma forma de explicar que perdi todo o dinheiro deles. — Ele arrotou alto. — Posso ir devagar, depois usar as tempestades como desculpa para ficar um ano sem voltar.

Timin riu antes de gritar para seus homens começarem a andar, então o grupo saiu da cidade e se dirigiu ao sul, rumo a Valcotta.

O frio estava se instalando rapidamente, e Aren se perguntou por quanto tempo isso seria uma bênção para a pele queimada de Lara antes de virar uma maldição. Ela parecia em péssimo estado e muito adoentada. E toda vez que um dos mercadores havia se aproximado dela, Aren teve que se esforçar para não sacar uma arma e correr para protegê-la.

— Tão sério, James. — A voz de Timin interrompeu os pensamentos de Aren.

— Só estou imaginando uma semana de caminhada.

— Ah, sim. Talvez isso ajude a relaxar sua mente.

O mercador tentou passar uma garrafa a Aren, que ergueu as mãos.

— Você já foi mais do que generoso com a oferta pelo meu camelo. Não posso aceitar mais.

— Bobagem! O animal é da melhor estirpe. Eu que estou ganhando com o negócio.

Fingindo indecisão, Aren finalmente aceitou a garrafa e fingiu beber com gosto.

— Você é um amigo de verdade.

Eles caminharam por quase uma hora na escuridão, Timin cantando o tempo inteiro enquanto Aren fingia beber, entornando discretamente o líquido na areia de tempos em tempos. Cambaleou várias vezes, colidindo com Jack, que não via graça nenhuma na atuação.

Mas estava completamente sóbrio quando ouviu a lâmina ser sacada atrás dele.

Ao virar, Aren viu Timin com uma faca longa e seus dois parceiros ao redor. O garoto estava um pouco atrás, segurando as rédeas do cavalo, com cara de pavor.

— Solte a rédea de seu animal — Timin disse. — Depois deite na areia.

— E eu aqui pensando que éramos amigos. — Aren soltou a rédea de Jack mas continuou em pé.

O mercador deu de ombros.

— O que eu posso fazer? Negócios são negócios.

— Está mais com cara de roubo.

Os três homens riram quando Timin disse:

— Só é roubo se a vítima estiver viva para denunciar o crime.

Foi a vez de Aren rir.

— Concordo plenamente.

Timin franziu a sobrancelha, confuso, depois entrou em pânico quando Aren sacou a espada do alforje de Jack, atacando os homens antes que tivessem tempo de reagir. Abriu as tripas de Timin, depois cuidou dos outros, sem misericórdia. Pelo canto do olho, viu o menino soltar as guias dos cavalos e começar a correr, mas Aren, mais alto e mais forte, o alcançou em um segundo, derrubando-o na areia.

— Por favor — o menino choramingou. — Por favor, tenha piedade. Eu não sabia o que eles iam fazer.

Provavelmente era mentira, mas Aren não tinha o hábito de matar crianças.

— Não vou matar você, mas infelizmente preciso mantê-lo em silêncio até estar bem longe.

Amordaçou o rapaz e atou seus punhos aos tornozelos, deixando-o perto dos camelos, que também tiveram suas patas amarradas com uma corrente a uma estaca no chão. Então um grunhido de dor chamou sua atenção.

Apertando as entranhas, Timin rastejava na direção do oásis. Aren o seguiu e chutou suas costelas, virando-o de costas enquanto o homem gritava por ajuda.

— Estamos longe demais para alguém ouvir. — Aren apoiou o joelho no chão ao lado do moribundo. — Você sabe muito bem disso, não?

— Quem é você? — As palavras de Timin saíram estranguladas. — Que tipo de demônio é você?

— O tipo que cansou de cretinos traiçoeiros. — E cravou a espada na garganta do homem. — Agora, se me der licença, vou buscar minha esposa.

35
LARA

INCLINE-SE PARA A FRENTE.
Incline-se para trás.
Incline-se para a esquerda.
Lara repetiu o mantra em sua cabeça, forçando seu corpo a obedecer, embora a exaustão e a exposição ao sol e ao frio estivessem surtindo efeito. Tinha pontos de queimadura, mas o resto do corpo estava congelado, assolado por calafrios. Ela estava com sede, seu estômago se retorcia de dor e sua cabeça latejava. Se não escapasse hoje, a única saída seria a morte.
Incline-se para a frente.
Incline-se para trás.
O pelourinho estava preso no chão, mas não fundo o bastante. O peso do grandalhão o havia afrouxado, então, com horas de esforço, daria para soltá-lo. Mas, como havia descoberto, estava fraca demais para isso. Sua única opção era continuar trabalhando para desequilibrar aquela coisa maldita, depois tentar virá-la de lado, na esperança de não quebrar o pescoço.
O mercado estava cheio de pessoas comprando e vendendo mercadorias, uma grande caravana chegando de Maridrina pouco depois do pôr do sol. O interesse nela havia diminuído, felizmente, embora homens e mulheres parassem para cuspir ou tacar areia nela. Lara não ligava muito para o que jogavam nela, contanto que não notassem o que ela estava tramando.

A taverna maridriniana estava movimentada, dezenas de homens sentados nas mesinhas do lado de fora, bebendo e rindo, alguns quase com as testas coladas enquanto discutiam negócios. Era barulhento, e um par de músicos tocando tambores aumentava a cacofonia. Uma dançarina, que provavelmente também trabalhava como prostituta, rebolava em cima de uma plataforma que tinha sido instalada para ela. Por conta do show, levou um tempo para a multidão notar o grandalhão que havia capturado Lara caindo no chão na frente do prédio, espumando pela boca.

Algumas pessoas gritaram, assustadas, depois outros dois homens caíram de suas cadeiras, da mesma forma.

— Veneno! Eles foram envenenados — alguém gritou, e o mercado todo mergulhou em caos, os clientes da taverna se livrando de copos e garrafas, arregalando os olhos de horror.

Essa era a chance dela.

Tomando impulso com as pernas, Lara empurrou, os pés riscando a areia. Suas costas gritavam de dor, mas o pelourinho tombou para a frente devagar, puxando-a. Ela tentou refrear a queda, mas foi um esforço em vão. Seu corpo tombou, a bunda ficou para o alto e a cabeça bateu na areia com tanta força que ela viu estrelas. O fecho do pescoço bateu em seu queixo e apertou sua garganta com força. Mas ela ouviu a trava abrir.

Enfiando os dedos dos pés na terra, ela tentou empurrar a parte de cima do pelourinho para se soltar. Mas estava encaixada na areia.

E ela não conseguia respirar.

Tomada por desespero, Lara tentou empurrar a estrutura de madeira para trás e para fora da areia, mas não conseguia encontrar apoio.

Se não saísse logo, desmaiaria. E se ninguém a notasse, ela morreria, sufocada e esmagada pelo próprio plano falho.

Enfiando o dedo do pé em um dos buracos na terra, Lara empurrou, os ossos de seus punhos rangendo na madeira, os músculos tremendo.

A estrutura virou, e ela sentiu a parte de cima se soltar, libertando seus punhos e seu pescoço.

Lara tinha conseguido!

— Não foi sua manobra mais graciosa — uma voz conhecida sussurrou, depois ela sentiu mãos envolverem seus braços, levantando-a. — Você tem sorte de não ter quebrado o pescoço.

Aren.

— Vamos enquanto eles estão distraídos.

Ele a puxou por entre duas barracas, seguindo para o lago. Instantes depois, Lara ouviu gritos enquanto seus captores se davam conta de que ela havia escapado.

— Por aqui.

Aren a guiou pela água, mas foi só quando eles estavam nas pedras que pavimentavam as margens que ela entendeu o que ele pretendia.

— É proibido!

— Eu lembro. E, considerando que a maior parte dessas pessoas deve nadar tão bem quanto você, elas nunca vão pensar em procurar aqui.

A água estava mais quente do que o ar, quase uma fonte termal. Enquanto Aren a levava para a parte mais funda do lago, a água chegou na altura do quadril e então da cintura. Quando estava prestes a afundar mais, Lara recuou.

— Ainda estamos muito perto da margem. Segure-se em mim.

Não havia sentido em argumentar, considerando as luzes que se aproximavam da água. Pessoas em busca de Lara. Passando os braços ao redor dos ombros de Aren, ela tentou manter a respiração controlada conforme avançavam em silêncio para o centro do lago, então parou com a água pouco abaixo do queixo.

Eles estavam vasculhando freneticamente o bosque ao redor do lago, mas nenhum deles olhou para a escuridão das águas. Mais ao longe, ela conseguia ouvir sons da busca na cidade, as vozes cheias de fúria. Eles não deixariam pedra sobre pedra.

Lara sentiu a cabeça girar, e os pequenos goles de água que ela engoliu só pioravam sua náusea. Com cãibra nos braços, o esforço de se segurar em Aren ia quase além de sua capacidade. Seu corpo estremeceu, e ela respirou fundo para acalmar o coração acelerado, mas não adiantou muito.

Então Aren agarrou seu punho, puxando-a para a frente dele, e segurou sua cintura. A pele queimada de Lara ardeu com o toque, e ela conteve uma lamúria.

— Use as pernas.

Tremendo, ela envolveu as pernas nuas na cintura dele; por sorte, a parte interna da coxa tinha sido preservada do sol. Relaxando os braços ao redor do pescoço de Aren, ela apoiou a testa no rosto dele, sentindo sua respiração no ouvido. Seus seios estavam apertados contra o peitoral dele, e ela não sabia ao certo de quem eram os batimentos acelerados que sentia.

— Fica calma — ele murmurou, segurando-a por baixo dos braços para aumentar o suporte, tomando cuidado para não encostar nas queimaduras. — Você vai ficar bem.

— Você voltou para me buscar.

— Achou que eu não fosse voltar? — Embora a voz dele não passasse de um sussurro, ela percebeu que ele estava chocado.

O queixo dela estremeceu, e ela fez que sim, muito de leve.

— Lara...

Aren segurou o rosto dela, que o encarou, embora estivesse escuro demais para ver algo além de sombras. A respiração dele era quente em seus lábios, e quando apertou as pernas ao redor dele, enroscando os dedos em seu cabelo, Lara pôde ouvi-lo respirando mais depressa.

Ela o amava, não tinha como evitar. Precisava dele como precisava de ar. Ela o desejava, embora sentisse que se seu corpo estava à beira da morte.

Então os lábios dele tocaram os dela, e Lara sentiu como se tudo desaparecesse. Como se não houvesse nada mais no mundo além dos dois. Ela estremeceu, se aproximando ainda mais, até ele sussurrar:

— Lara, não importa onde você esteja, se precisar de mim, vou atrás de você. Por favor, nunca esqueça disso.

A realidade foi como um tapa na cara dela, e a dor inundou seu peito. *Não importa onde você esteja...* Porque ela poderia estar em qualquer lugar, mas não com ele. Ela não poderia ficar ao lado dele, e sabia disso. E ainda assim...

Eles ficaram em silêncio, escondidos na água até os homens se afastarem, então Aren foi para o rochedo baixo de onde caía o filete de cachoeira que enchia o lago e ergueu Lara com firmeza até ela se segurar nas rochas.

Eles escalaram, e em certo ponto Aren parou para espiar pela beirada.

— Não tem ninguém. Você consegue correr?

Lara sentia como se mal conseguisse andar, mas fez que sim.

— Vá.

Seus pés descalços faziam um barulho suave enquanto ela corria. Seu cabelo molhado acertou suas costas nuas, fazendo-a se crispar de dor. Ela tropeçava, mal conseguindo manter o equilíbrio, mas foi só quando eles atravessaram uma duna que Lara finalmente caiu.

— Peguei você — Aren disse em seu ouvido enquanto a segurava no colo. — Você vai ficar bem.

Sangue pulsou em seus ouvidos, as estrelas girando no céu, então o mundo inteiro mergulhou em trevas.

36
AREN

Aren carregou o corpo trêmulo dela pela escuridão, seguindo as pegadas na areia. Não era fácil, considerando que ele precisava manter a lamparina em um brilho quase imperceptível para não chamar a atenção dos perseguidores na cidade.

Os camelos, o menino e os cadáveres estavam onde ele os havia deixado. O menino arregalou os olhos ao ver Lara, que continuava inconsciente.

— Olhe para o outro lado — Aren rosnou para ele antes de deitar a esposa nua na areia.

Aumentando o brilho da lamparina, ele sentiu o corpo se tensionar ao ver as queimaduras nas costas e nos ombros. Ela estava fervendo, sua respiração e seu pulso mais acelerados do que deveriam.

Revirando as bolsas nos camelos, Aren encontrou no alforje do menino uma muda de roupas que serviriam em Lara. Ela choramingou e tentou se encolher em posição fetal enquanto ele a vestia. A tarefa tomou mais tempo do que eles tinham. Depois de tirar de Jack os produtos do mercador, ele colocou Lara no dorso do camelo, usando pedaços de tecido em vez da corda áspera para amarrá-la à sela. Então virou para o garoto.

— Vou deixar você ir. Encontre companheiros de viagem melhores.

Afrouxando as amarras para que ele conseguisse engatinhar, Aren apontou para o oásis.

— Se for agora, talvez consiga chegar antes do nascer do sol.

Verificando se os animais ainda estavam bem amarrados uns aos outros, Aren pegou a guia de Jack e o cutucou com a vara para que ele e os outros levantassem.

— Não ouse me morder. Tenho dois substitutos logo atrás de você.

Jack lançou um olhar repreensivo para ele, mas seguiu Aren obedientemente enquanto eles rumavam para o sul.

Lara ficou doente por dias, mal conseguindo comer sem vomitar, e exausta demais para sequer sentar na sela de Jack. Suas costas eram só bolhas e vermelhidão. Ela trincava o maxilar toda vez que Aren aplicava o bálsamo que havia encontrado em uma das bolsas do camelo. Passava a maior parte do tempo inconsciente, murmurando e gritando enquanto dormia. Aren não sabia se era por terrores antigos ou novos. Mas ele não tinha escolha a não ser impor a ela um ritmo extenuante pelas dunas vermelhas, avançando durante a noite e no começo do dia até o calor ficar insuportável.

Lara só se recuperou quando eles chegaram à beira do deserto e entraram nas colinas de Valcotta. E a imagem dela caminhando ao seu lado com a espada na cintura era mais agradável do que a dos córregos borbulhantes de água preciosa que apareceram no caminho. Com a melhora dela, Aren teve a chance de pensar em coisas além da sobrevivência.

— Podemos acampar aqui até amanhã de manhã — ela disse, saindo da estrada rumo a um bosque cortado por um córrego que parecia ter sido barrado com pedras por viajantes para formar uma piscina rasa.

— Você mal está de pé de novo e já fica me dizendo o que fazer. Saudade dos tempos em que não conseguia formar uma frase coerente.

Lara revirou os olhos, depois começou a cuidar dos camelos, falando baixo enquanto levava sacos de grãos até os focinhos deles para alimentá-los. Alguns fios de cabelo haviam soltado da trança e esvoaçavam com a brisa suave, brilhando ao sol. Ela começou a descarregar a tenda das costas de um dos camelos, mas Aren segurou sua mão.

— Eu faço isso.

Ela ergueu os olhos azul-celeste para ele, atraindo-o e afogando-o, como sempre faziam.

— Estou bem, Aren.

— Sei que está. E sei que consegue fazer isso sozinha. Mas deixe que eu faça mesmo assim.

Ela corou e desviou os olhos.

— Como quiser.

Os dois começaram a montar acampamento e, embora Aren estivesse ocupado montando a barraca, acendendo uma fogueira e buscando água no córrego, sua mente estava focada nela.

E naquele beijo.

Aren sabia que não deveria ter feito aquilo. Disse a si mesmo que foi porque ele estava com medo de que Lara morresse em seus braços. Que não foi nada mais do que um toque casto de seus lábios. Que não significava nada.

Mas significava tudo, pois aquele único beijo havia quebrado as muralhas que ele construiu para mantê-la afastada do seu coração, e Aren sabia que, se ela quisesse, se ela oferecesse, o que viria em seguida não seria nada casto.

Depois de colocar uma panela para ferver, ele pegou um saco de lentilhas e o que restava das frutas secas, depois sentou do outro lado do fogo, de frente para ela.

— Era melhor sentir dor. — Lara ergueu a camisa para coçar as costas que descascavam. — Nunca senti tanta coceira na vida.

— Você sem dúvida já esteve com uma cara melhor — ele respondeu com um damasco seco na boca, depois desviou quando Lara atirou um pedaço de pele morta na direção dele, deixando escapar uma risada.

— Babaca. — Ela pegou um sabonete de um dos alforjes. — Vou tomar um banho enquanto você cozinha. Talvez você devesse considerar fazer o mesmo em algum momento. Está cheirando a camelo.

— Mesmo assim você não me paparica como faz com eles.

Lara riu baixinho.

— Fique de vigia, então. Prefiro não ter que sair do banho e lutar nua contra rufiões.

— Pode ser uma vantagem para você.

— Essa vantagem eu dispenso, obrigada. — Ela deu uma piscadinha, sacou uma faca e foi descalça até o córrego, o quadril balançando de um jeito que era impossível olhar para outro lugar. Então ela gritou: — Mandei ficar de olho nos soldados, Aren. Não na minha bunda!

— Essa bunda descascando mais do que um saco de batata?

Virando para ele, ela ergueu o dedo do meio devagar e lançou um olhar cortante antes de mergulhar.

O que você está fazendo?, ele se perguntou em silêncio. *Por que está agindo como se estivesse tudo bem entre vocês se sabe que a realidade não chega nem perto disso?*

Ithicana nunca a aceitaria, muito menos a perdoaria, e ele não poderia em sã consciência pedir que fizessem isso. Até mesmo admitir que ele a havia perdoado seria um erro, pois sabia que muitos veriam aquilo como traição. E, considerando que Aren tinha que considerar sua própria expiação, se permitir qualquer forma de intimidade seria um erro. Ainda mais porque eles se separariam em algum momento.

Ele colocou as lentilhas na panela, depois buscou uma colher para mexer, tentando se concentrar na tarefa.

Quando?

Quando ela iria embora? *Agora* provavelmente era uma hora oportuna, considerando que eles estavam em Valcotta, um lugar muito mais perigoso para ela do que para ele. Aren se encontraria com a imperatriz para implorar por perdão, e estar ao lado da responsável pelo rompimento dos laços entre ele e Valcotta estava longe de ser a atitude mais prudente.

Embora pretendesse não olhar, Aren virou para a água, e os olhos sorveram a imagem de sua esposa. Ela havia tirado as roupas que pegaram do menino e estava apenas de calcinha na beira do lago. Tinha lavado o cabelo, as longas mechas cor de mel caindo sobre a lombar, escondendo as queimaduras já em processo de cura. Cicatrizes sobre cicatrizes, que não diminuíam em nada sua beleza, pelo contrário: só a deixavam mais forte. Faziam com que Aren a desejasse mais.

Ao lavar o braço, revelou a lateral do seu seio redondo, o mamilo rígido. O pau dele ficou duro, e o desejo atravessou seu corpo ao ver a água escorrendo na pele dela. Lara inclinou a cabeça para trás, fechando os olhos enquanto torcia o tecido molhado sobre si, os lábios se entreabrindo de prazer.

Cravando as unhas nas palmas, Aren resistiu ao impulso de ir até ela, arrancar o último pedaço de tecido que a cobria e sentir seu sabor. Queria fazer com que ela perdesse o controle e gritasse o nome dele, fazer o corpo dela tremer embaixo do seu, emaranhar os dedos naqueles cabelos enquanto ele metia fundo dentro dela.

Ela era tudo. Mente, corpo e alma, ela era tudo que ele queria. Tudo de que ele precisava. A rainha de que Ithicana precisava.

Mas graças a Silas e sua ganância, ela tinha se tornado tudo que Aren não podia ter.

Ele voltou às lentilhas, cerrando os punhos. Queria socar alguma coisa. Queria alimentar sua fúria. Não era justo. Aquilo tudo era uma maldita injustiça.

Lara parou ao lado dele, exalando perfume de sabonete.

— Você está bem?

— Estou.

Aren sentiu o olhar dela, sentiu que ela considerava fazer alguma coisa. Dizer alguma coisa. E a vontade dele era implorar que ela o *testasse*. Porque bastaria um toque, uma palavra, e sua força de vontade se estilhaçaria.

Vá em frente, ele desejou em silêncio. *Tome a decisão por mim.*

Mas, em vez disso, ela falou:

— Quando voltei a Eranahl, só não me mataram porque Ahnna não deixou. E ela mesma só não me matou porque queria resgatar você mais do que queria me ver morta.

Respirando fundo, Aren virou. Lara estava parada com um pedaço de tecido ao redor do corpo, segurando o sabonete.

— Eles amaldiçoaram meu nome. Cuspiram em mim. Exigiram minha morte das piores formas possíveis. Porque me odeiam. E estão certos.

Ele abriu a boca para argumentar, mas Lara ergueu a mão.

— Vou ficar com você até chegarmos a Pyrinat e acharmos os ithicanianos que marcamos de encontrar lá. Depois vou embora.

Ele sentiu como se alguém estivesse enfiando uma faca cega em seu coração, dilacerando o órgão aos poucos em vez de cortá--lo de uma vez.

— Lara...

— Eu te amo, Aren. — Os olhos dela brilhavam. — Mas acabou. Tem que acabar, e nós dois sabemos isso. Fingir que não só vai piorar as coisas quando eu for embora.

Lara estava certa, e ele sabia disso. Mas, em seu coração, Aren também sabia que, mesmo que nunca mais a visse na vida, jamais estaria acabado.

Ela sempre seria sua rainha.

37
LARA

Eles seguiram direto para Pyrinat, capital de Valcotta, e passaram a maior parte da jornada em um barco depois que Aren provou suas habilidades de negociação e vendeu os camelos pelo dobro do valor.

Eles tinham fingido ser harendellianos, mesmo com um bom número de valcottanos olhando feio para Lara: apesar dos vestidos harendellianos de gola alta, a cor de sua pele entregava sua origem maridriniana.

Eles estavam quase um mês atrasados, restando a Aren apenas alguns dias para convencer a imperatriz de Valcotta a fazer uma aliança.

Isso se ela estivesse disposta.

Mas, apesar de toda a pressão do atraso, Lara não sabia se abriria mão do tempo que havia passado com Aren. Havia momentos em que ela podia fechar os olhos e fingir que estavam de volta a Eranahl, entre jogos, vinho e gracejos, sempre a um passo da cama onde faziam amor.

Esses dias em Eranahl, porém, tinham ficado no passado e não voltariam a acontecer.

Apesar do desejo escancarado que Lara via nos olhos dele — desejo que ela havia provocado deliberadamente em seus momentos de maior fraqueza —, Aren levou as palavras dela a sério e nunca, em nenhum momento, chegou perto de ceder ao calor entre eles. Calor esse que, apesar do que ela havia dito, parecia arder mais a cada dia.

Acabou, ela disse a si mesma repetidas vezes. *Ele é o rei de Ithicana e precisa colocar seu povo em primeiro lugar.*

Mas nas horas mais difíceis da noite, quando ela estava deitada na cama, seu corpo ardendo com um misto confuso de desejo e solidão, a razão perdia o sentido diante da esperança.

Foi só quando a embarcação atracou em Pyrinat que ela finalmente abandonou essa esperança e se dedicou completamente à missão.

Se apoiando no braço de Aren para subir na doca, Lara parou para contemplar a imensidão da cidade ao redor deles.

O rio Pyr, que chegava a um quilômetro e meio de largura em certos pontos, passava pelo centro de Pyrinat, se abrindo em inúmeros pontos para criar canais que serpenteavam pela cidade como ruas fluviais. Os prédios com fundos para esses canais tinham portas para as pequenas docas, e havia dezenas de pontes curvas com lances estreitos de escadas descendo para a água. As construções eram todas de blocos de arenito, a maioria com janelas grandes do vidro mais transparente do mundo, e estandartes de tecido colorido ficavam pendurados nas sacadas com vista para as ruas.

O cheiro do mar adentrava a cidade, se misturando aos aromas de especiarias e comidas no fogo, as ruas impecáveis e sem sujeira alguma. Os valcottanos, com suas roupas brilhantes e volumosas, enchiam as ruas, as vozes ressoando enquanto eles negociavam com vendedores nos mercados lotados.

Músicos pareciam tocar em todas as esquinas — e, ao contrário dos de Vencia, usavam roupas elegantes e pareciam ter mais interesse em entreter as multidões que se reuniam para escutá-los do que em ganhar moedas. Em muitos casos, cantores os acompanhavam, homens e mulheres jovens cujas canções Lara nunca havia escutado e cujos instrumentos nunca tinha visto.

Aren, que já conhecia a cidade, guiou-a pelos lendários mercados de vidro com itens de todos os tipos: vasos, copos e esculturas que pareciam tocar o céu, as peças filtrando a luz do sol e lançando um arco-íris nas vias de arenito. Ela parou mais de uma vez para contemplar, admirada, os homens e as mulheres que sopravam fios de vidro em formas ornamentadas, muitas vezes finalizando com fios de ouro e prata para criarem obras de arte dignas da imperatriz.

— Por aqui — Aren disse, puxando o braço dela. — Como você disse que o lugar se chamava mesmo?

— Hotel Nastryan. Parece que o dono é um de seus espiões. — E, ao lembrar daquilo, a admiração de Lara pelos objetos de vidro deu lugar a um arrepio. Devia ter alguém lá para encontrá-los com notícias de Ithicana, mas, com o atraso, quem poderia garantir que o indivíduo continuava ali? Não que os dois não conseguissem se virar, mas Lara tinha esperanças de receber alguma atualização. Sobre Eranahl. E sobre suas irmãs. Não saber se todas haviam escapado em segurança era um peso que ela vinha tentando não encarar.

— Aqui.

Aren parou diante de um prédio de três andares, o térreo aberto para a rua e ostentando um grande café. Pelo menos umas dez pessoas estavam sentadas em almofadas coloridas ao redor de mesas baixas, tomando um líquido marrom fumegante em copos de vidro. Um corredor ladrilhado levava a uma grande mesa de madeira, e atrás dela estava sentado um valcottano cuja pele cintilava sob a luz das lamparinas instaladas ao redor.

Se aproximando, Lara sorriu.

— Bom dia. Temos uma reserva.

O valcottano arregalou os olhos, alternando entre Aren e ela. Então, assentiu.

— Vocês estão um pouco atrasados.

— Alguns imprevistos. — Ela hesitou, com medo de perguntar. — Tem alguma mensagem para nós?

O homem fez que não, e Lara sentiu um aperto no peito. Será que alguma coisa havia acontecido? Será que Ahnna não havia conseguido o apoio de Harendell? Será que Eranahl havia caído?

— Nenhuma mensagem — o homem repetiu. — Mas talvez o outro membro de seu grupo possa dar a informação que vocês procuram.

Então ele apontou para uma pessoa sentada a uma mesa no canto do café, sozinha.

Lara sorriu.

38
AREN

Foi difícil manter a compostura. Não atravessar o lugar correndo. Não desabar por completo.

Mas Aren se obrigou a passar lentamente por entre as mesas. Manter o silêncio enquanto puxava uma cadeira e sentava à frente de seu compatriota.

Com os olhos fixos na xícara diante dele, que *não* estava cheia de café, Jor resmungou:

— Não estou interessado em companhia.

— Nem mesmo a de um velho amigo?

Jor se endireitou, e então, com uma lentidão dolorosa, olhou para cima. O velho soldado encarou Aren por um longo momento, depois sussurrou:

— Quase perdi as esperanças. Faz semanas... semanas que estou esperando.

Então Jor deu a volta na mesa, um copo se estilhaçando no chão quando ele abraçou Aren com força, os dois quase caindo para trás.

— Você está vivo.

Fora seu breve encontro com Vovó, fazia meses que ele não falava com ninguém de Ithicana. Ver Jor na sua frente agora era quase tão bom quanto estar em casa.

— Pensei que você estivesse morto. — A voz de Jor era entrecortada, como se ele tentasse conter as lágrimas, embora Aren nunca o tivesse visto chorar em toda a sua vida.

— Perdi as contas de quantas vezes cheguei perto disso, amigo — Aren disse, notando que todos os outros fregueses os encaravam. Empurrando Jor de volta à cadeira, endireitou a mesa e sentou. — Acredite em mim, pretendo nunca mais ver o deserto na vida.

— Deserto? — Jor arregalou os olhos, então se voltou para Lara, alguns passos atrás, um leve sorriso nos lábios. — Não era esse o plano, garota. Você deve algumas explicações.

— Depois. Temos assuntos mais importantes para tratar.

O olhar de Jor ficou mais sombrio, e ele fez que sim.

— Mas não aqui. — Levantando, ele chamou uma das garçonetes. — Coloque na minha conta, garota. O copo também.

— Você vai pagar essa conta algum dia, velhote? — a menina perguntou, mas havia afeição em sua voz. — Vou mandar levarem a comida para seu quarto. Tente comer, você está definhando.

Era verdade. Conforme seguia Jor em direção a uma escada atrás do café, Aren reparou em como seu guarda havia mudado. Os ombros estavam curvados como Aren nunca tinha visto, seu corpo, mais magro, seus passos, mais lentos. Menos seguros. Jor não era jovem, mas nesses meses de distância não foi o tempo que o envelhecera. Aren mal tinha saído das fraldas quando Jor começou a cuidar dele, sacrificando a chance de ter sua própria família para manter o herdeiro de Ithicana em segurança — para mantê-lo vivo. E Aren sabia que Jor se culpava por sua captura; sabe-se lá como o homem se sentiu ao achar que Aren estava morto.

— Obrigado. Por me resgatar. E por esperar por mim.

Jor virou para trás, encarando Aren com os olhos castanhos. Mas a única resposta foi um aceno breve. Depois de tirar uma chave do bolso, ele abriu a porta de um quarto no segundo andar, revelando uma suíte com vista para o átrio no meio do hotel.

— Chique.

— Era para você. E que bom que você apareceu, porque acho que o homem lá embaixo estava considerando me despejar para botar um hóspede que pagasse no lugar. Nossa única esperança de que você estava vivo eram os homens de Silas ainda rondando por aí.

Fechando a cara, Aren jogou a bolsa com seus poucos pertences no canto.

— Serin previu aonde estávamos indo e nos interceptou. Foi por isso que tivemos que seguir pelo deserto. Mas eles que se danem. E Eranahl? E Ahnna?

— Eranahl resiste, assim como sua irmã. Ela está lá agora.

O alívio que percorreu Aren quase o fez cair de joelhos.

— Graças a Deus.

— Não agradeça a ninguém ainda. A cidade está sobrevivendo graças a provisões entregues por um benfeitor misterioso a algumas das ilhas vizinhas, mas, mesmo que essa pessoa queira fazer outra entrega, nunca vai conseguir a menos que pegue uma tempestade forte. Eranahl está cercada dia e noite por navios amaridianos. E a estação de calmaria este ano fez jus ao nome.

— Então Zarrah cumpriu sua palavra — Lara disse.

— E seu irmão também.

Jor ergueu a sobrancelha, confuso, e Aren acrescentou:

— Foi Zarrah Anaphora quem providenciou as provisões. Ela aceitou fazer isso se eu organizasse a fuga dela de Silas, embora na realidade eu tenha organizado uma distração para que Keris Veliant pudesse libertá-la.

— *O príncipe herdeiro?*

Aren fez que sim.

— Ao que parece, o príncipe herdeiro é um conspirador político e tanto. Quer livrar Maridrina tanto do pai como de nossa ponte, então temos um aliado.

— Você não deveria confiar nele.

— Foi o que *eu* disse — Lara murmurou. — Para ele, somos um meio para um fim e, caso apareça outra oportunidade de alcançar o que quer, ele vai nos atirar aos leões sem derramar uma lágrima.

— Talvez. — Aren havia tido muito tempo para considerar as motivações de Keris. Um jogo demorado, como o príncipe havia descrito, e ele não estava convencido de que Keris era tão egoísta como fazia parecer. Qualquer pessoa com recursos e dinheiro poderia enviar um navio cheio de provisões para Ithicana, o que levava à pergunta: por que Keris achava que Zarrah precisaria ser libertada para isso? E Aren tinha quase certeza de que sabia a resposta. — Zarrah está aqui?

— Se estiver, não fiquei sabendo. Talvez ela tenha voltado ao comando da guarnição valcottana em Nerastis. É onde Keris está, aliás. Dizem em Pyrinat que ele partiu de Vencia no dia seguinte à sua fuga. Retomou o comando das forças maridrinianas na fronteira e está muito mais interessado em suas obrigações do que antes.

— Provavelmente para acobertar o fato de que libertou Zarrah bem debaixo do nariz do pai.

— Você tem notícia das minhas irmãs? — A voz de Lara era firme, mas Aren reparou que ela abria e fechava as mãos sem parar.

— Você virou tia.

Ela ficou boquiaberta.

— Sarhina?

Jor sorriu e deu um tapa no ombro de Lara, fazendo-a cambalear.

— Exatamente. Vovó fez o parto da filhinha dela menos de dois dias depois que vocês se despediram. De acordo com as últimas informações que recebi antes de partir, Bronwyn estava firme e forte, e suas outras irmãs em Vencia saíram relativamente ilesas.

Lara assentiu brevemente, secando os olhos.

— E Coralyn? — Aren perguntou.

Jor soltou um longo suspiro.

— Ela não foi vista, infelizmente. Mas também não conseguimos confirmar a morte.

A única coisa que Aren poderia fazer era torcer para que Keris tivesse intervindo pela tia porque, se Coralyn estivesse viva, era bem possível que estivesse desejando morrer.

— Você disse que Ahnna voltou a Eranahl?

— Sim. Parece que ela teve que nadar na calada da noite quando voltou de Harendell porque não conseguiu fazer o barco passar pelos amaridianos.

Aren empalideceu. Durante a calmaria, as águas ao redor da fortaleza se enchiam de tubarões.

— Ela não deveria...

— Era a única opção — Jor interrompeu. — O moral está baixo. Há muitos rumores sobre abandonar a cidade. Abandonar Ithicana. Ahnna está segurando as pontas para ganhar tempo para você, mas... — Ele hesitou. — Assim que a estação de tempestade afastar a frota, haverá um êxodo para o norte rumo a Harendell, que ofereceu refúgio.

E Ithicana não existirá mais.

— Talvez seja melhor assim.

— Se eles achassem que seria melhor, teriam partido na última estação de tempestade — Lara retrucou, depois jogou sua bolsa sobre a dele. — Eles planejam partir porque não têm escolha, não porque querem. Precisamos dar a opção para eles. Jor, o que o rei harendelliano disse sobre a proposta de Ahnna?

Antes que ele pudesse responder, houve uma batida na porta, e Jor foi atender, pegando uma bandeja de comida fumegante e agradecendo a menina que a havia trazido. Serviu água de um jarro e entregou um copo a Aren.

— Os harendellianos estão aborrecidos com o controle de Maridrina sobre a ponte, e com razão, ainda mais considerando o favoritismo demonstrado a Amarid na Guarda Norte. Nosso amigo, rei Edward, foi rápido em concordar. Sob certas condições, claro.

— Quais?

— Termos de comércio, basicamente. — Jor franziu os lábios. — E a promessa de que Ahnna voltaria a Harendell quando tudo estiver resolvido. Ao que parece, está na hora de o príncipe herdeiro William casar.

Aren abriu a boca para argumentar que não concordaria com isso, mas Jor o interrompeu:

— Ela já prometeu, então economize saliva. Mas tudo isso depende de você conseguir o apoio de Valcotta; o rei Edward não tem motivos para vir à nossa festa, a menos que a imperatriz também venha.

— Então está tudo nas minhas costas. — Aren bebeu a água, desejando que fosse algo mais forte.

— Sim, e você tem poucos dias. Leva tempo para organizar uma festa com tantos convidados, e isso precisa ser feito antes que as tempestades comecem. Nosso tempo está quase acabando.

— Então eu acho que está na hora de a imperatriz e eu termos uma conversa — Aren disse.

Jor bufou.

— Bom, chame como quiser, mas acho que está mais para você implorando perdão de joelhos.

Depois de pegar a bolsa, Aren tirou uma navalha, alisando com tristeza a barba que vinha usando como parte de seu disfarce.
— Se for para implorar, preciso estar mais bonitinho.

39

LARA

— Tem alguma forma de provar sua identidade? — Lara perguntou a Aren, pulando uma poça na rua, as contas de vidro colorido em suas sandálias cintilando ao sol.

Jor dera a eles roupas valcottanas adequadas. Lara nunca tinha visto Aren usando cores tão fortes, e poderia ter achado graça no desconforto dele não fosse pela gravidade da situação.

— Há detalhes que só eu ou Ahnna saberíamos — ele respondeu, tirando-a da frente de um burro com uma carroça, o condutor erguendo a mão para eles em agradecimento. — Não é essa parte que me preocupa. — Ele balançou a cabeça com veemência. — É indesejável para Valcotta que Maridrina comande a ponte, mas a imperatriz fez pouco para resolver isso além de dificultar o comércio. Por quê?

— Talvez ela esteja tentando ganhar tempo? Ela sabe que você está livre... pode ser que estivesse esperando uma oferta de aliança.

Aren resmungou baixo.

— Uma aliança com Ithicana sempre foi uma possibilidade, mesmo quando eu estava aprisionado. Outras pessoas poderiam ter negociado um acordo, e ela sabia, mas preferiu não fazer isso.

— Você acha que ela ainda está com raiva por Ithicana tomar partido de Maridrina e romper o bloqueio da Guarda Sul?

Atitudes que foram tomadas com base nos conselhos *dela*. E

que Lara não se arrependia de ter dado. Os meses em que Ithicana enchera as barrigas maridrinianas haviam não apenas salvado vidas como também conquistado corações maridrinianos.

— Acho que vamos descobrir em breve.

Eles se aproximaram dos portões do palácio murado, e Aren murmurou:

— Me deixe falar dessa vez. Eles não estarão dispostos a ouvir uma maridriniana, muito menos alguém com seus olhos.

Guardas fortemente armados observaram a aproximação deles, um erguendo a mão até os dois pararem a alguns passos de distância.

— Identificação e motivo da visita, por favor.

— Rei Aren de Ithicana — Aren disse. — Estou aqui para ver a imperatriz.

O soldado ficou boquiaberto, e a surpresa dele refletia a de Lara. Isso não era parte do plano. Antes do meio-dia, metade da cidade já saberia que eles estavam ali e, então, os assassinos de seu pai viriam atrás deles. O que Aren tinha na cabeça?

— Majestade. — O soldado pressionou a mão no peito, na altura do coração, a maneira valcottana de demonstrar respeito. — Não sabíamos que você estava na cidade. Por favor, perdoe minha grosseria.

Aren inclinou a cabeça.

— Não precisa se desculpar. Tenho certeza de que você sabe que anunciar minha presença teria representado um risco óbvio.

— Entendo, majestade. — O soldado voltou os olhos castanhos para Lara, ficando sério. — Então essa é...

— Lara. — O tom de Aren era frio, calando qualquer comentário que o homem pudesse fazer sobre a identidade dela.

O soldado assentiu, mas não com a mesma cortesia que tinha demonstrado a Aren, Lara notou. Não que isso importasse. Eles poderiam odiar sua pele maridriniana o quanto quisessem desde que perdoassem Aren e Ithicana.

— Por aqui, majestade.

As portas pesadas abriram para dentro, revelando um pátio amplo com uma grande fonte no meio. Depois de enviar um menino para dar a notícia da chegada de Aren, o guarda os guiou pelo espaço aberto, atravessando os portões de bronze do lado oposto e entrando no palácio.

Era um prédio diferente de qualquer outro que ela já tinha visto, a começar porque talvez nem pudesse ser chamado de prédio. No alto, o ferro era forjado em delicadas curvas, ostentando o famoso vidro colorido de Valcotta, a luz que o atravessava lançando arco-íris pelas trilhas de vidro translúcido que serpenteavam pelos jardins cheios de flores.

— Por aqui, majestade — o soldado disse, guiando-os para a esquerda, seguindo uma das trilhas até um gazebo. No centro havia uma mesa baixa cercada por almofadas grandes revestidas por sedas com cores vibrantes e a fonte alta na lateral produzia uma música suave. — A imperatriz está ocupada no momento. Mas, se esperarem aqui, refrescos serão servidos. — O soldado levou a mão ao peito, depois saiu depressa pela trilha.

Dois meninos apareceram com potes de vidro cheios de água e, penduradas nos braços, toalhas tingidas no tom ametista valcottano.

Lara lavou as mãos com cuidado e as secou na toalha, depois sentou em uma das almofadas, alisando os vincos das calças largas. Uma menina de tranças enroladas com enfeites de ouro ofereceu uma longa taça para ela com um líquido borbulhante, e outra trouxe um prato cheio de trufas de chocolate que cheiravam a menta.

Lara mordeu uma trufa.

— Eles nem cogitaram que você pode estar mentindo sua identidade.

Aren deu um longo gole de sua taça, depois franziu a testa para a bebida e a colocou de lado.

— Os valcottanos são um povo educado, mas não toleram desonestidade. Se descobrirem que estou mentindo, vão me executar antes do pôr do sol.

Comendo do chocolate, Lara ergueu a cabeça para admirar o candelabro. Inúmeros vasinhos minúsculos estavam pendurados em correntes delicadas, um óleo perfumado queimando dentro, a luz refletida no teto revestido de prata. Arbustos com folhas largas rodeavam três lados do mirante, dando uma sensação de privacidade, mas, através deles, Lara conseguia ver os contornos dos guardas que os vigiavam.

— Pare de andar de um lado para outro — ela murmurou para Aren, que já tinha dado voltas no espaço várias vezes. — Fica parecendo que está nervoso.

Ele a ignorou e continuou andando, parando apenas ao ouvir passos delicados se aproximarem. Uma jovem deslumbrante com trajes militares apareceu, um sorriso largo surgindo ao ver Aren. Lara a reconheceu imediatamente: era a mulher que estava com eles durante a fuga do palácio de seu pai.

— É bom vê-lo vivo, majestade — Zarrah disse, levando a mão ao peito. — Soube que enfrentou alguns problemas depois que nos separamos nos portões de Vencia.

Lara manteve o rosto inexpressivo diante da mentira. A mulher claramente dissera a seu povo que Ithicana era o único reino por trás de sua fuga, escondendo o envolvimento de Keris. Uma jogada inteligente, na opinião de Lara, que poderia ser favorável para Aren.

Aren estreitou os olhos de leve, mas apenas disse:

— Também... estou feliz em ver que você está bem.

— Não tive a oportunidade de agradecê-lo, então me permita fazer isso agora. Um dia chegará o momento em que eu poderei recompensá-lo.

— Acho que estamos quites.

Zarrah assentiu com um olhar de alerta por trás do sorriso. Claramente não queria que as pessoas soubessem das provisões que enviara a Eranahl, o que significava que fizera isso sem a aprovação da imperatriz. Lara espiou Aren para ver se aquela revelação o preocupava, mas o rosto dele estava impassível.

Zarrah gesticulou para os guardas mais à frente.

— Podem ir. Sua majestade é quem diz ser. — Então ela inclinou a cabeça, encarando Lara com seus olhos escuros. — E ela também.

Um silêncio se estendeu enquanto elas se encaravam. Durante sua fuga, Lara não tivera a chance de avaliar como a mulher era bonita, os cachos curtos revelando as maçãs do rosto altas e arredondadas, olhos castanhos grandes que, fosse em qualquer outra mulher, Lara poderia ter descrito como olhos de corça. Mas, assim como Lara, Zarrah estava longe de ser uma presa, seu corpo alto tinha a força e a graça de uma pantera caçando, os dedos se fechando ao redor do cajado em sua mão. Então ela disse:

— Gostei muito da sua dança, majestade. Mas gostei ainda mais do vinho que você jogou na cara do seu pai.

Lara inclinou a cabeça.

— Também gostei dessa parte.

Zarrah voltou a atenção para Aren.

— Venham, venham. Minha tia quer conhecer o rosto por trás do nome. Imagino que ela também esteja ansiosa pela chance de dar uma bronca por todas as escolhas que você fez em seu reinado.

Zarrah os levou pela trilha, Aren caminhando ao lado dela, Lara, atrás.

— Silas anda espalhando rumores sobre sua morte, Aren. De um lado a outro do litoral, embora a história mude toda hora. Nós, obviamente, questionamos a veracidade das alegações. Silas gosta de contar vantagem, e nenhuma cabeça ithicaniana está adornando os portões de Vencia. — Virando, Zarrah acrescentou: — Nem de nenhuma mulher parecida com aquelas que a ajudaram. Eram mesmo suas irmãs?

— Sim.

— Fascinante. — Zarrah ergueu as sobrancelhas. — Eu me pergunto se já ocorreu a seu pai que Maridrina poderia vencer a guerra entre nossas duas nações se deixasse de lado as noções ridículas que tem sobre a função de uma mulher.

— Ele teria que admitir estar errado — Lara respondeu. — O que parece improvável.

— Estou inclinada a concordar. — Zarrah deu de ombros. — O infortúnio de sua pátria há muito beneficia Valcotta, então eu não seria sincera se dissesse que sinto muito.

Lara não se deu ao trabalho de responder e notou que Aren, embora estivesse ouvindo atentamente, também não fez nenhum comentário.

Eles continuaram descendo a trilha em silêncio, Lara contemplando a beleza do jardim enorme, com córregos, pontes ornamentadas ou caminhos de pedra lisa que permitiam às pessoas atravessar a água. Havia lugares em que a água formava uma piscina, e crianças nadavam e brincavam em suas profundezas, lembrando o porto caverna de Eranahl, onde eles haviam feito o mesmo.

As torres que ela vira de fora das muralhas eram as únicas estruturas fechadas, com vários andares de altura, e foi para uma delas que Zarrah os levou.

Guardas armados abriram as portas, que eram feitas de metal retorcido com vidros de mil cores diferentes encaixados, formando a imagem de uma mulher valcottana com as mãos erguidas para o céu azul. Dentro, tinha uma escada curvada, mas Zarrah passou reto por ela, seguindo para uma sala arejada com mesinhas e grandes almofadas.

Encostado na parede estava um soldado enorme. Mais alto até do que Aren e com braços musculosos maiores do que as pernas de Lara. Apesar do tamanho dele, o que chamou a atenção de Lara foi uma mulher esguia sentada em uma das almofadas, as mãos ocupadas com o que parecia ser uma pequena boneca que ela estava tecendo com barbantes coloridos.

— Tia — Zarrah disse, com uma falta notável de formalidade —, gostaria de lhe apresentar sua majestade real, o rei Aren de Ithicana, mestre da ponte...

— Ah, mas você não é mais o mestre da ponte, é, rapaz? — a imperatriz interrompeu, sem tirar os olhos da boneca. — Essa honra pertence ao rato maridriniano. E é por isso que está aqui, não é? — Antes que Aren pudesse responder, ela continuou: — E você, garota? É a filhote do rato? Não receberá nenhum título nesta casa. Seja grata por eu não mandar arrastarem você para fora e cortarem sua garganta.

Lara inclinou a cabeça.

— Por que não manda?

A mulher parou o que estava fazendo.

— Por mais que seja minha vontade, sua vida não pertence a Valcotta. Nem sua morte.

— Sua honra é minha salvação.

A imperatriz suspirou, irritada.

— Não venha me falar de honra.

Deixando a boneca de lado, a mulher levantou. Mais alta do que Lara, era ao mesmo tempo magra e musculosa, comprovando a história de que tinha sido uma guerreira formidável em seu tempo. Linda, os únicos sinais de sua idade eram a pele levemente enrugada ao redor dos olhos e os fios grisalhos, que se destacavam nos cachos fechados. Fios de ouro estavam enrolados entre os cabelos, e dezenas de ametistas cintilavam neles. Sua calça larga e sua blusa, que deixava a barriga à mostra, eram de seda dourada, seu cinto pesado por bordados e pedras preciosas. Ela usava braceletes de ouro dos punhos aos cotovelos, as orelhas cobertas por ouro e pedras preciosas, e no pescoço um colar de ouro esculpido com primor. Era incrível que conseguisse se manter de pé sob o peso de tantos metais, mas a imperatriz os carregava como se fossem leves como uma pluma.

— Majestade imperial — Aren disse, fazendo uma grande reverência. — É um privilégio conhecê-la pessoalmente.

— Privilégio ou necessidade? — a imperatriz perguntou, rodeando Aren em passos calculados, os pés descalços sem fazer barulho no ladrilho.

A imperatriz talvez fosse a pessoa mais majestosa que Lara já havia conhecido.

— Não pode ser os dois?

A mulher mordeu os lábios, respondendo com um murmúrio evasivo.

— Pela memória de sua mãe, que era uma grande amiga, estamos contentes em vê-lo vivo. Mas pessoalmente? — Sua voz se endureceu. — Não esquecemos de como você desprezou a nossa amizade.

Lara ficou tensa, desejando desesperadamente ter uma arma. Trazer Aren aqui tinha sido arriscado, mas ela julgou que a imperatriz fosse honrosa demais para fazer qualquer mal a ele além de recusar ajuda a Ithicana. E se tivesse se enganado? Conseguiria tirá-lo dali? Fugir seria uma possibilidade?

O soldado gigante perto da parede se aproximou ao ver a movimentação de Lara, os olhos castanhos a observando com atenção, julgando-a corretamente: como uma ameaça. Aren jamais faria mal à imperatriz, mas Lara não tinha os mesmos escrúpulos.

Aren também não demonstrou nenhum sinal de preocupação. Coçando o queixo, ele observou a imperatriz com ponderação.

— Vossa majestade fala de minha mãe como sua mais querida amiga, mas foi ela quem propôs o Tratado de Quinze Anos entre Ithicana, Harendell e Maridrina, incluindo a cláusula de casamento. Minha mãe formou a aliança com seu maior inimigo, e vossa majestade não guardou qualquer rancor dela. No entanto, quando cumpri os desejos de minha mãe, perdi valor a seus olhos.

A imperatriz parou na frente de Aren com uma expressão tranquila, os olhos castanho-escuros impossíveis de serem interpretados.

— Sua mãe não tinha escolha. Ithicana estava passando fome. E o tratado que ela escreveu não custava nada a Valcotta. Foram os termos que você aceitou quinze anos depois que causaram a desfeita. — Ela apontou o dedo para ele. — Meus soldados morrendo sob o aço fornecido pela ponte de Ithicana.

Lara sabia que Aren havia odiado aqueles termos. Queria fornecer a Maridrina *qualquer coisa* menos armas. Mas ela também sabia que seu pai não dera nenhuma opção.

Em vez de usar esse argumento, porém, Aren apenas fez que não devagar.

— Aço fornecido por *Harendell*, que Maridrina já estava importando por navio. Saiu mais barato, sim, mas dizer que lhes deu mais vantagem contra seus soldados é uma falácia. Além do que, vocês tiveram a oportunidade única de impedir que Silas recebesse suas preciosas importações por quase um ano, então podemos dizer que os termos agiram a seu favor.

Era verdade, embora aquilo nunca tivesse ocorrido a Lara. Antes do tratado, o aço vinha em navios de Harendell ou Amarid — navios que Valcotta não poderia atacar sem correr o risco de retaliações das duas nações. Mas, depois do tratado, todo o aço passava pela ponte para esperar na Guarda Sul até os navios maridrinianos poderem buscá-lo — navios maridrinianos que nada impedia Valcotta de afundar.

— Qualquer vantagem que vimos desapareceu rapidamente quando você apontou seus quebra-navios contra minha frota — a imperatriz argumentou. — Você preferiu sua aliança com Maridrina a sua amizade com Valcotta, e agora vem choramingar porque descobriu que seu aliado era um rato.

Aren balançou a cabeça.

— Vossa majestade colocou Ithicana em uma posição na qual todos os caminhos levavam à guerra e, quando ofereci um caminho rumo à paz, recusou.

— Não havia escolha. — A imperatriz ergueu as mãos. — Se tirássemos o bloqueio, Maridrina teria conseguido o que queria sem resistência. Mais aço para usar contra Valcotta. Além disso, estava claro que a última coisa que Silas queria era paz. Muito menos paz com Ithicana.

Lara prendeu a respiração, esperando que Aren reagisse à revelação. Esperando que a raiva dele se inflamasse. Mas tudo que ele disse foi:

— Se vossa majestade previu o que estava por vir e não disse nada, que tipo de amizade é essa?

— Só porque vejo as nuvens no céu não significa que posso prever quando o raio vai cair.

Aren apoiou o queixo na mão, batendo o indicador nos lábios com ar pensativo.

O silêncio se estendeu e, para a surpresa de Lara, foi a imperatriz quem o quebrou.

— Temos mais a discutir, mas acredito que seja melhor ter essa conversa em particular. — Ela lançou um olhar frio para Lara. — Espere aqui.

Não havia a menor chance de Lara deixar Aren sair de seu campo de visão.

— Não.

A imperatriz ergueu as sobrancelhas, depois estalou os dedos para o soldado.

— Welran, prenda a mulher.

Com um aceno, o homem imenso foi até Lara.

40
AREN

Aren teve dificuldade de ficar quieto enquanto o valcottano imenso derrubava Lara e torcia o braço dela para trás. Lara ficou vermelha pelo esforço de tentar respirar sob o peso do homem.

A imperatriz fez sinal para que Aren e Zarrah a seguissem para o andar de cima.

Aren o fez, mas parou perto de Lara e do guarda, Welran. A última coisa de que precisava era que a situação se complicasse. Apertando o ombro do grandalhão, ele disse:

— Não posso em sã consciência ir sem alertar você.

O olhar do valcottano ficou sério.

— Ela viu você chegar a um quilômetro de distância e pegou sua faca quando você a derrubou. Agora se contorcendo desse jeito? Aposto minha última moeda que a lâmina está a dois centímetros das suas bolas.

Se endireitando, Aren se dirigiu à escada, o som do riso grave de Welran o seguindo enquanto subia.

Eles chegaram a um grande salão com janelas de vitrais exibindo governantes anteriores de Valcotta, todos com as mãos erguidas. Zarrah parou ao lado da porta, ainda segurando o cajado, mas a imperatriz fez sinal para Aren sentar em uma das muitas almofadas. Um servo apareceu com bebidas e bandejas de sobremesas. Embora não gostasse de doces, Aren comeu um por educação, tomando o vinho melado que os valcottanos apreciavam para ajudar a engolir.

— Vamos começar com o que te trouxe aqui, Aren — a imperatriz disse. — Tenho minhas teorias, claro, mas gostaria de ouvir de você.

Ele assentiu.

— Acho que vossa majestade sabe que ter a ponte sob o controle de Silas Veliant não beneficia ninguém, nem mesmo o povo dele.

Ela murmurou, nem concordando nem discordando, então Aren continuou:

— Recebi informações de que minha irmã, a princesa Ahnna, conseguiu o apoio de Harendell para recuperar Guarda Norte. Tenho esperanças de que vossa majestade veja vantagens em me ajudar a tirar Guarda Sul das mãos de Maridrina e restabelecer Ithicana como uma nação soberana.

A imperatriz pegou uma taça e ficou observando a bebida.

— Não podemos atacar Guarda Sul. Seria uma perda amarga de navios e vidas.

— É possível se você souber como. E eu sei.

— Revelar um segredo como esse tornaria Guarda Norte e Guarda Sul vulneráveis para sempre... tornaria *Ithicana* vulnerável para sempre.

Como se ele não soubesse disso. Como se tivesse escolha.

— Não se Harendell e Valcotta forem verdadeiros amigos e aliados.

Ela riu.

— As amizades entre nações e governantes são inconstantes, Aren. Você mesmo provou isso.

— É verdade — ele disse. — Mas não a amizade entre povos.

— Você é um idealista.

Aren fez que não.

— Sou realista. Ithicana não pode continuar como antes. Para resistir, precisamos mudar nossos hábitos.

Houve silêncio enquanto a governante da nação mais poderosa do mundo ruminava aquele pedido, o olhar distante. Atrás dele, Aren conseguia ouvir Zarrah inquieta no lugar. Os governantes valcottanos escolhiam seus herdeiros na linhagem, e era de conhecimento geral que a imperatriz não preferia o próprio filho. Seria Zarrah sua escolha? E continuaria sendo se a imperatriz soubesse o que Aren sabia?

— Você se parece com sua mãe — a imperatriz disse, arrancando Aren de seus pensamentos. — Embora seja um regalo para os olhos, como seu pai foi.

Aren franziu a testa.

— Como vossa majestade sabe disso?

Um sorriso surgiu no rosto da imperatriz — satisfação por saber algo que ele não sabia.

— Acha mesmo que eu concederia minha amizade a alguém que só falava comigo detrás de uma máscara?

Ele nunca havia conseguido uma resposta direta de sua mãe sobre a natureza de sua relação tão próxima com a imperatriz, e estava começando a desconfiar o motivo.

— Ela visitou Valcotta.

— Ah, sim, muitas, *muitas* vezes. Delia não gostava de ficar confinada, e seu pai a seguia para todo canto dos dois continentes tentando mantê-la em segurança. Fui derrotada apenas uma vez nos jogos de Pyrinat, e imagine meu choque quando descobri que a vencedora era uma princesa ithicaniana. — A imperatriz sorriu e massageou uma cicatriz antiga na ponte do nariz. — Ela era forte.

Aquela era uma revelação incrível, e a voz de Aren saiu embargada quando ele respondeu:

— Sim.

— É verdade que seu pai morreu tentando salvar a vida dela?

Ele fez que sim.

O rosto da mulher foi tomado por uma expressão de tristeza, e ela colocou a mão no peito.

— Vou lamentar a perda deles até o fim de meus dias.

Era uma tristeza genuína, não palavras ditas meramente por educação ou obrigação, e, embora odiasse fazer isso, Aren tinha que tirar proveito.

— Se você conhecia minha mãe tão bem, devia saber o sonho dela para Ithicana e para o seu povo.

— Liberdade? Sim, ela me contou. — A imperatriz balançou a cabeça. — Mas eu concordava com seu pai, que achava impossível. A sobrevivência de Ithicana sempre dependeu de ser um lugar impenetrável ou quase isso. Libertar milhares de pessoas que conheciam todos os segredos de Ithicana faria com que deixassem de ser segredos. — O olhar dela ficou sério. — E, pior ainda, permitir que outros tivessem uma visão de dentro. Mas, enfim, você já aprendeu essa lição, não?

Ele tinha aprendido. Mil vezes.

— No entanto, você não apenas permite que a arma de Silas Veliant continue viva como a mantém próxima. Por quê?

— Ela não é a arma dele. Não mais. — Aren mordeu o interior das bochechas, irritado por soar tão defensivo. — Ela me libertou de Vencia e, depois disso, precisei dela para sobreviver à jornada pelo deserto Vermelho.

— Pode ter sido mais um truque, sabe? Ithicana ainda não caiu, e isso muito incomoda Silas. Há forma melhor de tomar Eranahl do que entregá-la nas mãos da mulher que rompeu as defesas da ponte?

Aren considerou a questão: as motivações de Lara podiam não

ser o que pareciam. Seu resgate podia ser parte de um plano maior orquestrado por Silas ou Corvus para conseguir o que eles não haviam conseguido à força. Mas parecia improvável, considerando o risco que Lara e suas irmãs haviam corrido — Bronwyn quase tinha morrido. E Lara também, várias vezes na jornada.

— Não seria trabalho algum para nós livrar você desse problema em particular — a imperatriz disse. — Ela poderia desaparecer.

A imagem dos valcottanos arrastando Lara a algum lugar escuro e cortando o pescoço dela inundou sua mente, e as mãos de Aren gelaram.

— Não.

— Seu povo nunca vai aceitá-la como rainha. Ela é a traidora que tirou o lar e a vida de seus entes queridos.

— Eu sei. A resposta ainda assim é não.

Silêncio.

— E se eu disser que o apoio de Valcotta depende da morte dela?

A vida de Lara em troca do retorno da ponte. Deixando de lado seus sentimentos, parecia a escolha óbvia. A escolha *certa* para garantir a sobrevivência de seu povo. Mas ele *sabia* que a imperatriz não era mesquinha a ponto de condicionar sua ajuda à vida de uma única mulher.

— Não.

A imperatriz empurrou sua taça, levantando em um movimento rápido.

— Mesmo agora você prioriza Maridrina.

Aren também levantou.

— Priorizo a chance de paz a velhos rancores. Algo que vossa majestade poderia considerar.

A imperatriz virou de uma só vez, os olhos brilhando de fúria.

— Paz com Maridrina? Filho de minha amiga ou não, nisso

você foi longe demais. Juro pela minha vida que não vou baixar meu cajado antes que Silas Veliant baixe sua espada, e nós dois sabemos que isso nunca vai acontecer.

— Não vai. Mas Silas não governará para sempre. — Ele lançou um olhar para trás, na direção de Zarrah, que estava olhando para o chão. — Nem vossa majestade.

Aren colocou a mão no peito e fez uma reverência, rezando para não ter cometido o maior erro de sua vida.

— Foi uma honra conhecer a amiga de minha mãe, mas agora devo pedir licença. Hoje, parto para Ithicana.

Zarrah não tentou impedi-lo enquanto ele saía da sala, e ninguém o parou na escada. No salão principal, ao pé da torre, ele encontrou Lara sentada no chão com Welran, jogando algum tipo de jogo de tabuleiro. Ela levantou quando o viu.

— Fico feliz em vê-lo ainda intacto — ele disse ao grandalhão.

— Por pouco, majestade. — Welran levou a mão no peito. — É preciso dormir com um olho aberto e a mão na adaga com uma mulher como essa na cama.

— Talvez um dia você tenha a mesma sorte. — Aren assentiu para o valcottano, depois disse para Lara: — Temos que ir.

41
LARA

— O que ela disse? — Lara perguntou assim que eles estavam longe dos portões do palácio. — Valcotta vai ajudar?

— Não. — Aren olhou na direção do sol, depois sacudiu a cabeça. — Ela tem tanto interesse pela paz entre Maridrina e Valcotta quanto seu pai.

— Isso deveria ser uma vantagem para nós. — Lara apertou o passo para acompanhar a passada longa dele. — Tirar Guarda Sul das mãos do meu pai deveria ter sido uma oportunidade irresistível. A menos que... Ela quer a ponte para Valcotta?

— Não. — Ele estava furioso. Monossilábico. — Não é isso que ela quer.

Lara pensou um pouco, caindo na realidade.

— Ela condicionou a assistência de Valcotta à minha morte. Foi isso que ela pediu, não foi?

Aren fez que sim.

— Por quê? — Embora no fundo Lara quisesse saber por que ele não havia aceitado.

— Porque sua morte acabaria de vez com qualquer chance de uma aliança futura entre Ithicana e Maridrina.

Ela havia subestimado Aren. Esse tempo todo, havia acreditado que tudo que ele queria era voltar para casa e expulsar Silas de Ithicana, mas parecia que ele ainda tinha ambições maiores para o destino de seu reino.

— Você escancarou as portas de Ithicana, Lara. É impossível fechá-las de novo. Não tem como voltar ao que era antes, o que significa que preciso encontrar outra forma de manter meu povo em segurança.

— Paz com Maridrina? — Lara massageou as têmporas. — Meu Deus, Aren, isso é impossível. Você sabe que meu pai nunca permitiria isso.

— Não, mas seu irmão, sim.

— Quaisquer sentimentos que Keris possa nutrir por mim pouco importam. Sem Valcotta, não conseguiremos recuperar a ponte. Cair nas graças da imperatriz deve ser nossa prioridade número um.

— Deixar que ela defina os termos só vai fazer com que voltemos à estaca zero. — Aren abriu a porta do hotel. — E não é nos sentimentos de Keris por *você* que estou apostando meu reino.

Lara o acompanhou enquanto ele subia a escada dois degraus por vez, atravessando o corredor até o quarto onde Jor esperava.

— E então?

Aren balançou a cabeça.

— Vamos seguir por conta própria. Em quanto tempo conseguimos chegar em casa?

— Podemos pegar um navio hoje, embora só navios da marinha valcottana tenham permissão para ir além de Nerastis. De lá, basta irmos para o norte rumo ao ponto de encontro.

Pânico correu pelas veias de Lara.

— Aren, não podemos ir sem convencer a imperatriz a se aliar a nós.

— Não estou disposto a fazer o que é preciso para convencê-la.

— Então essa é uma causa perdida! — ela gritou, se desesperando, porque sabia o que precisava ser feito. — É impossível tomarmos Guarda Sul sem a marinha da imperatriz, e além disso o auxílio de Harendell depende do envolvimento dos valcottanos. Nós *precisamos* deles.

— Não.

— O que a imperatriz quer? — Jor perguntou, olhando de um para outro.

— Minha morte — Lara disse.

Jor se crispou.

— Compreensível.

Mas ela já tinha se voltado para Aren.

— Também acho. Dê o que a imperatriz quer. Afinal, eu não vou conseguir viver comigo mesma se perdermos Ithicana por causa disso. — O coração de Lara estava revolto no peito, bombeando pavor e tristeza por todo o corpo porque ela não queria morrer. Mas morreria. Por Ithicana. Por Aren. Por si mesma, faria isso. — Deixe que me matem.

Aren baixou a cabeça.

— Não.

— Então eu mesma vou fazer isso — ela rosnou. Se afastando dele, ela abriu a porta.

E deu de cara com Zarrah Anaphora.

A valcottana empurrou Lara para trás, olhando para trás antes de entrar.

— Não temos muito tempo. Alguns soldados estão a caminho para escoltá-lo até o porto e colocá-lo em um navio para Nerastis. Minha tia quer que você vá logo.

— Não temos tempo para quê? — Lara olhou para Aren, que não parecia nem um pouco surpreso pela chegada de Zarrah.

— Tempo — ele disse — para a general Anaphora e eu negociarmos uma aliança entre Ithicana e Valcotta.

42
AREN

— Pena que não pudemos ter essa conversa antes que eu tivesse que passar pelo deserto Vermelho. — Aren fez sinal para Zarrah sentar. — Tudo poderia estar resolvido bem antes.

— Só entendi que seu objetivo era pedir a ajuda da minha tia quando fiquei sabendo da confusão no oásis Jerin e compreendi suas intenções. Vossa majestade não deveria deixar testemunhas vivas. Não serei a única pessoa a saber dessa história.

Ele encolheu os ombros.

— Não mato crianças.

— Seus princípios seriam admiráveis se não houvesse tanta coisa em jogo. — Zarrah ajeitou a postura. — Mas, nesse caso, eles agiram em meu favor. Eu precisava chegar aqui antes de você para garantir que nossas histórias continuassem alinhadas. Minha entrega de comida a Eranahl não foi exatamente *sancionada* pela imperatriz.

Essa não era a única coisa que ela estava escondendo da tia, mas Aren apenas assentiu.

— Inclusive, nem estaríamos tendo essa conversa se meu retorno a Pyrinat não tivesse deixado claro para mim certos detalhes sobre os planos de minha tia para o futuro.

Lara estava observando Zarrah com os olhos cerrados.

— Acho que você precisa começar do começo.

— Não tenho tempo para isso.
— Então arrume tempo.
Soltando um longo suspiro, Zarrah começou:
— Estou alojada em Nerastis desde os dezessete anos, o que significa que há quase cinco anos estou na linha de frente da guerra com Maridrina, assistindo ao meu povo lutar e morrer pela mesma pilha de escombros, pelos mesmos quinze quilômetros de costa. Indo e voltando sem nenhuma perspectiva de acabar. E por que deveria haver um fim se estamos lutando essa mesma guerra há centenas de anos? Ninguém sabe como é *não* estar em guerra.

Aren conhecia muito bem essa sensação.

— Exceto que minha tia vê, sim, um fim. — Zarrah hesitou, mordendo o lábio. — Ela acredita que Silas se comprometeu demais ao ocupar a ponte, e tem razão. Maridrina está no limite, e isso torna o reino vulnerável. Valcotta está bloqueando o comércio para que a ponte não ganhe dinheiro algum de pedágio, sabendo que chegará o momento em que Silas não conseguirá pagar a rainha amaridiana pelo uso de sua marinha. E, quando esse dia chegar, o restante do povo ithicaniano começará a atacar as forças maridrinianas que controlam a ponte, e Silas terá que tirar mais soldados de sua guerra contra nós para protegê-la. Invasores e piratas vão atacar esses homens para roubar as fortunas secretas de Ithicana, exigindo que ainda mais soldados de Maridrina derramem sangue para defendê-la. Mais cedo ou mais tarde, ele terá que tirar todas as forças navais da costa ao redor de Nerastis para proteger Ithicana, porque seu orgulho o obrigará a fazer o que for preciso para manter a ponte.

— E, ao fazer isso, ele vai deixar Maridrina pronta para ser saqueada — Aren disse, o estômago revirando. — A imperatriz pretende esperar sentada até Maridrina estar fraca, e então atacar.

Ithicana não vai sobreviver por tempo suficiente para ver Maridrina perder a ponte, mas isso não importa para ela.

Zarrah balançou a cabeça.

— Importa, sim. Mas ela considera que é um sacrifício válido para saquear Vencia e depois conquistar Maridrina inteira. — Ela encarou Aren. — O jogo é maior do que você imagina.

Keris tinha dito algo muito parecido.

— Qual é a opinião de Keris sobre o assunto?

— Como eu saberia as visões de um príncipe maridriniano?

— Fiquei com a impressão de que vocês dois eram próximos. — Aren sentiu Lara remexer ao seu lado, com notável surpresa. — Por que outro motivo ele arriscaria tanto para libertar você do próprio pai?

— Keris Veliant é meu inimigo. — Zarrah olhou nos olhos de Aren sem piscar. — Ele me ofereceu um acordo: me libertar de Vencia se eu aceitasse suprir Eranahl. Como cada um cumpriu sua parte, nosso acordo acabou. Mesmo assim, prefiro que a imperatriz nunca descubra que isso sequer chegou a existir.

Aren acenou levemente com a cabeça.

— Qualquer pessoa com dinheiro e recursos teria conseguido entregar um navio cheio de mantimentos a Ithicana, e Keris tem as duas coisas. Se tudo que ele quisesse fosse a sobrevivência de Eranahl, poderia ter conseguido isso sem nenhum de nós. Então, penso que abastecer minha cidade foi apenas uma isca para me fazer realizar o objetivo maior dele.

— E que objetivo seria esse, majestade?

— Libertar você.

Zarrah revirou os olhos.

— Você está fora de si. Por que ele faria tal coisa?

— Porque você e Keris planejam acabar com a guerra entre Maridrina e Valcotta. — Recostando, ele tentou não abrir um sorriso presunçoso. — É esse o jogo de Keris a longo prazo, mas ele não vai conseguir isso se a imperatriz se beneficiar da ganância de Silas e invadir Maridrina.

Zarrah ficou em silêncio, então disse, por fim:

— Eu e Keris compartilhamos da opinião de que a guerra entre nossas nações precisa acabar.

Compartilham mais do que uma opinião, Aren pensou, mas guardou suas desconfianças sobre a natureza do relacionamento deles para si.

— Então por que não contar logo para Keris as intenções da imperatriz? Ele poderia passar a informação para o pai, e Silas teria que recuar de Ithicana para proteger Maridrina e seu trono. Poderíamos vencer essa guerra sem nem lutar.

Lara estalou a língua, fazendo que não.

— Ithicana venceria a guerra contra Maridrina, mas o que agora são disputas de fronteira e alguns navios afundados se tornaria uma guerra entre Maridrina e Valcotta como não se vê há gerações.

Zarrah concordou com um leve aceno.

— Então qual é sua sugestão? — Aren perguntou. — Porque não vou permitir que meu povo passe fome e fique sem lar para preservar a paz entre Maridrina e Valcotta.

Jor e Lara assentiram.

— Eu não sugeriria isso, majestade — ela respondeu. — Ithicana deve se libertar de Maridrina, mas sem deixar claro o envolvimento de Valcotta. Por isso, pretendo navegar com vocês de volta a Nerastis, alocar os meus soldados nos navios maridrinianos que capturamos e então reconquistar Guarda Sul para vocês. — Ela sorriu e, por mais que a jovem pudesse estar lutando pela paz, Aren conseguia ver que ela também entendia de guerra, e entendia bem.

— As únicas testemunhas de nosso envolvimento serão os mortos que deixaremos para trás em sua ilha.

Era complicado demais, com peças demais envolvidas, mas Aren não tinha nenhuma outra opção.

— Só tem um problema — ele disse. — Você vai diretamente contra as ordens da imperatriz. Sabotando os planos dela de invadir Maridrina. E, por mais leais que seus soldados sejam, é impossível esconder algo assim, ainda mais quando mortes são inevitáveis. Você será acusada de traição e, depois, executada.

Lambendo os lábios, ela hesitou antes de falar.

— Minha frota viu os maridrinianos avançarem sobre Guarda Sul, e sabíamos que eles pretendiam atacar. Tivemos a oportunidade de alertar Ithicana, mas não fizemos nada.

Um alerta que poderia ter mudado tudo.

— Os soldados em suas embarcações militares tinham sido alertados para se manter longe da Guarda Sul ou nossos quebra-navios se voltariam contra elas. Não posso responsabilizar você...

— Com todo o respeito, majestade, não tente me absolver. Eu poderia tê-los alertado, mas não o fiz. Reis e rainhas tomam decisões, mas é o povo que paga o preço. — Sua voz falhou um pouco, mas ela ergueu o queixo e encarou os olhos dele. — Não tenho orgulho do que fiz, majestade. Não vou insultá-lo pedindo perdão, mas, por favor, saiba que vou lutar até meu último suspiro para ver Ithicana livre.

Ele tinha sua aliança.

— Rezo para que seu último suspiro demore ainda muitos anos, general.

Zarrah assentiu devagar, e, nos olhos dela, Aren viu um sonho se apagando. Não pelo seu reino, mas por si mesma.

— Vale a pena morrer por certas causas. — Levantando, ela disse: — Arrume suas coisas. Partimos para Nerastis hoje à noite.

43
LARA

Os soldados valcottanos chegaram logo em seguida para escoltá-los ao porto; o desinteresse da imperatriz em manter Lara ou Aren em seu país por mais tempo era nítido.

Zarrah já estava a bordo do navio quando eles chegaram, mais uma vez usando o uniforme de general valcottana. Soldados e marinheiros corriam pelo convés enquanto se preparavam para abrir caminho, mas, quando a jovem ergueu a mão, todos pararam o que estavam fazendo.

— Sob as ordens da imperatriz, vamos transportar o rei e a rainha de Ithicana a Nerastis — ela disse, projetando a voz para o navio inteiro. — Eles devem receber todo o respeito. Se eu ouvir qualquer coisa diferente disso, o indivíduo responderá a mim e, em última instância, à própria imperatriz. Agora continuem.

— Lá se foi a discrição — Jor murmurou à esquerda de Lara. — A cidade inteira vai saber que estamos aqui e aonde vamos.

— É essa a intenção dela — Lara murmurou. — Serin previu que viríamos a Valcotta, portanto sabia o que estávamos buscando. A cidade está cheia de espiões dele, então a informação de que a imperatriz se recusou a ajudar Ithicana vai voltar rapidamente a Maridrina. Se Zarrah souber guardar segredo, e acredito que saiba, o ataque valcottano à Guarda Sul será uma completa surpresa.

Nada mais poderia ser dito, pois Zarrah havia se aproximado deles.

— Por favor, majestade, venha comigo. Vamos jantar nos aposentos da capitã.

O quarto ao qual ela os levou era grande, com janelas que davam para a esteira do navio e o mar além. Os painéis das paredes tinham cores fortes, e candelabros de vidro sofisticados brilhavam com o óleo que queimava. Apontando para a mesa baixa, cheia de comida, Zarrah disse:

— Por favor. Sentem-se.

Lara sentou em uma das almofadas, olhando o banquete. Não conhecia a maioria daquelas comidas, mas não foi isso que tirou seu apetite. O navio já tinha saído do porto a essa altura, e os mares não estavam nada calmos. Ela sentiu um gosto amargo na boca e, praguejando em silêncio a falta de costume com a água, levantou.

— Com licença.

— Lara não passa bem a bordo — ela ouviu Jor dizer enquanto fechava a porta.

Correndo de volta por onde tinha entrado, ela conseguiu por pouco chegar à amurada antes de vomitar tudo que tinha no estômago. Os marinheiros que observavam riram em silêncio.

— Pensei que você tinha superado isso.

Lara levantou a cabeça, vendo que Aren tinha chegado. Ele lhe deu um copo de água, depois se voltou para as ondas, quase invisíveis na escuridão crescente da noite. Quando ela terminou de enxaguar a boca, ele deu um doce brilhante.

— É gengibre.

Colocando o doce na boca, Lara sorriu para ele.

— Obrigada.

— Tinha um pote cheio na mesa. Peguei todos. — Colocando a mão no bolso, ele tirou um punhado de doces e os guardou na calça larga valcottana dela, a mão quente através do tecido fino que cobria a perna de Lara.

— Você deveria voltar — ela disse, sabendo que planos precisavam ser traçados e que ela não fazia parte deles.

— Daqui a pouco. Zarrah não vai tratar de negócios antes de o jantar acabar, e Jor está com um apetite voraz.

— Pelo menos alguém está. — Assim que acabou um doce ela já colocou outro na boca, avaliando se os sons ao redor eram o bastante para abafar a conversa. — Como você sabia que Zarrah nos ajudaria?

— Eu não tinha certeza até ver que a imperatriz não queria que a guerra com Maridrina acabasse, ao menos não pacificamente. Por isso impôs uma condição que sabia que eu nunca aceitaria. — Ele apoiou os cotovelos na amurada. — Keris sempre falou em charadas, mas, quanto mais eu pensava nas coisas que ele disse, mais claras elas foram ficando. O que ele quer é paz entre Valcotta e Maridrina e, para isso ser possível, Zarrah tinha que querer o mesmo. Ithicana é só uma pequena peça no jogo.

Ela inclinou a cabeça para olhar para ele.

— Essa frase é dele?

— Mais ou menos.

— Os herdeiros dos maiores inimigos do mundo são aliados — Lara refletiu. — Queria saber como eles se conheceram.

— Tenho certeza que é uma história e tanto. E também tenho certeza que nenhum deles vai nos contar.

Eles ficaram juntos em silêncio, os últimos vestígios da luz do sol desaparecendo no horizonte; o céu sem nuvens logo brilharia de estrelas. O vento ficou mais frio, e Lara estremeceu, os braços arrepiando.

— Quanto tempo até chegarmos a Nerastis?

— Com esses ventos, três dias. É um navio rápido.

Três dias.

Os olhos dela arderam e, sabendo que precisava dizer isso antes que perdesse a coragem, Lara soltou:

— É quando vou deixar você e Jor. Fiz tudo o que pude por você, e voltar para Ithicana seria um erro.

Ele suspirou.

— Eu sei.

Ela prendeu a respiração, esperando que Aren discordasse dela. Esperando que dissesse que o erro seria partir. Mas ele a puxou para seus braços e disse:

— Queria que as coisas fossem diferentes.

Lágrimas quentes escorreram pelo rosto dela.

— Mas não podem ser.

Ela sentiu o rosto dele em seu cabelo.

— Preciso que você saiba que a perdoo, Lara. Que eu... — Ele perdeu a voz, pigarreando. — Preciso voltar. Devem estar querendo saber onde estou.

Ela assentiu, incapaz de falar. Incapaz de dizer qualquer coisa enquanto ele a soltava e voltava para dentro. Mas, em sua cabeça, a mesma frase se repetiu infinitas vezes.

Eu te amo.

44
AREN

Cada dia que passava o deixava mais perto de voltar a Ithicana.

E mais perto de se despedir de Lara.

Aquilo ficou mais fácil porque ele, Zarrah e Jor se fecharam nos aposentos da capitã discutindo estratégias, especificamente como tomar Guarda Sul com o menor número possível de perdas valcottanas, enquanto Lara decidiu ficar no convés para respirar ar fresco.

Mas Aren sabia que aquilo não tinha nada a ver com enjoo do mar; ela queria se manter distante dele.

Doía. Doía tanto que havia momentos que ele mal conseguia respirar, sabendo que era uma questão de horas até ela ir embora e que provavelmente nunca mais a veria de novo.

E, além dessa dor, Aren estava com medo, pois sabia aonde ela pretendia ir. Assim como sabia que não tinha como impedi-la.

— Então aqui é Nerastis. — Lara parou ao lado dele na amurada, observando a enorme cidade ficar mais perto. — É bonita à noite.

— Não se deixe enganar pelas luzes: é um lugar horrível — Zarrah respondeu. — Metade está queimada. Metade é entulho. É cheio de bares imundos, bordéis infestados de piolho e covis que servem a todos os possíveis desejos ou vícios. Os únicos indivíduos que você vai encontrar dentro das muralhas são os pagos para lutar pela cidade e os pobres demais para sair.

E, ainda assim, não conseguimos parar de lutar por ela. Aren se perguntou se Lara ouviu as palavras não ditas de Zarrah tão claramente quanto ele ouvia.

— Vamos nos aproximar o máximo possível da costa pelo lado maridriniano — Zarrah disse. — Então é com vocês.

A última parte foi dita para os marinheiros e soldados ao redor deles, pois as coisas começariam no momento em que eles se separassem.

— General — o capitão chamou baixo, atento a patrulhas maridrinianas. — Vamos baixar velas e preparar o escaler. Tem certeza que deseja levá-los à costa pessoalmente?

— Absoluta.

Ninguém no navio falou nada enquanto eles subiam no barquinho, que foi descido à água, Jor assumindo os remos.

— Tomem cuidado — Zarrah disse. — A notícia de que eu os estava trazendo até aqui deve ter chegado antes de nós em cavalos bons ou embarcações mais velozes. Corvus pode estar esperando por vocês.

Aren tocou as armas na cintura por instinto, mantendo os olhos na costa em busca de algum sinal de movimento sob o luar.

Mas não havia nada.

— Vou ficar aqui em Nerastis até o último momento possível para que os maridrinianos não desconfiem — Zarrah disse. — Então vou partir para o norte e ancorar minha frota perto da costa, como combinamos. Assim que recebermos seu sinal, avançamos para a ilha da Guarda Sul.

— Você tem certeza que eles vão seguir suas ordens? — Aren perguntou pela décima vez.

Zarrah fez que sim.

— Sou a herdeira escolhida da imperatriz. Ninguém vai achar que eu colocaria minha posição em risco indo contra a vontade dela. Eles vão me seguir sem questionar.

— Praia — Jor murmurou. — Fiquem quietos.

A rebentação os empurrou até a costa, Jor e Aren saíram para puxar o barco e tirá-lo da água.

— Vou ficar de guarda — Lara sussurrou, depois sacou uma faca e subiu a praia rumo à escuridão.

Aren a observou ir, com medo de que essa fosse a última vez que a veria. Com medo de que ela partisse discretamente pela noite sem dizer adeus.

Zarrah deu uma bolsa de provisões para ele.

— Boa sorte, majestade. Estou ansiosa para lutar ao lado de Ithicana.

Jor empurrou o barco para a água. Zarrah entrou, sentando entre os remos, e a embarcação desapareceu na escuridão. Então eles atravessaram a praia até o pé da colina íngreme coberta de vegetação.

Lara se materializou na escuridão, e os três se encararam em silêncio. Jor pigarreou.

— Tem um vilarejo ao norte daqui. Vou procurar uma embarcação que sirva para nós.

Aren assentiu, mas, antes que Jor fosse embora, Lara estendeu a mão e segurou o braço do velho soldado.

— Adeus, Jor.

— Adeus, Lara. — Jor inclinou a cabeça. — Obrigado por trazê-lo de volta para nós. — Então o homem saiu correndo pela praia.

Aren e Lara ficaram em silêncio. O único som era o barulho da rebentação e os arbustos farfalhando ao vento. Finalmente, ele perguntou:

— Vai me dizer aonde pretende ir?

— Provavelmente vou me esconder por um tempo. Ficar perto da costa para ser a primeira a saber como foi a batalha. Com sorte, não terei motivo para me arrepender de deixar você sozinho.

Ignorando a piada, Aren se aproximou.

— Não minta para mim. Agora não.

Ela ficou em silêncio, o luar deixando seu cabelo e sua pele cor de prata.

— Ele tem que morrer.

— Eu sei, mas você não precisa fazer isso. Deixe Keris fazer por merecer aquela coroa que ele tanto quer. Já está na hora de ele sujar as mãos. — Aren segurou o rosto dela. — Já tenho muita coisa com que me preocupar sem você tentando assassinar Silas. Já não basta ter que...

Ele perdeu a voz, deixando o resto pairar no ar. *Já não basta ter que deixar você partir.*

— Se eu conseguir matar meu pai, é possível que isso acabe sem guerra nenhuma. Se Keris estiver tão determinado a alcançar a paz, vai recuar de Ithicana e se voltar a ambições mais grandiosas com Zarrah e Valcotta.

— Ou você pode ser capturada e morta.

— Vale o risco.

Ele fez que não.

— Eu não usei você como assassina antes, Lara. E me recuso a fazer isso agora. Me prometa que vai deixar isso para trás.

— Não. — Ela estava decidida.

E, naquele momento, ele soube que não havia por que discutir: ela nunca cederia. Era o que ele amava nela.

E o que odiava.

Chutando a areia, Aren observou o luar. Então algo chamou sua atenção. O brilho de luz refletido em uma arma. Ele correu e jogou Lara para o lado, rolando com ela para trás de uma pedra.

— Corra!

Levantando com dificuldade, os dois se jogaram nos arbustos, e flechas passaram raspando.

— Vai, eu te dou cobertura! — Lara empurrou Aren, mas ele segurou o punho dela, puxando-a.

— Sem chance.

Eles atravessaram a vegetação rasteira, se escondendo na escuridão enquanto davam a volta na direção da vila em que Jor tinha ido buscar embarcações. Enquanto isso, os soldados maidrinianos andavam de um lado a outro procurando por eles.

— Peçam reforços! Digam que temos invasores valcottanos vindo por nossas costas! — um homem ordenou, a voz familiar.

Keris.

O solo estava úmido, e ele e Lara deixavam um rastro que nem a escuridão encobriria. Eles tinham que correr.

Avançando para a vila, Aren se moveu com um silêncio habilidoso por entre as árvores, e Lara também era tão sorrateira que ele só sabia que ela estava lá porque estava segurando seu braço.

— Foram por aqui! — Gritos ecoaram atrás deles e, no alto da encosta, um cavalo veio pela estrada a galope.

Desistindo de fazer silêncio, Aren correu pela vegetação. Eles estavam tão perto. Não podiam ser pegos agora.

Então se viram em campo aberto, correndo por uma praia estreita. Mas o soldado no dorso de cavalo também.

O cavalo cinza galopou na direção deles, com o cavaleiro curvado sobre o pescoço do animal, a lâmina cintilante erguida. Então o homem levantou, puxou as rédeas e ergueu o capuz para revelar o rosto.

— O que vocês estão fazendo em Nerastis? — Keris questionou, então balançou a cabeça. — Deixe para lá. Vocês precisam correr. Eles estão chegando, e não posso ajudar.

Soldados maidrinianos saíram da vegetação correndo atrás deles na praia. Keris fez uma careta de frustração e gritou:

— Peguem os valcottanos! Eles estão fugindo!

Ainda segurando o punho de Lara, Aren correu para a água, onde Jor estava soltando a corda que ancorava um pequeno barco de pesca. Juntos, eles o empurraram para a rebentação, as botas afundando na areia.

Mas os maridrinianos já estavam em cima deles.

Lâminas colidiram, e Aren viu Lara lutando, sua espada dançando com um brilho turvo prateado sob o luar. Mas eram dez deles contra ela, sozinha.

— Vão! — ela gritou. — Não parem!

— Rápido, Aren — Jor rosnou. — Empurre!

Aren o ignorou, largando o barco e correndo até Lara. Sacando a espada, ele a enfiou em um soldado, mal ouvindo o grito do homem que caía, porque tudo que importava para ele era chegar até ela. Matou mais alguns, e então os dois estavam lutando juntos, detendo os maridrinianos.

Mas outros chegaram.

Era ali que tudo acabaria.

Até que não é a pior maneira de morrer: com sua rainha lutando ao seu lado, Aren pensou.

— Recuem! — A voz de Keris ecoou em meio ao caos, o príncipe levantando em sua sela. — Recuem!

Os soldados maridrinianos correram para obedecer, e Aren virou a tempo de ver os primeiros escaleres valcottanos atingirem a costa, com dezenas de soldados saindo.

— Por Valcotta! — Zarrah gritou, mas, ao passar por ele, disse: — Vá logo, Ithicana.

Jor já estava com o barco de pesca na água, e Aren e Lara passaram pelas ondas, empurrando a embarcação enquanto o guarda se esforçava para içar as velas sozinho. Depois de entrar com muito esforço, Aren ajudou a desenrolar as cordas. Lara se segurou na borda e chutou com força, empurrando-os para mais fundo na água, os valcottanos já recuando.

— Entre! — ele gritou para ela, a vela subindo. — Precisamos ir. Mas Lara não respondeu.

Tomado de pavor, Aren virou para ela.

— Lara!

Ela ainda estava lá. Ainda nadando. Mas ergueu a cabeça, encontrando o olhar dele.

— Adeus, Aren — ela disse, soltou o barco e voltou para a costa.

O instinto tomou conta.

Aren se debruçou na borda e agarrou o cinto dela para puxá-la da água. Lara subiu e caiu dentro do barco, nos braços dele.

— O que você está fazendo? — Ela virou, ficando cara a cara com ele, as pernas dos dois enroscadas.

O que ele estava fazendo?

Sem saber o que responder, Aren apenas disse:

— Está na hora de irmos para casa.

45
AREN

Não havia a mínima chance de Aren deixá-la para trás.

Ele disse a si mesmo que era porque a praia estava cheia de soldados, que ele tinha feito isso para impedir que ela fosse capturada e morta. Que não teve escolha. Mas o verdadeiro motivo era que, quando chegou o momento de deixá-la ir, ele não conseguiu.

— Ela teria ficado bem. — Jor olhou de esguelha para Lara dormindo, o movimento de seu peito visível sob a luz crescente da alvorada. — As ondas a teriam levado de volta à costa.

— Para os braços dos soldados que a esperavam.

— Melhor que fossem os soldados maridrinianos do que os nossos. Keris poderia ter inventado uma desculpa para mantê-la viva por tempo suficiente para que ela escapasse. Você acha que vai conseguir fazer o mesmo?

Havia poucas respostas que Aren poderia dar; ele sabia que havia tirado Lara da panela para lançá-la ao fogo. O plano era velejar direto para Ithicana e encontrar o que restava da guarnição da Guarda Média. Havia uma boa chance de que seus soldados tentassem matar Lara assim que a vissem.

E Aren não sabia o que fazer para impedi-los.

— Deveríamos voltar à costa de Maridrina hoje à noite — Jor disse. — Podemos deixá-la desembarcar e decidir seu próprio caminho.

— Não temos tempo. A estação de calmaria está quase no fim, e *precisamos* atacar antes que as primeiras tempestades caiam. — Aren lançou uma rede de pesca na água, seu estômago roncando de fome. A maioria dos mantimentos que Zarrah dera a eles foi abandonada na praia. — E há um risco grande de sermos pegos por uma patrulha. Vamos nos manter em alto-mar.

— Também há patrulhas em alto-mar. E não temos a mínima chance de velejarmos mais rápido do que eles nessa sucata.

— Eu disse não.

Jor cuspiu na água.

— Ela pode acabar morta por sua causa. Você pode acabar morto só por trazê-la de volta a Ithicana.

Amarrando a rede no fundo do barco, Aren virou e viu Lara acordada, olhando para ele.

— Vou dar um jeito.

Ela balançou a cabeça, mas não disse nada, apenas virou para o lado, se cobrindo com um pedaço de lona de vela.

Apesar do que ele disse, nenhuma ideia lhe ocorreu durante toda a viagem para o norte. Quando enfim chegaram a Ithicana, tiveram que ficar atentos enquanto percorriam rotas secretas — e perigosas — entre as ilhas, se escondendo na neblina para não serem descobertos e tentando evitar os perigos sem fim que espreitavam os barcos ali.

Quando chegaram à ilha onde Jor acreditava que a guarnição da Guarda Média estava escondida, todos os três estavam exaustos, sujos de sal, nervosos e impacientes.

— Traste maridriniano de merda. — Jor chutou o barco de pesca. — Vou botar fogo nisso assim que puder.

Aren não respondeu, apenas olhou para Lara.

— Vista o capuz. Quero ter a oportunidade de conversar com eles antes que a reconheçam.

A leve contração da mandíbula dela foi o único sinal de seu nervosismo ao esconder o rosto e o cabelo, uma faca surgindo em suas mãos e desaparecendo um segundo depois. Aren também vestiu o capuz, sem querer que seu povo o reconhecesse antes que ele estivesse pronto.

Pegando um remo de Jor, Aren se juntou ao esforço de conduzir o barco pela abertura estreita na rocha, as falésias no alto escondidas pela névoa. Não havia sons além dos cantos de pássaros e das ondas batendo nas rochas, mas ele sabia que seu povo estava lá em cima. Sabia que estavam observando. E, como estavam em um barco maridriniano, sabia que flechas deviam estar apontadas para a cabeça deles.

O grupo avançou, as falésias agora tão altas que nenhuma luz do sol chegava à água. Mas Aren ainda assim notou o contorno de barbatanas nadando atrás deles, acompanhando o barco enquanto prosseguiam. O tubarão se ergueu, colocando a cabeça para fora da água para olhar para eles e, então, voltou a mergulhar nas profundezas.

— Mau agouro — Jor murmurou, mas Aren o ignorou, fazendo uma curva.

Se afastaram da falésia e avistaram uma pequena lagoa com uma dezena de embarcações ithicanianas na pequena península.

Tirando o remo da água, Aren deixou a embarcação flutuar rumo à costa, notando movimentação nas árvores um segundo antes de seus soldados aparecerem, armas apontadas para o barco. Ele sentiu um frio na barriga ao ver a aparência desgrenhada deles, com roupas rasgadas e remendadas, e muitos tinham barbas grossas sob as máscaras de couro que usavam.

Mas suas armas cintilavam, afiadas e reluzentes.

— Apontem isso para outro lugar. — Jor saiu do barco. — Vocês sabem quem eu sou, desgraçados.

Nenhum deles baixou a arma.

— Saiam do barco — um dos homens disse, a voz familiar deixando Aren tenso. — Devagar.

Eles obedeceram, saindo e parando com a água na altura dos joelhos.

Jor pisou na areia.

— Quem está no comando? Tomara que seja alguém com mais bom senso do que vocês, seu bando de desmiolados.

— Eu estou — o outro homem respondeu, tirando a máscara. Embora tivesse reconhecido a voz, Aren ainda assim praguejou ao ver o rosto de Aster. O velho não apenas se ressentia por Aren tê-lo trocado por Emra como comandante da guarnição de Kestark, mas também desconfiara de Lara desde o começo e nunca deixou esse sentimento de lado. — Não ouvimos notícias suas por semanas, depois você chega em um barco maridriniano — Aster disse. — Como vamos saber que isso não é uma armadilha?

— Não é uma armadilha — Aren tirou o capuz, e os soldados exclamaram de surpresa.

Outros saíram de trás das árvores com as armas abaixadas.

— Majestade! — Aster arregalou os olhos. Em seguida, os estreitou de novo, olhando para trás de Aren. — Espero que essa não seja...

Aren soube que Lara havia tirado o capuz porque todas as armas se ergueram. Na mesma hora, ele se colocou entre os homens e sua esposa.

— Se quiserem matá-la, vão ter que me matar primeiro.

— Essa vadia é uma traidora — Aster rosnou. — Ela merece morrer mil vezes. Você mesmo disse isso antes de ser capturado. E eu avisei no momento em que ela pisou no nosso litoral.

— Sei mais agora do que sabia na época — Aren respondeu, vendo uma movimentação pelo canto do olho e sabendo que estava sendo cercado. — Ela me libertou do cativeiro. Devo minha vida a ela.

— E, ao que parece, ela vem usando a mesma magia em você. — Aster fez um gesto vulgar. — Não há outra explicação para você trazê-la de volta a Ithicana. Essa bruxa te enfeitiçou.

— Eu trouxe um plano e os aliados para colocá-lo em prática. — Aren se forçou a manter a calma apesar do terror que crescia dentro de si. Sabia que seria difícil convencer seus soldados a aceitar a presença de Lara, mas, com Aster no comando, era quase impossível. — Valcotta concordou em nos ajudar a recuperar a ponte e expulsar os maridrinianos.

Seus soldados se agitaram, hesitando, e ele notou como todos estavam magros. Pele e osso. Os soldados em Eranahl não deviam estar em uma situação muito melhor.

— Ahnna também conseguiu o apoio do rei de Harendell. Em conjunto com a marinha deles, vamos conduzir um ataque coordenado contra as guarnições. Depois vamos nos esconder e deixar que as tempestades cuidem do resto.

— Como se fosse fácil assim. — Aster bateu o pé, olhando para trás de Aren, depois para ele de novo. — Passamos meses tentando recuperar essas guarnições, e só conseguimos camaradas mortos.

— Estávamos dispersos — Aren disse. — Desta vez, seremos mais estratégicos. Desta vez, não vamos perder.

Aster balançou a cabeça, assim como vários outros. Não estavam convencidos, mas também estavam com medo. A invasão havia causado perdas.

— Talvez vocês possam levar em consideração o que vai acontecer se *não* lutarem. Eranahl está faminta. Se não recuperarmos a ponte, a cidade terá que ser evacuada com a chegada da estação de tempestades, e as pessoas não voltarão para suas casas. Elas vão fugir para Harendell ou Valcotta ou aonde o vento as levar. E, sem seu povo, Ithicana deixará de existir.

— Talvez esse deva ser seu fim.

Aren fez que não.

— Se *algum* de vocês acreditasse nisso, já teria ido embora. Mas aqui estão vocês. — Mesmo sabendo do risco, ele deu um passo à frente, se enfiando entre os homens. — Temos uma chance de recuperar o que é nosso. Me ouçam e decidam depois.

Pegando um graveto, Aren começou a traçar a areia, reproduzindo de cabeça o mapa de Ithicana.

— Vamos fazer o seguinte...

Aren conseguiu colocar em palavras o plano que vinha montando mentalmente, e aos poucos os homens foram baixando as armas conforme Aren detalhava como poderiam recuperar sua ponte. Suas casas. Seu reino. Quando ele terminou, o céu estava começando a escurecer, e sua garganta estava seca e sedenta.

— Então? O que acham?

— É um bom plano — Aster admitiu, coçando a barba, mas voltou o olhar para Lara, que estava em silêncio ao lado de Jor. — Onde ela entra?

Antes que Aren pudesse responder, Lara disse:

— Todos vocês têm motivo para me odiar. Vim como espiã de Maridrina. Enganei vocês. Manipulei vocês. Conspirei para trair vocês.

Os soldados se agitaram, as expressões sérias, mas estavam ouvindo.

— Meu pai me criou à base de mentiras para que eu odiasse Ithicana. Para que odiasse *vocês* a ponto de dedicar a vida à sua destruição. Mas, quando passei a entender a farsa de Silas, fui contra as maquinações dele. Mas o mal já estava feito. — Ela ficou em silêncio por um momento, depois continuou: — Não estou aqui pelo seu perdão. Estou aqui para pedir que me permitam lutar, porque garanto que odeio meu pai mais do que qualquer um de vocês poderia odiar.

Aster cuspiu no chão aos pés dela.

— Você merece uma morte digna de uma traidora.

— Eu sei. Mas me deixe vingar o mal causado a Ithicana em vez disso.

Aren ficou em silêncio enquanto seus soldados recuavam e se juntavam para debater o pedido de Lara. Aren sentiu um calafrio, pois sabia que eles tinham todo o direito de pedir pela morte dela.

Por que você a trouxe aqui?, ele se perguntou em silêncio. *Por que não a deixou naquela praia?*

Aster se afastou do grupo.

— Você ainda a considera sua esposa?

Sim, Aren pensou, mas balançou a cabeça.

— Não.

— Rainha?

— Não.

— Ela vai embora assim que isso acabar?

Aren não hesitou. Não poderia hesitar. Não se quisesse tirar Lara viva daqui.

— Sim.

Aster trocou olhares com alguns dos outros soldados, depois assentiu e puxou uma trombeta do cinto, jogando-a para Aren.

— Acho melhor avisar Ithicana que está em casa, majestade.

Respirando fundo, Aren levou a trombeta aos lábios, depois convocou seu reino para a guerra.

46
LARA

No típico estilo ithicaniano, não houve atrasos.

E Lara ficou profundamente grata. Por três dias e noites, Aren traçou estratégias com Jor e Aster, trombetas tocando constantemente enquanto o plano era transmitido de um lado a outro de Ithicana, soldados por todas as ilhotas se reunindo, tomando o cuidado de esconder seus movimentos na escuridão ou na névoa. A guarnição da Guarda Média chegou a quase trezentas pessoas e, a cada vez que chegava outro barco com mais soldados, Lara cerrava os dentes, sabendo o que estava por vir.

Não eram ameaças.

Não eram atentados contra sua vida.

Não eram mais pedidos para que Aren a executasse.

O que deram a ela foi a verdade, e isso era muito pior. Um após outro, eles sentavam e contavam para ela o que haviam sofrido por causa da invasão maridriniana.

Por causa dela.

Aster tinha sido o primeiro.

— Minha filha Raina fez parte da *escolta* de seu irmão pela ponte. — A voz dele era inexpressiva. — Seu povo a massacrou, depois pendurou o cadáver dela na ponte para apodrecer com os outros.

Lara empalideceu, mas Aster continuou:

— Eles mataram meu sobrinho. Mas antes o obrigaram a assistir à morte da esposa. Sei disso porque o filho deles estava escondido na selva e testemunhou tudo. Encontramos o menino e algumas outras crianças quase mortas de fome, vivendo dos restos que conseguiam encontrar na vila incendiada. Convivendo com os cadáveres dos pais porque nenhum deles era grande o bastante para tirá-los dali.

Lara vomitou, as entranhas revirando mesmo com o estômago vazio.

— Sinto muito.

Ele apenas a olhou com repulsa.

— Minha esposa e meus outros filhos estão em Eranahl. Não os vejo há quase um ano. Nem sei se estão vivos. Se estiverem, estão passando fome. Assustados. E não tenho como chegar até eles.

— Rezo para que você os veja de novo.

Ele apenas balançou a cabeça.

— Provavelmente não nesta vida.

Uma soldada foi a próxima.

— Meus três meninos estão em Eranahl. A ilha sempre foi um santuário. Mas agora... — Sua voz embargou. — Eu os *deixei* lá.

— Foi a escolha certa. Eles estão mais seguros lá do que aqui.

A mulher fez que não devagar, os olhos cheios de ódio.

— Eles não deveriam estar correndo perigo nenhum.

Um menino de uns dezesseis anos, talvez um pouco mais, falou em seguida.

— Eles aprisionaram minha irmã na ilha Gamire. — O garoto cerrou os punhos. — Sabe o que seu povo faz com prisioneiros?

Por Deus, ela sabia.

— Vamos tentar libertá-la.

— Você quer dizer que vamos tentar recuperar os restos dela. — Ele cuspiu na cara de Lara. — Traidora.

Ela perdeu a conta de quantos ouviu, mas não esqueceu seus nomes, que surgiam em sua mente toda vez que ela fechava os olhos, sendo quase impossível dormir sob o peso da culpa.

Ela não sabia se Aren estava sendo submetido ao mesmo porque ela mal o via. Em parte, porque ele passava todos os minutos traçando estratégias, mas Lara sabia que o verdadeiro motivo era que ele a estava evitando. Aren não tinha escolha, isso era óbvio, mas ainda assim o que ele dissera para Aster a assombrava.

Não é esposa dele.
Não é rainha dele.
Não é dele.

— Está pronta?

Lara se sobressaltou, vendo Aren atrás dela. Ele tinha voltado a usar o traje ithicaniano, mas seu cabelo ainda estava comprido, as mechas escuras roçando em suas bochechas. Um facão estava em sua cintura e seu arco estava pendurado no ombro com uma aljava cheia.

Ele entregou uma espada afiada para ela, a lâmina cintilando.

— Está na hora.

Lia, após voltar a se juntar a eles recentemente, estava no barco com Jor, Aster e três outros ithicanianos. Mais à frente, outra embarcação cheia de soldados flutuava na lagoa, à espera deles. Lara entrou, por instinto se acomodando em um lugar em que não atrapalharia, Jor e Aster assumindo os remos para levá-los além das falésias estreitas.

Uma névoa densa pairava sobre a água calma, reduzindo a visibilidade a poucos metros em qualquer direção. Todos sussurravam enquanto passavam pelas ilhas.

Aren se ajoelhou ao lado dela, o arco sobre os joelhos. Estava inexpressivo, mas pequenos sinais revelavam seu nervosismo. Batia o pé sem parar, fazendo o arco tremer. Trincava o maxilar a cada instante. Se virava abruptamente para olhar ao ouvir qualquer som.

Então fixou o olhar nela, e o coração de Lara palpitou quando ele disse:

— Vamos invadir Gamire.

Gamire era a ilha de Vovó.

— Por que não invadir Guarda Média?

— Gamire é onde estão mantendo os prisioneiros. Vamos libertá-los e tomar o controle da ilha, depois seguir para Guarda Média amanhã.

Guarda Média era um alvo estrategicamente melhor, mas ela entendeu por que Aren havia feito essa escolha.

Tirando uma máscara do cinto, ele a entregou para Lara.

— Para a luta. Quando estivermos em cima da ponte, fique por perto. Siga minha liderança.

— Não apunhale ninguém pelas costas — Aster murmurou.

Nem ela nem Aren reagiram à farpa. Não era hora para isso.

A ponte apareceu através da névoa, um contorno cinza e sombreado serpenteando sobre eles. Os ithicanianos baixaram as velas e deixaram os barcos flutuarem na direção de um dos píeres. Estacas se projetavam de todos os ângulos para evitar que embarcações se aproximassem muito. Acima, a rocha era tão lisa que nem os melhores alpinistas seriam capazes de escalar sua superfície escorregadia.

Mas, na frente do barco, Lia tirava as botas, com uma corda enrolada no pescoço e no ombro.

— Há uma abertura embaixo — Aren murmurou, a respiração no ouvido de Lara fazendo um leve calafrio atravessar o corpo dela. — Ela vai passar nadando, depois escalar o interior do píer, onde tem um acesso para o topo da ponte. Depois que Lia pendurar a corda, nós vamos escalar.

— Por que escalar? Por que não nadar?

Se apoiando na beira do barco, Aren apontou para uma grande sombra que passava na água. E não era a única. A espinha de Lara formigou de medo ao ver os tubarões enormes que rodeavam o píer.

Mas Lia observava a água segurando o mastro sem demonstrar nenhuma preocupação. O outro barco estava a certa distância, e homens tiravam peixes se debatendo de um saco ao lado de um balde, que Lara desconfiava estar cheio de sangue.

— Lia é rápida — Aren disse baixo. — Só vai precisar de alguns segundos para chegar ao píer. — Ele olhou para ela. — Pronta?

Lia assentiu, e Aren fez sinal para o outro barco. Jogaram o sangue na água, depois começaram a jogar os peixes moribundos, os animais soltando respingos na superfície.

A atenção de Lara se voltou para as profundezas, as grandes silhuetas que avançavam para lá.

Lia flexionou os joelhos, pronta para mergulhar.

Então surgiram vozes do alto.

Saltando à frente, Lara segurou a mão de Lia e a puxou para trás, tapando sua boca quando ela ia reclamar. Então, apontou para cima e murmurou:

— Patrulha.

Todos no barco ficaram imóveis, e Aren gesticulou para a outra tripulação fazer silêncio enquanto tentava escutar.

Lara ouviu vozes de homens na ponte, embora fosse muito longe para entender o que diziam. Ou para saber quantos eram.

Mas Aren sacudiu a cabeça, fazendo sinal para o outro barco se afastar do píer e entrar em mar aberto.

Quando estavam a certa distância, ele praguejou e socou a beira do barco.

— De todos os lugares que eles poderiam escolher para almoçar, tinha que ser ali?

— Tem algum outro píer que possamos usar? — Lara perguntou.

— Nenhum perto de Gamire — Jor respondeu. — E não temos muito tempo.

— Tem um. — Todos se voltaram para Aren. — É mais perto, então, mesmo com o atraso, vamos nos manter no cronograma.

— Não — Jor disse, categórico. — Vamos encontrar outro jeito.

— Não temos outro jeito — Aren retrucou. — Não agora. Precisamos entrar pelo alto da ponte e neutralizar os maridrinianos que estão tripulando os quebra-navios de Gamire, senão, quando nosso povo atacar, seremos alvos fáceis.

— Vamos mais ao sul, então. Há alguns píeres que podemos escalar. Se formos rápidos...

— Os maridrinianos não são idiotas. Eles estão patrulhando o topo da ponte. Teremos que lutar contra quantos para voltar a Gamire? Quais são as chances de eles não receberem um sinal de que estamos atacando? Essa é a única maneira.

O rosto de Jor estava vermelho.

— Eu disse não. Sou lento demais, e não vou arriscar ninguém desta tripulação com esse tipo de disparate.

— Eu deveria ir — Aren disse. — Sou o mais rápido.

Foi só então que Lara entendeu *como* Aren estava sugerindo chegar ao topo da ponte.

Ilha das Cobras.

— De jeito nenhum — Jor rosnou.

No mesmo momento, Lara disse:

— Eu vou.

A discussão parou e todos no barco olharam para ela.

— Eu vou — ela repetiu. — Sou rápida e escalo bem.

Lia assobiou, nitidamente aprovando, e Jor lançou um olhar para ela que silenciou qualquer rompante. Mas ele não podia silenciar a expressão de interesse dos outros ithicanianos ali.

Aren tensionou e relaxou o maxilar.

— É mais difícil do que parece, Lara. E, se uma das cobras cravar os dentes em você, não vamos ter como ajudar. Você vai ficar paralisada antes de terminar a subida; se a queda não te matar, uma das cobras maiores vai terminar o serviço. E você precisa fazer isso tudo carregando a corda.

Ela deu de ombros, torcendo para que o gesto escondesse a onda de medo que subia por sua espinha.

— Não vai ser uma grande perda para vocês se eu morrer. E, se elas estiverem ocupadas tentando me comer, você tem mais chance de subir.

— Ela tem razão — Jor disse. — Mas a decisão é sua.

Aren não disse nada, mas, em seus olhos, Lara conseguiu ver que ele estava lutando contra a decisão, sabendo como pareceria se arriscasse qualquer outra pessoa, incluindo a si mesmo, no lugar dela. Por fim, disse:

— Vamos.

Suor escorria pelas costas de Lara quando eles chegaram à pequena ilha, a névoa e o céu encoberto escondendo-os das patrulhas maridrinianas no alto e na água. O dia em que Aren havia corrido das cobras estava ensolarado. Mas hoje as centenas de cobras que enchiam as saliências de rochedos e os espaços entre as pedras estavam ocultas pela névoa, o que só piorava o que ela estava prestes a fazer.

— Isso não é um teste de bravura. — Aren pendurou o arco no ombro e entregou um saco de peixes ainda vivos para Jor antes de pegar o seu. — Vamos continuar jogando iscas para afastá-las do caminho, depois vamos dar o máximo de cobertura possível a você com as flechas. Mas, com essa visibilidade...

— Tudo bem — Lara disse, fingindo confiança. — Ou chego ao píer antes delas ou não. Algumas flechas não devem fazer muita diferença.

Aster se aproximou de Lara, colocando sobre seus ombros um pedaço de corda fina, depois a prendendo ao cinto. Era mais pesada do que ela gostaria. Pesada o bastante para diminuir sua velocidade.

— Você não precisa fazer isso. Eu... — Aren começou a dizer, mas Lara apenas saiu do barco e subiu no banco de areia submerso, se dirigindo à ilha até a água estar na altura dos joelhos. Entrelaçando os dedos, ela alongou os braços para a frente e estalou as costas. — Estou pronta.

Ela não estava pronta. Nem um pouco. Mesmo com o som da rebentação, conseguia ouvir as cobras se movendo, seus corpos se roçando uns nos outros enquanto observavam os intrusos, os chiados de centenas de línguas se misturando em uma única voz monstruosa.

As tripulações dos dois barcos estavam na água e pegaram os sacos de peixe e começaram a bater com eles ruidosamente em direções opostas, atraindo as cobras para longe da trilha. O restante dos soldados ergueu os arcos, incluindo Aren.

Você consegue.

Houve uma movimentação na praia, figuras sinuosas cortando a névoa ao avançarem pela areia.

— O caminho é relativamente plano — Aren disse. — Confie em seus pés e cuidado com as cobras.

Como se ela não soubesse.

— Elas podem pular. Você precisa subir pelo menos uns quatro metros do píer para sair do alcance delas. Na melhor das hipóteses, só vai ter alguns segundos para escalar.

Lara cerrou os dentes, resistindo ao impulso de assentir. Qualquer movimento atrairia a atenção das cobras.

— Ao meu sinal!
Ela não ia conseguir.
— Vai!
Lara correu, espirrando água enquanto se aproximava da praia, as pernas se movendo com velocidade. Ela não virou para ver se tinham atirado os peixes. Não virou para ver se as cobras a haviam notado.

Apenas correu.

A areia funda se agitou e cedeu um pouco sob seus passos, mas ela fora criada no deserto Vermelho, e a sensação era tão natural quanto respirar.

Mas no deserto não tinha cobras assim.

Ela ouviu os ithicanianos gritando, tentando chamar a atenção das criaturas.

Lara sabia que não estava funcionando. Conseguia sentir o cerco se fechando. Era uma invasora, recompensa melhor do que qualquer peixe.

Pisou na trilha, dispersando a névoa, atenta apenas a cada centímetro à frente dos seus passos, em busca de algum movimento.

Ali. Uma cabeça escura surgiu diante dela, toda presas e escamas. Lara saltou na hora que a serpente deu o bote, rolando no chão por cima do animal e levantando logo em seguida.

Mas já vinham outras atrás. Chegando perto.

Lara aumentou a velocidade.

Pedaços de rocha cortaram seus pés descalços, mas ela mal sentiu a dor já visualizando o píer da ponte por trás da névoa.

Uma flecha passou por ela, acertando a cabeça de uma cobra que havia surgido do nada, o corpo do animal batendo no tornozelo de Lara, fazendo-a cambalear.

Continue.

Ela não parou de correr, sentindo mais criaturas ao redor.

Mais rápido!

— Corra, Lara! — Ela ouviu a voz de Aren, e o tom de desespero a fez aumentar a velocidade. Saltou sobre uma pedra, um grito sufocado nos lábios quando algo bateu em seu tornozelo. — Corra!

O píer estava apenas a dez passos de distância, mas ela conseguia ouvir os corpos pesados das cobras batendo no chão para dar o bote.

Ela estava quase lá. Juntando forças, se lançou na pedra áspera.

Bateu no píer e tentou se segurar, escorregando, suas unhas deslizando pela pedra, o peso da corda puxando.

— Lara!

Soluçando e arranhando a pedra, finalmente encontrou apoio. Escalou, com o coração na garganta.

Então algo acertou a parte de trás de seu joelho e uma dor aguda subiu por sua perna.

Ela foi invadida pelo medo, mas não se atreveu a parar para olhar se tinha sido picada quando outras cobras estavam pulando no píer logo abaixo dos pés dela.

— Suba mais!

O pé dela escorregou, seu peso fazendo os braços queimarem, mas ela resistiu, sem parar de subir, o corpo todo tremendo.

Será que havia sido picada? Será que estava prestes a cair para a própria morte? Lara não sabia. Não tinha certeza se era suor ou sangue escorrendo da perna enquanto escalava.

Escalou cada vez mais alto, virando pela lateral do píer para subir a ponte.

Finalmente, chegou ao topo. Subindo pela beirada, Lara deitou de costas, recuperando o fôlego. Mas, então, ouviu vozes.

Vozes que não eram dos ithicanianos lá embaixo.

47
AREN

Jor e Aster o seguraram pelos braços, puxando-o para trás, os três caindo na água.

— Ela subiu! Está escalando!

Mas ele tinha visto uma cobra encostar nela. Mesmo uma picada superficial podia ser letal. Precisava ir até ela.

Empurrando Jor para longe, Aren avançou na direção da praia, cambaleante, mas sua cabeça foi empurrada para debaixo da água, o rosto batendo na areia.

Jor o puxou pelo cabelo.

— Não me faça afogá-lo até você ouvir a voz da razão, rapaz. Olhe! Ela já está no topo.

Ele estava certo. Através da névoa, Aren conseguia ver vagamente Lara rodeando o píer, avançando com uma confiança constante enquanto subia pela lateral da ponte, desaparecendo no alto. Soltando o ar, ele baixou a cabeça e viu várias cobras se aproximando da linha da água, observando-o com interesse.

— Tentem só para ver — ele sibilou, mas recuou para não abusar da sorte.

E foi então que ele ouviu vozes.

— Merda — Jor murmurou. — Patrulha.

Aren mal conseguia respirar, o medo esmagando seu peito. Lara só tinha uma faca de cinto, e devia estar exausta. Ele precisava subir lá. Precisava ajudá-la.

Mas a praia estava coberta por cobras, e eles tinham usado todos os peixes para desviá-las de Lara. Mesmo assim, ele tinha que tentar. Tinha que...

Jor agarrou seu punho e apontou para a ponte. Lara tinha voltado a descer pela lateral e estava pendurada, quase invisível na névoa.

— Ouvi gritos vindo daqui. — Era uma voz maridriniana.

— Não estou vendo nada — outro respondeu. — Você está ouvindo coisas.

— É essa porcaria de neblina — outra pessoa disse. — Enlouquece qualquer um não conseguir enxergar um palmo à frente.

Ao menos três, mas provavelmente mais.

— Eles não conseguem nos ver — Jor murmurou, depois fez sinal para Lia e os outros ficarem em silêncio. — Daqui a pouco passam direto.

No entanto, os soldados maridrinianos pararam bem ao lado de onde Lara estava pendurada pela ponta dos dedos, as vozes chegando até embaixo.

— Os ithicanianos estão tramando alguma. Estou sentindo. Todas aquelas trombetas tocando outro dia, a mesma mensagem várias vezes.

— E daí se estiverem? É uma ilusão. Não deve ter mais do que algumas centenas deles vivos e, se estiverem planejando se lançar contra as próprias defesas, melhor ainda. Quanto mais cedo estiverem todos mortos, mais cedo posso voltar pro meu vinho e minhas mulheres.

Os maridrinianos riram, o som ecoando pela névoa.

Aren se enrijeceu de fúria, mas Jor apertou seu braço com mais força.

— Deixe para lutar depois.

Lara, porém, parecia ter outros planos.

Nervoso, Aren ficou assistindo enquanto ela subia em silêncio até o topo da ponte.

O ar se encheu de gritos.

Um soldado aos berros caiu com um baque na areia e as cobras partiram para cima dele no mesmo instante. Mas Aren não conseguia tirar os olhos dos redemoinhos de névoa lá em cima, que eram tudo que ele conseguia ver da batalha. Ouviu gemidos e baques, então outro homem caiu, dessa vez na água.

Lia partiu para cima do soldado moribundo em um segundo, cortando sua garganta antes que ele pudesse revelar a presença do grupo.

Mais um grito, depois o som de alguém correndo. Então silêncio.

Aren não conseguia respirar. Não conseguia se mover. Não conseguia fazer nada além de olhar para a ponte, esperando.

Por favor, esteja viva.

Então um assobio, dois pios rápidos seguidos por um trinado, e ele soltou um suspiro forte, pegando o arco que havia caído na água. Um segundo depois, Lara lançou a ponta da corda.

Lia prendeu a corda pesada e cheia de nós própria para escalada, depois Lara a firmou na ponte.

Mais um assobio.

— Eu vou primeiro — Lia disse, mas Aren a ignorou, saltando para pegar a corda e subir, seus ombros ardendo quando ele chegou ao topo.

Lara estava em meio aos mortos, seu rosto e suas roupas manchados de sangue, com apenas um talho no lábio.

— Está machucada?

— Estou bem. — Ela cambaleou um pouco, e um medo subiu pela espinha de Aren. Ajoelhando, ele subiu a barra da calça larga dela. Havia uma marca vermelha pela força com que a cobra acertou a panturrilha dela, mas, milagrosamente, as presas da criatura não tinham perfurado a pele. — Aren, estou bem. — Ela tentou recuar, mas ele enfiou os dedos nos dois buracos no tecido e a encarou, notando como estava pálida.

— Você tem é sorte, isso sim — ele rosnou, a raiva substituindo o medo.

Não raiva dela. Mas de si mesmo.

Por que ele a havia levado para lá? Por que não a havia deixado naquela praia?

Dando meia-volta, começou a empurrar os corpos da ponte caso outra patrulha chegasse. Quando terminou, o restante do grupo já tinha conseguido subir. Todos olhavam para Lara com um novo grau de respeito, até mesmo Aster.

— Vamos — Aren ordenou. — Só temos três horas para derrubar as defesas de Gamire.

Eles encontraram apenas mais uma patrulha maridriniana enquanto corriam até Gamire, os soldados falando tão alto que foram notados a um quilômetro. Na névoa era assim... aqueles que não estavam acostumados não entendiam como ela abafava o som e distorcia a percepção da origem dele. Mas Aren já tinha usado essa arma muitas vezes. E usava bem.

Os homens morreram antes mesmo de conseguirem sacar as armas.

Ainda com a espada, Aren soltou silenciosamente a alavanca da escotilha que os maridrinianos estavam protegendo, as molas empurrando a placa de pedra para cima o suficiente para ele e Jor colocarem os dedos embaixo. Aren escutou por um segundo, depois acenou uma vez, e eles a abriram.

Aren foi primeiro, seguido por Jor e Lia. Ele sentiu cheiro de mofo e espalmou a mão na parede, a textura familiar acalmando seu coração enquanto os outros fechavam a escotilha para abafar o som do mar.

Ao contrário da névoa, o interior da ponte amplificava o som: maridrinianos conversando a mais de um quilômetro de distância pareciam estar poucos passos à frente.

Aren caminhou pela escuridão por vários minutos, depois pegou o saco que Jor deu a ele e tirou de dentro um pote de metal e três latas, com marcas nas laterais indicando o que havia dentro. Virou duas no pote e murmurou:

— Podem ir. Vou logo atrás.

Lia e Jor recuaram até a escotilha, e, depois que saíram, Aren abriu com cuidado a terceira lata. Inspirando fundo e prendendo a respiração, ele virou o conteúdo no pote, ouvindo-o chiar violentamente. Depois de largar a lata, voltou correndo para a escotilha e saltou. Só respirou de novo quando Jor e Lia o puxaram para o topo da ponte.

— O que você fez? — Lara perguntou baixo.

— Fumaça venenosa. A corrente de ar vai soprá-la na direção da patrulha.

Ela franziu a testa.

— Eles vão escapar para o píer. Vão avisar o resto da guarnição.

— Não se chegarmos lá primeiro.

Ele avançou quase correndo pelo alto da ponte até a ilha surgir em seu campo de visão, depois diminuiu o passo para que seus movimentos fossem silenciosos. Agachando, olhou a névoa lá embaixo, que rodopiava no píer da ponte. Jor estava amarrando uma corda ao redor de Lia quando Aren ergueu dois dedos, e ela assentiu antes de descer pela lateral com as armas em punho.

Segundos depois, houve um gorgolejo e um baque abafado.

Levou apenas alguns minutos para Aren e os outros descerem,

e ele tinha acabado de enfiar uma faca sob a entrada do píer para impedir a abertura quando ouviu gritos abafados seguidos pelo barulho de botas descendo a escada depressa e pancadas desesperadas na porta.

A gritaria durou alguns minutos, depois houve apenas silêncio.

Fazendo sinal para os outros recuarem, Aren tirou a faca da soleira da porta, que se abriu com um estalo, fazendo fumaça e cadáveres caírem para fora, o interior marcado por arranhões e sangue. Ele olhou de relance para Lara enquanto recuava a uma distância segura, mas, se a morte horrível de seus compatriotas a perturbava, ela não demonstrou.

Eles foram em silêncio para a extremidade da ilha, parando pouco antes de chegarem.

— Quanto tempo temos? — ele murmurou para Jor.

Jor lambeu os dedos e os ergueu, depois deu de ombros.

— Vinte minutos, talvez um pouco menos.

Não havia como saber se o resto de seu povo estava em posição na água, tampouco era possível fazer sinal para eles sem que os maridrinianos desconfiassem de um ataque iminente. Só restava a Aren torcer para que ainda confiassem nele o suficiente para seguirem seus planos.

— Vamos neutralizar os quebra-navios.

Eles se dividiram em grupos, Lara e Jor foram guiados por Aren pelo emaranhado de árvores, samambaias e trepadeiras, a vegetação rasteira densa depois da trégua de oito semanas das tempestades. Lara se movia tão silenciosamente quanto qualquer pessoa do povo dele, mas Aren olhou de esguelha para ela.

Com uma careta, segurou o tornozelo dela e apontou para a máscara no próprio rosto, sabendo que ela também tinha uma no cinto.

Lara fez que *não* com a boca e sacudiu a cabeça.

Mas ele não soltou seu tornozelo. Se algum soldado nos quebra-navios a avistasse e disparasse o alarme, tudo teria sido em vão.

Lara franziu a testa, depois enfiou as mãos na lama, manchando o rosto, escondendo o resplendor de sua pele e fazendo-a parecer mais selvagem. Mais feroz. Os olhos azul-oceano encontraram os dele, e o coração de Aren bateu forte no peito, uma dor familiar tomando seu corpo. Mas ele apenas assentiu e seguiu na direção do rugido do mar.

Quatro soldados estavam sentados na cobertura do quebra-navios. De um lado dois deles observavam a névoa com o desinteresse de quem estava em uma tarefa tediosa havia muito tempo, do outro, dois comiam um sanduíche de carne-seca virados para a terra, vigiando só de vez em quando. Jor ergueu o arco, encaixando uma flecha em silêncio enquanto Lara sacava uma faca de atirar.

Mas os homens não estavam sozinhos. Patrulhas passavam ao longo do perímetro da ilha, grupos de homens monitorando o mar, nem de perto tão distraídos quanto Aren gostaria.

Se mantendo imóvel enquanto um grupo de homens se juntava aos quatro, Aren cerrou os dentes, resistindo ao impulso de atacar mesmo sabendo que estavam em desvantagem.

Então o vento começou a ficar mais forte.

Aren ouviu antes de ver, o farfalhar de folhas e galhos soprados pela brisa na ilha. A rajada soprou de novo, ganhando força, e a névoa rodopiou violentamente.

Um alarme soou do outro lado da ilha, e Aren sorriu.

— Ataque! Ataque! Os ithicanianos estão atacando! — Os gritos correram por toda Gamire, com ordens para mudar de posição, os soldados maridrinianos sacando armas e agachando, muitos observando a névoa, que continuava densa do lado da ilha em que estavam.

O vento soprou mais forte e, do outro lado de Gamire, provavelmente já teria dissipado a névoa, revelando os mais de dez barcos cheios de ithicanianos entrando em pânico enquanto perdiam sua cobertura. Ou, ao menos, fingindo entrar em pânico.

Como esperado, o som dos quebra-navios rugiu com seu estampido familiar, os maridrinianos lançando pedras nas embarcações cheias de soldados que conheciam bem o alcance das armas e o tempo exato que demoravam para ser recarregadas. Eles usaram todas as ferramentas à disposição para fazerem os maridrinianos acreditarem que era um ataque genuíno.

E não uma distração.

Uma explosão, depois outra, seguida pelo chamado de reforços.

Um dos maridrinianos que protegiam o quebra-navios levantou, depois ergueu uma luneta como se ela pudesse trespassar a névoa, sacudindo a cabeça, agitado.

Vá, Aren torceu em silêncio, sabendo que era uma questão de minutos até o vento dissipar a névoa do lado deles e revelar a verdadeira ameaça. *Vá!*

— Merda! — Um homem da patrulha rosnou, nervoso, o instinto o alertando onde seus olhos não conseguiam. Mas vários outros pedidos de ajuda e explosões não podiam ser ignorados. — Vocês quatro: fiquem com o quebra-navios — ele ordenou. — Não saiam em hipótese alguma, entenderam?

Ele pisoteou a vegetação rasteira enquanto corria pela ilha com os outros maridrinianos para se juntar à defesa.

No momento certo.

O vento estava soprando forte e firme agora, e Aren entreviu, com seus olhos treinados, uma movimentação na água: barcos se posicionando em silêncio.

— O que é aquilo? — Um dos soldados que tripulavam o quebra-navios disse. — Parece um...

Aren avançou, ouvindo a vibração do arco de Jor. Um soldado agarrou a flecha que perfurava seu peito, e outro caiu, a faca de Lara cravada na coluna. Os outros dois soldados viraram, mas Aren cortou a cabeça de um deles. Antes que ele pudesse matar o outro, porém, Lara chutou o pescoço do homem.

O soldado cambaleou para trás, olhos arregalados, abrindo a boca para tentar respirar, mas Lara apenas girou e chutou outra vez, acertando bem no peito e o fazendo voar pela falésia até as rochas lá embaixo.

Aren olhou feio para ela, irritado por ter ignorado seu plano, mas, antes que ele pudesse dizer alguma coisa, os barcos avançaram na direção das falésias, seus soldados saltando habilidosamente sobre as rochas reveladas pela maré baixa. Jor já estava amarrando cordas ao quebra-navios e as jogando para baixo para ajudar na escalada.

Em questão de minutos, dezenas de ithicanianos rodeavam Aren e, se tudo corresse de acordo com o plano, isso também estaria acontecendo com os quebra-navios que o restante de sua tripulação havia controlado.

— Mostrem a eles a mesma misericórdia que eles nos mostraram — Aren disse, então guiou o exército ilha adentro.

48
LARA

Aren temera que seu povo não o seguisse. Que não confiasse na liderança dele para entrar na batalha. Para libertar Ithicana.

Mas Lara nunca havia duvidado dele.

Os ithicanianos atravessaram a ilha Gamire sem hesitar, liderados por seu rei, a confiança irradiando de Aren a cada passo enquanto ele empregava seu exército para atacar o inimigo pela retaguarda.

Lara tinha sido criada para lutar. Mas não para liderar homens e mulheres para a batalha. Não como Aren. E não porque as estratégias e táticas dele eram magistrais — embora fossem. Era porque todos os guerreiros que o seguiam sabiam que ele lutaria por eles. Morreria por eles. Sabiam que Ithicana era tudo para ele.

E eles toleravam Lara apenas porque ela o havia trazido de volta.

Com uma faca na mão e uma espada na outra, Lara seguiu Aren por Gamire, rumo à batalha. Os maridrinianos eram mais numerosos, mas, apesar da história recente, não esperavam ser atacados pela retaguarda.

Os explosivos que as forças de distração tinham atirado na terra arderam em chamas, a névoa da fumaça atravessando a ilha com o vento. A cada poucos minutos um dos quebra-navios lançava um projétil, o estampido ribombando, mas, a julgar pelos gritos de irritação, não estavam tendo muito sucesso com a mira. Então Lara ouviu uma voz conhecida, e seu coração palpitou enquanto Aren parava de repente.

— Não vou ajudar vocês a atacarem meu próprio povo, seu escroto maridriniano — a mulher rosnou, e, por entre as árvores, Lara conseguiu distinguir a prima de Aren.

Taryn não estava morta.

Lara estremeceu e, se já não estivesse em quatro apoios, poderia ter desabado. Antes de exilá-la de Ithicana, Aren disse que a jovem tinha sido morta por um quebra-navios enquanto tentava escapar da Guarda Média com o aviso da invasão, mas, sabe-se lá como, sua amiga estava viva. Uma torrente de alívio fez Lara se dar conta da profundidade da culpa que havia sentido pela perda de Taryn. Mas a sensação logo foi substituída pela culpa por ela ter estado aprisionada em seu próprio lar por todos esses longos meses.

— Faça essas máquinas funcionarem direito ou vou cortar sua garganta! — um dos soldados maridrinianos gritou, erguendo uma faca.

Taryn apenas endireitou os ombros, as cordas que amarravam seus punhos incapazes de diminuir sua insolência.

— Elas funcionam bem. Vocês é que têm mira ruim.

O soldado deu um tapa nela. Taryn cambaleou, mas avançou para cuspir na cara dele. E Lara entendeu o que ela estava fazendo. Entendeu que sua amiga estava tentando ser morta para que não houvesse chance de ser usada contra o próprio povo.

Mas Lara se recusava a deixar que Taryn morresse sem lutar.

Ignorando os gestos frenéticos de Aren para que ela ficasse parada, Lara avançou, agachada, acelerando conforme se aproximava.

O soldado maridriniano ergueu a espada, se preparando para atacar, quando Lara saiu do arvoredo e jogou a faca.

Taryn arregalou os olhos quando a faca se cravou no braço

que a atacava, mas uma vida de treinamento a fez apanhar a arma no instante em que o homem a deixou cair.

— Ataquem! — Aren gritou atrás dela, mas Lara mal ouviu, mergulhando naquele ponto da batalha.

Erguendo a espada, ela perfurou o homem que havia estapeado Taryn, depois virou para atacar os outros que cercavam o quebra-navios.

Eram dez contra uma, mas Lara nunca havia deixado os números a deterem.

Dois deles atacaram, e ela desviou por baixo de uma lâmina, depois aparou outra, se mantendo entre os homens e Taryn, que usava a espada para soltar os punhos.

Então Aren surgiu.

Ele abriu as vísceras de um soldado antes de dar um giro para socar a cara de outro. Foi tudo que ela conseguiu ver antes de os maridrinianos atacarem.

Ela usou velocidade em vez de força, esquivando de golpes que conseguia prever e, num movimento fluido, revidando para matar. A única coisa que a prejudicava era a urgência de proteger Taryn, de manter os homens longe até sua amiga estar livre para lutar.

Um dos homens acertou um soco em Lara, que cambaleou, evitando por pouco um golpe nos joelhos. Depois de rolar para o lado, levantou, encontrando um soldado ferido que erguia a faca.

Segurando as entranhas, ele cambaleou na direção de Taryn, fúria ardendo nos olhos.

— Não! — Lara se jogou na frente do homem.

Uma dor descia pela lateral de sua perna, mas ela ignorou, erguendo a arma para bloquear qualquer golpe de cima.

Na mesma hora, Taryn perfurou a cara do homem e, depois de puxar a arma de volta, observou com frieza sua queda. Então encarou Lara, o braço vacilando ao erguer a espada na direção dela. Pronta para atacar.

Lara não se moveu.

Mas Taryn apenas disse:

— Matar você não vai mudar nada. — E, sem dizer outra palavra, correu para a batalha.

49
AREN

Gamire estava liberta.

Era uma ilha entre dezenas, mas a vitória foi mais doce do que qualquer outra que ele já havia tido. Os prisioneiros ithicanianos que tinham sido mantidos na ilha estavam, se não bem, ao menos vivos, e Aren tinha lhes permitido a satisfação de executar seus captores.

— Pensamos que você tinha morrido — ele disse a Taryn, enchendo a taça dela de vinho, notando como a mão da mulher tremia. — Lia viu a pedra atingir seu barco. Você naufragou. Não subiu. Se soubéssemos que estava viva...

— Consegui nadar até a angra. — As palavras dela eram inexpressivas. — Eles julgaram que eu valia mais como prisioneira do que como cadáver.

E os maridrinianos eram conhecidos pelo tratamento opressivo contra os prisioneiros. Aren tinha sentido na pele.

— Desculpe, eu...

— Por que ela está aqui, Aren? Por que não está *morta*?

— Aconteceu muita coisa que você não sabe. A situação mudou. — Ele expirou, frustrado. — Lara salvou sua vida, Taryn. Apesar de tudo que ela fez, será que você não pode pelo menos ser grata por isso?

Era a coisa errada a dizer. Idiota. Aren soube no momento que as palavras saíram de sua boca, mas Taryn confirmou jogando o vinho na cara dele.

— Ela acabou com a minha vida! Teria sido melhor se tivesse me apunhalado no coração!

Os soldados ao redor haviam interrompido suas celebrações para prestar a atenção na conversa.

— Quando vencermos a guerra, ela vai embora. Ela está aqui apenas para lutar.

Taryn cerrou os punhos e sacudiu a cabeça.

— É bom que vá mesmo. — Então saiu batendo os pés pelo vilarejo.

Lia fez outra pessoa segurar sua bebida e correu atrás dela.

— Lia vai conversar com ela. — Jor chegou ao lado dele. — Vai explicar o que aconteceu.

Mas todos ali *sabiam* o que havia acontecido, e não tinha feito diferença. Aren virou, procurando algum sinal de Lara entre os soldados. Ele a tinha visto ajudando a limpar a ilha, mas agora não a encontrava em lugar algum. E Deus era testemunha de que não faltavam homens e mulheres naquela ilha com motivo para tentar matá-la.

Ele andou pelo vilarejo, a mente ocupada apenas em encontrar o vislumbre familiar daquele cabelo loiro. Daqueles olhos azuis. Do rosto que ele via em seus sonhos.

Mas tudo que via eram ithicanianos.

Uma inquietação corroeu suas entranhas, e ele se voltou para Jor.

— Onde está Lara?

50
LARA

Doía.

Por Deus, era profundo e doía e, mesmo com o curativo que ela havia enrolado firme, sangue quente escorria pela perna. Ela precisou de toda a força de vontade para não mancar enquanto eles vasculhavam o vilarejo atrás de quaisquer maridrinianos que pudessem ter sobrevivido ao ataque. Aren dava ordens, completamente à vontade.

Estava funcionando. O plano dele estava funcionando e, supondo que Valcotta e Harendell tinham cumprido suas partes, Guarda Norte e Guarda Sul cairiam no dia seguinte, e Ithicana voltaria a controlar a ponte. Aren seria novamente o rei de Ithicana.

Mas Lara não conseguiria lutar se não estancasse o sangramento. Mal conseguia andar.

Cerrando os dentes, observou Aren e o restante do grupo, a maioria dos soldados reunida ao redor da grande fogueira no centro da cidade, com a intenção de fazer parecer que os maridrinianos ainda estavam no controle da ilha. Peixe defumava na grelha, e várias garrafas eram passadas de mão em mão, enquanto um dos curandeiros tomava conta dos feridos.

Em vez de se juntar a eles, Lara mancou pela trilha que levava à casa de Vovó, segurando a espada sem firmeza alguma, mesmo esgotada demais para usá-la. Ao chegar à casa, abriu a porta com cautela, erguendo a lamparina para iluminar o interior.

A julgar pela bagunça, os soldados maridrinianos haviam entrado, provavelmente procurando algo valioso. As gaiolas de cobras não estavam lá, mas Lara não sabia se Vovó havia libertado as criaturas ou as levado para Eranahl.

Indo até as prateleiras reviradas, vasculhou a bagunça de potes e cacos de vidro até encontrar o que precisava, depois colocou a lamparina na mesa e começou a desenrolar o curativo encharcado de sangue de sua coxa.

Mais sangue escorreu, e Lara se encolheu enquanto tirava a calça rasgada e olhava a ferida. Um corte reto logo abaixo do quadril, mas que chegava quase até o osso.

— Merda. — Ela conteve o rompante de náusea que sentiu, um misto de medo, dor e perda de sangue ameaçando destruir sua compostura.

Misturando as ervas em um pote com um pouco de água da chuva, limpou a ferida, ofegando por causa da ardência da solução. Mas sabia que o pior ainda estava por vir.

Suas mãos tremiam, e ela precisou de várias tentativas para colocar a linha na agulha. Vacilante, se ajeitou na mesa, virando a ferida aberta para a luz.

— Você consegue. — Ela odiava como sua voz estava fraca, o mundo ao redor entrando e saindo de foco. — Faz logo isso.

Cerrando os dentes, Lara apertou a ferida, o músculo dilacerado escorregando sob seus dedos. Então passou a agulha.

Um soluço escapou de seus lábios, e ela virou para pressionar a testa na mesa, resistindo à tontura antes de puxar o fio e dar um nó. Respirando fundo, encostou a agulha na pele de novo, mas suas mãos estavam tremendo tanto que ela não conseguia mais apertar o músculo.

Lágrimas escorreram enquanto ela se esforçava para voltar ao ferimento, para manter a agulha entre seus dedos encharcados de sangue.

Então sentiu mãos conhecidas ao redor de seus punhos. Erguendo o rosto, viu Aren, a luz da lamparina cintilando nos olhos castanhos dele.

— Por que não pediu ajuda?

— Porque não tenho o direito de pedir nada a nenhum deles — ela disse entre um soluço e outro, virando o rosto. — Está tudo bem. Eu consigo. Só preciso de um minuto.

Mas Aren continuou segurando seus punhos com firmeza enquanto se curvava para examinar o ferimento.

— Está fundo.

— Depois que eu der pontos, vai ficar tudo bem.

— Até você terminar de dar pontos, vai ter sangrado até a morte. — E enfim soltou Lara. — Deixe que eu faço isso.

— Você não... — Ela perdeu a voz, a expressão no rosto dele silenciando sua objeção.

Depois de encontrar sabão, Aren lavou as mãos em uma bacia, e ela aproveitou esse momento de distração para observá-lo. Para memorizar o rosto dele. Essa era a primeira vez que eles ficavam a sós desde sua jornada até Valcotta. E poderia ser a última.

— Você precisa parar de fazer isso.

— Fazer o quê? — ela perguntou, embora soubesse.

— De se jogar nos braços do perigo. — Ele esfregou a pele dela com força, lavando a terra e o sangue de seus inimigos. — Não vai mudar nada, só vai acabar fazendo com que seja morta. — A voz dele ficou rouca ao dizer *morta*, e Lara sentiu um aperto no peito.

— Taryn está viva. Está livre. Já é alguma coisa.

— Isso não muda o fato de que foi por sua causa que ela foi presa. — Ele hesitou. — Não muda o que todos pensam de você.

Uma mentirosa. Uma traidora. Uma inimiga. Desviando o olhar das mãos de Aren, Lara encarou o sangue que brotava no corte de sua perna e se esforçou para conter os soluços de uma crise de choro.

— Não estou tentando mudar como todos me veem. Sei que isso nunca vai acontecer.

— Então o que é? — Havia fúria na voz dele. — Está tentando se matar?

— Não. — Um nó se formou em sua garganta. — Estou tentando encontrar uma forma de conviver comigo mesma.

Ela não viu, mas percebeu como ele ergueu a cabeça. Notou o escrutínio de Aren quando ele perguntou:

— Está funcionando?

Fechando os olhos, Lara se concentrou na dor em sua perna, tentando abafar a dor em seu coração.

— Ainda não.

Aren contornou a mesa, as botas fazendo um barulho baixo, e um tremor perpassou o corpo de Lara quando ele apertou a ferida, as mãos quentes em sua pele.

— Quer algo para morder?

Ela fez que não, pressionando a testa na mesa enquanto ele puxava a lamparina para mais perto. Ela cerrou os punhos quando ele pegou a agulha, o repuxar do fio fazendo agulhadas de dor subirem por sua coxa.

— Termina isso de uma vez.

As palavras dela eram apenas bravata, um soluço escapando de seus lábios enquanto Aren costurava a carne, o autocontrole dela se esvaindo cada vez que a agulha a perfurava. Ela agarrou a mesa, seu corpo tremendo tanto que a luz da lamparina dançou.

Em algum momento ela desmaiou, voltando a si mesma e vendo as mãos ensanguentadas de Aren em sua perna. Suor escorria pela testa dele, e seus olhos estavam vermelhos.

— O pior já passou — ele murmurou, depois colocou linha na agulha novamente e uniu a pele dela para mais uma camada de pontos. — Considerando os sermões que me deu por causa das caretas toda vez que me dava pontos, você está lidando bem mal com isso.

Ela não conseguiu segurar a risada.

— Odeio pontos. Prefiro levar uma facada.

— Deixa de ser chorona. Não é tão ruim assim.

— Babaca. — Mas eles se encararam, e o olhar de Aren afastou a dor dela. Ele estava sofrendo tanto quanto ela. — Obrigada.

— Obrigado por salvar minha prima.

Uma vitória em um mar de perdas, mas a tensão no peito de Lara diminuiu mesmo assim.

Ele finalizou os pontos, enrolando um pedaço de faixa na perna e dando um nó com a mão treinada. Sentando, Lara desceu da mesa e ficou em pé, mas uma onda de tontura a fez cambalear, e ela instintivamente segurou nos ombros dele.

Pensou que Aren fosse empurrá-la, mas ele envolveu sua cintura, estabilizando-a. E, embora soubesse que não deveria, Lara apoiou a testa no peito dele, sentindo o calor através de suas roupas.

— Você perdeu muito sangue. — A voz dele era baixa, o hálito quente em seu ouvido. — Precisa repousar.

Ele estava certo, mas Lara tinha medo de demonstrar qualquer fraqueza. Medo de que a abandonassem se não tivesse mais utilidade para eles. Que perdesse sua chance de se redimir.

— Vou ficar bem.

— Lara...

— Só preciso de algo para comer e beber. — Seus joelhos estavam bambos, contrariando suas palavras. — Por favor, não me deixe para trás. Me deixe lutar, por favor.

— Você mal consegue ficar em pé.

— Por favor — ela disse com a voz engasgada. — Sei que não tenho o direito de pedir nada a você, mas, por favor, não tire de mim a chance de colocar um fim nisso. Preciso fazê-lo pagar. Preciso forçá-lo a sair de Ithicana. Preciso. Senão...

Aren apertou a pele de Lara suavemente, como se soubesse o que ela deixou por dizer. Ele a entendia como ninguém.

— Não vamos a lugar nenhum antes do amanhecer — ele respondeu por fim. — Veremos como você vai estar até lá.

Soltando um suspiro trêmulo, Lara assentiu com a cabeça no peito dele, esperando que Aren se afastasse e voltasse aos outros. Mas ele não a soltou. Não deu as costas para ela. Pelo contrário. Puxou-a para mais perto, passando os dedos por dentro de sua camisola destruída, acariciando sua lombar.

O coração de Lara acelerou, a tontura da perda de sangue e da exaustão começaram a passar, e seu foco foi se aguçando enquanto pressionava os seios contra o corpo dele. O quadril também. Ela passou os braços ao redor do pescoço de Aren, o cabelo dele roçando em seus antebraços e fazendo um calafrio percorrer suas costas ao mesmo tempo que seu medo crescia. Medo de que isso fosse apenas uma armadilha ou uma ilusão e que, se ela se mexesse, seus sonhos se estilhaçariam e ele desapareceria.

Mas Lara se recusava a ser dominada pelo medo e ergueu os olhos.

Os olhos de Aren estavam fechados, mas ela conseguiu ver a pulsação acelerada dele no pescoço. Conseguiu sentir a respiração irregular quando ele baixou o rosto, a mão dele subindo por seu corpo e se enroscando em seu cabelo.

Com os lábios a milímetros dos dela, ele sussurrou:

— Acordado ou dormindo, tudo que vejo é seu rosto. Tudo que escuto é sua voz. Tudo que sinto é você em meus braços. Tudo que quero é *você*.

Lara estava tremendo. Ou ele estava. Ela não sabia. Pois parecia que o mundo estava balançando, e seu corpo doía de uma forma que não tinha nada a ver com a ferida na perna.

— Aren...

Os lábios dele a silenciaram. Aren a beijou com uma ferocidade que fez os joelhos dela cederem, a única coisa que a mantinha de pé era o braço dele em sua cintura. Aren a devorou, a língua dançando em sua boca, arrancando um suspiro; os dentes passando por seu maxilar, por sua orelha, por seu pescoço.

Aren arrancou a camisola dela e jogou longe, tocando suas costelas, depois subindo para pegar seus seios. Ele a empurrou de volta à mesa, os olhos turvos de desejo enquanto olhava o corpo despido de Lara.

Ela se segurou à mesa para manter o equilíbrio, observando enquanto ele tirava a túnica, revelando a pele bronzeada e o peitoral definido, as cicatrizes tornando seu corpo ainda mais perfeito.

Ele desafivelou o cinto, o peso das armas penduradas puxando sua calça para baixo e revelando a pele mais pálida, o quadril, depois seu corpo inteiro. A visão quase acabou com ela.

Lara começou a ajoelhar, mas ele a segurou pelo quadril e encaixou o polegar na lateral de sua calcinha, tirando-a com delicadeza por cima do curativo. Então foi ele que ajoelhou, beijando seu umbigo enquanto acariciava as coxas, abrindo suas pernas.

— Você é perfeita — ele grunhiu, e ela conseguiu sentir o calor da respiração dele sobre sua boceta molhada.

Lara gemeu de excitação quando ele abriu mais suas pernas, os dedos escorregando para dentro dela enquanto baixava o rosto para consumi-la.

Ela soluçou, o prazer tomando conta do seu corpo, uma ânsia que tinha sido negada por tanto tempo crescendo em seu ventre enquanto a língua de Aren provocava sua pele sensível, os dedos indo cada vez mais fundo, o corpo dela se liquefazendo sob o toque. Ela roçou o corpo no dele, agarrando seu cabelo, o mundo girando mais e mais rápido até ela estar à beira do clímax e, então, em um único movimento rápido, Aren levantou.

— Ainda não — ele murmurou, abaixando para beijar os seios dela.

Lara sentiu a boca quente de Aren sugar seu mamilo, depois o outro, e o corpo tremeu quando ele roçou os dentes.

Ela passou o braço ao redor de seu pescoço e o beijou. Com a outra mão, segurou seu pau, sorrindo quando ele gemeu em seus lábios e contorcendo o corpo quando ela apertou. Ela o masturbou da cabeça do pau até a base, acelerando cada vez mais, e quando ele estava a ponto de gozar, ela murmurou em seu ouvido:

— Preciso de você dentro de mim.

Ele a virou, a boca traçando linhas quentes no pescoço dela, mordiscando seu ombro. Seus dedos se entrelaçaram enquanto ele a curvava sobre a mesa, nenhum dos dois se importando quando suas mãos deslizaram pelo sangue que caíra da perna ou quando derrubaram as armas dela no chão com um estardalhaço.

— Não existe ninguém neste mundo como você. — Ele grudou o peito sobre as costas dela, que conseguiu sentir a batida de seu coração.

Quando sentiu o pau de Aren entre suas coxas, o corpo de Lara explodiu em chamas. Ela jogou o quadril para trás, na direção dele, tomada pela urgência de que Aren a preenchesse. Precisava que ele acabasse com ela.

— Você é minha perdição, mas nunca existirá ninguém além de você.

Então ele meteu nela.

Um grito de prazer escapou da garganta de Lara enquanto ele estocava sem parar, e sentir o pau dele foi uma sensação nova e antiga ao mesmo tempo. O prazer a levou à loucura. Os ombros de Lara estremeceram, os cotovelos vacilando sob a força dele. A única coisa que a impedia de ceder era o braço de Aren em torno de sua cintura, o outro apoiado no tampo da mesa.

Havia algo selvagem naquilo. Um desespero, como se os dois tivessem sido privados de água por tempo demais e precisassem beber. Lara gritou enquanto o prazer crescia, e os dois chegaram ao orgasmo juntos. Enquanto as últimas forças dela se esvaíam por toda aquela intensidade, ele, por fim, enfiou mais fundo, murmurando seu nome, e os dois desabaram na mesa.

Esgotada além dos limites de sua resistência, Lara mal sentiu quando ele a carregou até a cama e a abraçou enquanto ela caía no sono.

Ao acordar horas depois, Lara estava debaixo dos braços dele, com o rosto deitado em seu peito, ouvindo o *tum tum* estável das batidas do coração. Ela inspirou, sentindo aquele aroma familiar, a mão dele em sua lombar. Era ali que ela deveria estar — e para onde jamais ousou ter esperanças de voltar. No entanto, em vez de felicidade, o medo percorria suas veias.

Aren estava acordado; ela conseguia sentir pela respiração dele. Contudo, estava completamente imóvel, a mão rígida nas costas dela em vez dos afagos e carícias suaves que costumava fazer ao acordá-la.

Algo estava errado.

Ela ergueu o rosto. Aren estava encarando o teto, a expressão quase invisível sob a luz da lamparina do outro lado do quarto. Mas, quando ela se mexeu, ele virou, se desvencilhando e colocando as pernas para fora da cama.

— Aonde você vai? — Lara estava rouca, então tossiu para limpar a garganta.

— Preciso pegar um turno na patrulha.

Era uma desculpa. Ela estendeu o braço para segurar a mão dele, precisando que ele ficasse. Precisando prolongar esse momento que, em seu coração, sabia que era bom demais para ser verdade.

— Deixe que outra pessoa pegue.

Mas ele já estava do outro lado do quarto, vestindo as roupas, de costas para ela.

— Aren. — Ela saiu da cama, as pernas enroscadas no lençol, a tontura a obrigando a parar. — Não vá.

As mãos dele pairaram sobre o cinto, então ele terminou de afivelá-lo e pegou as botas.

— Isso foi um erro.

— Não foi. Não diga isso.

— Foi. Prometi a meu povo que havíamos terminado. O que fizemos hoje é como cuspir na cara deles.

Ela sentiu um aperto violento no peito e ficou sem ar.

— Não posso ficar perto de você, Lara. Não posso correr o risco de isso acontecer de novo.

Ela sabia que Aren estava certo, mas, mesmo assim, disse:

— Eu te amo.

Aren apenas se dirigiu até a porta. Hesitou com a mão no trinco, antes de se voltar para ela.

— Desculpe.

Então desapareceu noite afora.

51
AREN

Aren tropeçou diversas vezes enquanto descia a trilha até o vilarejo; foi um pequeno milagre ele não pisar em uma cobra ou torcer o tornozelo, já que sua mente estava em qualquer lugar menos no chão em que pisava.

O soluço de Lara quando ele saíra tinha doído mais do que uma faca nas entranhas, a angústia na voz dela mil vezes maior do que quando ele costurara sua perna. Tudo que ele queria era voltar. Pegá-la nos braços e se perder dentro dela. Mantê-la segura até ela estar forte. Nunca se afastar de novo.

No entanto, toda vez que fechava os olhos, via as expressões que perpassariam o rosto de seu povo se descobrissem o que ele havia feito. Se descobrissem que ele, seu rei, havia levado a mulher que traíra sua nação de volta para a cama.

De volta para seu coração.

Ele mal notou os cumprimentos dos soldados de vigia enquanto voltava ao centro do vilarejo, na direção do brilho suave da fogueira e do vulto solitário sentado ao lado.

— Demorou bastante tempo para suturar aquela perna, até mesmo para você — Jor disse com a voz arrastada, depois se alongou até estalar as costas. — Ela está bem?

Lara não estava nem perto de bem, mas Jor não precisava saber disso.

— Vai ficar desde que não inflame. E se ficar deitada.

— Não é muito provável. — Jor estendeu uma garrafa a ele. — *Você* está bem?

Nem de longe.

— Estou. Cadê Taryn?

— Lia está com ela. A garota teve um ano difícil, mas é forte. Se colocar uma arma na mão dela, ela vai lutar.

A última coisa de que Taryn precisava era de mais violência, mas Aren apenas acenou, confiando na opinião de Jor sobre o assunto.

Sentando do outro lado da fogueira, ele deu um longo gole da garrafa, encarando as chamas. Tentou recuperar o controle de suas emoções, mas o misto selvagem de dor, raiva e culpa se recusava a deixá-lo em paz.

— Você precisa escolher, sabe? — Jor pegou a garrafa de volta, bebendo com vontade. — Entre ela e Ithicana. Não pode ter as duas coisas.

— Não quero estar com ela. — Como se falar fosse tornar isso verdade.

— Quase me enganou pelos barulhos saindo da casa da Vovó.

Aren ficou tenso, depois encarou Jor, que só deu de ombros.

— Você acha mesmo que não estamos de olho em você, rapaz? Acabamos de recuperá-lo, e não estamos a fim de perdê-lo de novo. Muito menos para ela.

— Foi um erro. Não vai acontecer de novo.

— Certo.

— Só precisava matar a vontade.

Jor devolveu a garrafa para ele.

— Você poderia dormir com aquela mulher todas as noites pelo resto da vida e nunca mataria a vontade, Aren. Esse é o problema do amor.

Aren cerrou os dentes, desejando poder afugentar a dor em seu peito.

— O povo de Ithicana nunca vai aceitar uma rainha em que não pode confiar. Muito menos uma que já causou tanta dor e perda. E, se ficar com ela, logo vão deixar de confiar em você também.

Parte de Aren se perguntou como seu povo *ainda* confiava nele. Por que ainda o seguiam depois de todos os erros que havia cometido. Que continuava a cometer.

— Já fiz minha escolha.

— Então precisa mandá-la embora agora. Se a mantiver por perto, *isso* — ele apontou na direção da casa de Vovó — vai continuar a acontecer. Essa história precisa acabar. Um término definitivo.

A ideia de deixar Lara *agora*, com ela tão frágil, o fazia querer vomitar.

Mas Jor tinha razão.

Dando mais um gole, Aren levantou.

— Reúna todos e prepare os barcos. Vamos para Guarda Média hoje à noite.

52
LARA

Lara despertou devagar das profundezas do sono, as pálpebras grudadas quando ela abriu os olhos e piscou sob a luz fraca que entrava pela janela. A dor latejante em sua perna era quase igual à dor em seu crânio, e sua boca estava seca como areia.

Se apoiando nos cotovelos, colocou as pernas para o lado e levantou, se encolhendo com a dor que atravessou seu corpo quando ela foi mancando até a mesa onde havia uma garrafa de água e um copo. Alguém tinha levado para lá à noite. *Foi Aren?* Ela rejeitou o pensamento na mesma hora. Ele não estava brincando quando disse que a noite tinha sido um erro que não se repetiria.

Os olhos ardiam, mas ela os esfregou furiosamente, se recusando a chorar mais. Estava acabado. Estava tudo terminado entre eles. Só o que importava agora era libertar Ithicana e se vingar de seu pai.

Mas a única forma de conseguir isso era provando que ela era capaz de acompanhar o ritmo. Que ainda conseguia lutar.

Se dirigindo às prateleiras de Vovó, ela procurou por analgésicos e estimulantes para compensar sua exaustão. Depois de colocá--los em um saco junto com curativos novos para seu machucado, ela pegou a trilha até o vilarejo.

Sua pele formigou com inquietação pelo silêncio. Os únicos sons eram o barulho do oceano ao longe e a brisa suave farfalhando os galhos das árvores. O ar cheirava a terra úmida e vegetação, mas ela não notou nenhum traço de fumaça de lenha ou comida cozinhando. Olhando para cima, tentou identificar onde o sol estava através das nuvens e árvores, mas era quase impossível determinar a hora. Considerando que Aren tinha planejado partir de manhã para conquistar Guarda Média, ainda devia ser cedo.

Então as nuvens se agitaram, revelando uma nesga de luz do sol ao oeste.

Ignorando a dor, Lara começou a correr.

Chegou ao vilarejo em poucos minutos, sentindo um frio na barriga enquanto procurava sinais de alguém. Qualquer pessoa. Mas os ithicanianos tinham ido embora.

Aren a havia deixado.

Um grito escapou de sua garganta, e Lara caiu no chão, batendo os punhos na terra em uma tentativa vã de aliviar sua raiva. Sua frustração. Sua mágoa.

De que adiantava? Para que se esforçar? Ela não era desejada ali — nem pelos ithicanianos nem por Aren. Então por que deveria ficar?

Porque você prometeu. Porque disse que não pararia de lutar até Ithicana estar livre.

Então ela ouviu o som baixo de uma trombeta, ao longe. E de novo, mais perto dessa vez, depois mais distante de novo, o sinal seguindo para o norte. Transmitindo a notícia.

A notícia de que os valcottanos tinham sido vitoriosos na Guarda Sul.

Estava acabado. De repente, estava acabado.

Ithicana estava livre.

Pressionando o rosto na terra, Lara chorou.

53
AREN

Puxando o cabelo do soldado maridriniano moribundo para trás, Aren passou a faca no pescoço dele, depois o jogou de volta na lama, observando o campo de batalha ao redor.

Os maridrinianos estavam prontos para eles — não que isso tivesse adiantado muito. Aren e suas forças haviam escalado as falésias e tomado a guarnição pela retaguarda em uma batalha corpo a corpo frenética que ele sabia que havia custado caro. Agora, curandeiros se esforçavam para ajudar os feridos.

Quantos haviam morrido na luta para reconquistar a ponte? Centenas. Talvez mais. Somados aos que se perderam desde que ela havia sido tomada. Números catastróficos.

Era o bastante para deixá-lo nauseado.

Então Aren ouviu o som de trombetas. A mensagem ressoou por Guarda Média, rumando para o norte, e ele soltou um suspiro ofegante ao mesmo tempo em que seus soldados começaram a comemorar.

Valcotta tinha conquistado Guarda Sul. Zarrah tinha cumprido sua palavra.

E, se a batalha seguisse como planejado, não demoraria até Guarda Norte ser derrotada por Harendell, e Ithicana estaria livre.

Mas a última coisa que Aren se sentia era vitorioso.

Limpando a faca no uniforme do homem morto, Aren começou a subir a trilha para casa, passando por cima de cadáveres, o sol já baixo no oeste.

Ele não demorou muito para chegar à clareira que abrigava a casa da Guarda Média — o lar que seu pai havia construído para sua mãe. O lar que ele dera a Lara quando tinha ambições e sonhos para uma vida melhor para seu povo.

Sonhos de um homem tolo.

A porta pendia nas dobradiças e, mesmo antes de Aren entrar, ele sabia que os maridrinianos haviam usado a casa. O cheiro que vinha de dentro quase o deteve. De soldados e sujeira. De vinho derramado e comida pútrida.

De morte.

Mas ele se forçou a entrar, segurando a espada caso algum maridriniano tivesse escapado do massacre. O chão estava coberto de terra, os painéis nas paredes, rachados, obras de artes, ausentes ou destruídas. A mesa na entrada estava tombada, e um maridriniano jazia morto, no chão ao lado, as entranhas abertas já se enchendo de moscas. Aren olhou de relance para a sala de jantar, analisando as pilhas de pratos sujos e copos estilhaçados, o chão coberto de garrafas de vinho quebradas do que provavelmente era uma adega saqueada.

Ele continuou a seguir pelo corredor, olhando para os quartos enquanto passava. Então chegou à porta do seu, que estava entreaberta, um homem morto nu em sua cama. Um choramingo chamou a atenção de Aren, e ele encontrou uma mulher maridriniana escondida num canto.

— Saia — Aren disse, e ela passou correndo por ele.

Que outra pessoa pensasse no que fazer com ela.

Aren observou o quarto, os pertences do soldado morto misturados aos seus, esperando uma reação em si mesmo. Algum tipo de emoção. Tristeza. Raiva. Qualquer coisa.

Mas ele sentia apenas um torpor, então saiu para o pátio, caminhando até o centro onde ele já esteve no olho de uma tempestade e tomou a decisão mais catastrófica de sua vida.

Mais trombetas soaram, dessa vez notícias vindas da Guarda Norte de que os harendellianos haviam dominado a ilha.

Aren olhou a cascata. A garrafa de vinho abandonada que boiava na piscina, com espuma ao redor.

Ele não sentia nada. Por coisa alguma. Nem mesmo esse lugar.

Aren voltou para dentro, pegou uma lamparina apagada ao lado de sua escrivaninha e derramou o óleo sobre os carpetes. Sobre a cama. Indo de cômodo em cômodo, fez o mesmo até encontrar uma lamparina acesa. Levou a chama ao óleo derramado, observando as brasas se erguendo. Fogo correu pelo quarto que tinha sido de Ahnna, queimando carpetes, roupas de cama e cortinas. A fumaça tomou conta do ar.

Ele voltou por dentro da casa, incendiando os cômodos ao passar, e foi só quando começou a tossir e se engasgar com a fumaça que decidiu sair. Então encontrou Jor esperando na clareira.

— Acabou. — O soldado velho observou a casa, o interior incendiado, chamas lambendo as janelas quebradas da sala de jantar. — Os maridrinianos foram derrotados.

— Eu ouvi.

— Não foi um grande combate. — A voz de Jor era baixa.

— Diga isso aos mortos.

O homem expirou longamente, depois sacudiu a cabeça.

— Você entendeu o que quis dizer. Há meses lutamos com unhas e dentes tentando expulsar os desgraçados, e eles resistiram a cada passo. Então decidem conceder a derrota em questão de dias?

— Não tínhamos Harendell e Valcotta como aliados antes.

Jor fez uma careta.

— Mesmo assim. Não parece certo, por isso imagino que você esteja aqui incendiando sua casa em vez de celebrar no quartel.

Nada parecia certo. Aren encarou as chamas, se perguntando se Lara tinha finalmente acordado. Se estava bem. Como havia reagido quando se deu conta de que ele a havia deixado para trás.

Sinta alguma coisa! Qual é seu problema?

Ao longe, Aren escutou o som de trombetas, mas não conseguiu identificar a mensagem com o rugido das chamas.

— Ela vai ficar bem — Jor afirmou. — Nós deixamos tudo de que ela precisa. É provável que já esteja voltando para as irmãs. Elas vão cuidar de Lara.

— Eu sei.

— Você fez a escolha certa.

— Eu sei.

— Haverá outras mulheres. Você vai encontrar alguém, uma boa moça ithicaniana. Dar um herdeiro ao reino para deixar todos felizes.

Nunca haveria outra. Não como ela.

Mas talvez fosse melhor assim. Talvez fosse melhor não se envolver tanto, porque assim sua lealdade não seria dividida de novo. Ele poderia se concentrar em reconstruir Ithicana. Em voltar a fortalecer seu povo.

— Majestade!

Um de seus soldados chegou correndo, parou e tomou fôlego.

— O que aconteceu? — Jor gritou mais alto que o rugido do incêndio. — Outro ataque?

— Vocês não ouviram as trombetas?

— É óbvio que não. Qual foi a mensagem?

O soldado secou o suor que escorria por seu rosto.

— Não houve batalha na Guarda Sul.

Aren sentiu um frio na barriga.

— O sinal era falso? Maridrina ainda tem o controle da ilha?

— Não, majestade. Quando os valcottanos atacaram, encontraram a ilha abandonada. E estamos recebendo mensagens de que nossas equipes estão encontrando a maioria das guarnições praticamente vazia. Sem nem sinal das frotas maridrinianas ou amaridianas em lugar nenhum.

A pele de Aren formigou com apreensão.

— E Guarda Norte?

— Enviamos a pergunta, mas sem resposta ainda.

Assim que o homem disse essas palavras, Aren ouviu os sopros das trombetas ao longe, a mensagem reverberando pelos sinalizadores e sinalizadoras posicionados estrategicamente por toda a extensão de Ithicana.

Aren olhou para Jor.

— Eles sabiam o que estávamos planejando.

— Como? Mesmo se tivessem avistado a frota valcottana se dirigindo para Guarda Sul, não haveria tempo suficiente para se retirarem.

— Keris. — Praguejando, Aren chutou a terra. — Ele estava na praia quando Zarrah e sua tripulação salvaram nossa pele. Teria descoberto que a imperatriz havia se recusado a nos ajudar, o que significava que Zarrah estava trabalhando por conta própria.

— Mas por que contar a Silas? Não teria sido melhor para Keris se o pai perdesse a ponte?

— Para proteger Zarrah. Sem batalha. Sem perdas. Sem traição. A imperatriz não ficaria satisfeita, mas é improvável que a execute. Ela pode até mantê-la como herdeira, que é o que Keris precisa.

Mas algo na situação parecia errado. Eles haviam reconquistado Guarda Sul sem lutar, mas não parecia uma vitória de verdade.

— Não é do feitio de Silas bater em retirada.

— Talvez Keris o tenha feito ouvir a voz da razão.

— Improvável.

Aren *conhecia* o rei de Maridrina. Sabia que aquele homem nunca admitiria a derrota. E, nesse instante, Aren soube exatamente o que Silas pretendia.

A ponte não era Ithicana. Seu povo, sim.

Ele sentiu um frio na barriga.

Correu morro acima, mal notando ou se importando se os outros vinham atrás. Tudo que importava era chegar a um terreno alto.

O sol mal passava de uma luz fraca no oeste, projetando sombras compridas enquanto Aren escorregava sobre a trilha enlameada, o coração batendo forte.

Mais rápido.

Ele chegou ao campo aberto no alto da montanha baixa, correndo na direção da torre de vigia. Os degraus estavam abandonados, cobertos de sujeira, mas ele subiu de dois em dois, chegando ao topo assim que o sol se pôs, mergulhando Ithicana na escuridão.

Aren pegou a luneta, mas logo em seguida baixou a mão porque não precisava.

Ao longe, cintilando em tons brilhantes de laranja e vermelho, havia um enorme sinal de fogo. Uma imagem que ele nunca tinha visto na vida e rezava para que nunca visse.

Jor gritou detrás da clareira.

— O que é?

— Eranahl. — A palavra saiu estrangulada. — Eles estão pedindo ajuda.

54
LARA

Ela mancou ao longo do topo da ponte, seguindo ao sul na direção de Maridrina.

Logicamente, Lara sabia que deveria ter ficado na ilha Gamire até seu ferimento ter começado a cicatrizar ou, ao menos, até não sentir mais os efeitos de todo o sangue que havia perdido. Havia comida e abrigo, além de todos os remédios de que ela poderia precisar.

Mas a ideia de permanecer em Ithicana sem Aren era insuportável, então ela pegou o que precisava e subiu o píer, nem um pouco interessada em ficar confinada na ponte. Não quando respirar já era tão difícil.

Ela ouviu as trombetas transmitindo a mensagem de que Guarda Norte tinha sido conquistada pela marinha harendelliana, e também uma série de outras que não havia conseguido decifrar.

E de que adiantava, afinal? Ithicana estava livre, de Maridrina e de seu pai. Era o que Lara queria, pelo que vinha lutando. Acreditava que isso enfim tiraria o peso da culpa que carregava havia tanto tempo e permitiria que seguisse em frente com sua vida.

No entanto, ela se sentia a mesma. Na verdade, pior porque, antes, ao menos tinha um objetivo. Algo pelo que trabalhar.

Agora não tinha mais nada além da necessidade de se vingar do pai. Mas pensar naquilo apenas a deixava com uma sensação de apatia.

Então ela caminhou, determinada, pela trilha da ponte e nada mais. O sol se punha devagar no oeste, mas ela não parou. Não pensou em onde poderia passar a noite. Não comeu suas provisões nem bebeu a água do cantil amarrado em sua cintura.

Em frente.
Em frente.
Em frente.

Então uma luz chamou sua atenção, tons incandescentes de vermelho e laranja que faziam parecer que o sol estava voltando no céu. Estreitando os olhos, analisou a chama, a pulsação acelerando ao entender que era um sinal de fogo, visível apenas porque tinha sido aceso no ponto mais alto de Ithicana.

E só havia um motivo para os ithicanianos acenderem aquela chama.

Eranahl estava sob ataque.

55
AREN

— Todos que podem lutar, para os barcos!

Aren desceu correndo até a praia, onde os soldados já estavam colocando embarcações na água.

— Temos dezenas de feridos. — Jor estava ofegando muito, tentando acompanhar o ritmo. — Não podemos simplesmente abandoná-los.

— Eles vão se virar. — Aren subiu no barco que Lia, Aster e o resto da tripulação haviam preparado, as máscaras já em posição. Tirou a sua do cinto, o couro ainda manchado de sangue pela luta na Guarda Média. — Se Eranahl cair, vai ser um massacre.

— Pode ser uma armadilha. — Jor subiu atrás dele. — Uma forma de nos atrair e nos atacar em mar aberto.

— Já caímos na armadilha. Silas sabia que usaríamos todos os soldados para reconquistar a ponte. Deixou para trás apenas o bastante para garantir que morderíamos a isca. E agora está atacando Eranahl enquanto estamos distraídos.

Aren olhou para as estrelas, traçando a rota. Durante a vida inteira, tinha ouvido que derrotar Ithicana significava conquistar a ponte, mas Maridrina havia provado que isso não era verdade. Derrotar Ithicana significava destruir seu povo. Sem eles, de que adiantaria a ponte?

Ao que parecia, Silas tinha aprendido com os próprios erros.

Mas o rei de Maridrina estava enganado se acreditava ter vencido, porque Aren se recusava a deixar que Eranahl caísse sem lutar.

56
LARA

Ela precisava de um barco. Precisava entrar na água e ir para Eranahl. O que poderia fazer quando chegasse lá, Lara não sabia.

Não ligava.

Com um pequeno pote de algas cintilantes na mão, ela correu com uma velocidade imprudente pela extensão da ponte, se dirigindo à ilha das Cobras onde eles haviam deixado os barcos. Rezando para que ainda estivessem lá.

Sua perna gritava, sangue encharcando o curativo, mas, em vez de parar, Lara colocou na boca uma pitada de um dos remédios que tinha trazido da casa de Vovó. Era apenas uma questão de minutos até sentir o estimulante fazer efeito, afugentando a exaustão e a dor, e deixando para trás nada além do desejo de lutar.

Ela diminuiu o passo para observar as marcações de quilômetros gravadas no alto da ponte, parando na altura da ilha. Lá embaixo, as ondas se quebravam estrondosas na praia, batendo nos píeres, mas tudo que ela conseguia ver era escuridão.

Deitando de barriga para baixo, prestou atenção até finalmente escutar o som de água batendo nas placas de aço dos cascos. Os barcos ainda estavam lá.

Mas como chegar até eles?

Descer o píer até a ilha seria suicídio sem uma maneira de atrair as cobras para longe da trilha. E o píer mais próximo era feito para deter alpinistas — ela só cairia e seria empalada por uma das inúmeras estacas.

A única escolha que tinha era saltar e nadar até o banco de areia onde os barcos estavam atracados.

Usando algas para marcar a lateral da ponte na direção do barco atracado, Lara colocou o pote vazio no chão e foi até um ponto onde a água era mais funda. O suor escorreu gelado por suas costas quando ela encontrou um lugar próximo de onde Aren já havia pulado, sabendo que, se tivesse calculado mal, o salto seria fatal. Se fosse perto demais da ilha, acertaria os baixios do banco de areia.

Se fosse longe demais, nunca conseguiria nadar a longa distância até o barco, muito menos desorientada pela escuridão.

Ou se o que espreitava aquelas águas viesse investigar.

O coração de Lara batia rápido, sua respiração curta e acelerada, seu pavor crescendo a cada segundo. Ela olhou para cima e observou os sinais de fogo cintilantes que vinham de Eranahl e, respirando fundo, saltou.

O ar passou em alta velocidade, a escuridão a engolindo. Então ela mergulhou nas profundezas. Descendo cada vez mais, o pânico percorrendo suas veias como fogo vivo.

Nade! Você não vai morrer hoje!

Batendo as pernas com força, ela nadou para cima, o peito queimando, mas então emergiu. Respirou desesperadamente, se debatendo sem jeito na água enquanto subia e descia com as ondas, procurando as algas que havia usado para marcar a ponte.

Remando com os braços e batendo as pernas, se dirigiu devagar ao banco de areia. Tinha certeza de que, a qualquer momento, algo agarraria suas pernas e a puxaria para baixo, e deu um gritinho de surpresa quando seus pés tocaram o fundo.

Levantando, Lara atravessou os baixios, as mãos estendidas para a frente até tocar um barco. Depois de erguer a âncora, saiu chapinhando, a água subindo à altura de sua cintura, e então subiu com dificuldade, tateando. Era maior do que a embarcação que usara para entrar e sair de Ithicana, mas tinha visto Aren e o resto deles manejarem esses barcos inúmeras vezes. Ela conseguiria.

Tinha que conseguir.

Porque se recusava a deixar que Eranahl caísse sem lutar.

57
AREN

— Deus nos ajude — Jor murmurou, levantando para ficar ao lado de Aren, os dois encarando o caos que rodeava a ilha.

Havia mais de cem navios, mas não foi isso que chamou a atenção de Aren. Foram os diversos incêndios que ardiam nas encostas de Eranahl. Os quebra-navios, a linha de defesa principal da ilha, tinham sido reduzidos a escombros e cinzas.

Era uma vitória, porém havia custado caro a Silas.

Navios queimavam e emborcavam, alguns afundando, as ondas repletas de destroços. Mas dezenas de embarcações convergiram em Eranahl, marinheiros arriscando a vida sobre os penhascos enquanto lançavam ganchos.

Aren conseguia ver as sombras de seu povo lutando para impedir que eles chegassem ao topo, mas os arqueiros nos navios não paravam de atacar. A miríade de chamas iluminava o céu como se fosse dia.

A única brecha na frota estava perto da entrada da caverna que levava ao porto subterrâneo de Eranahl, resultado do único quebra-navios restante que ainda disparava projéteis em todas as embarcações que se aproximavam. Mas os soldados em terra iam na direção dele. Se fosse destruído, a força total da frota de Silas se convergiria naquela caverna, e o rastrilho seria a única coisa que os deteria.

— Ataquem os maridrinianos pela retaguarda — ele ordenou,

suas ordens passando para os outros barcos. — Mantenham todos distraídos.

— Distraídos do que exatamente? — Jor questionou.

— De nós enquanto tentamos entrar. — Pegando uma trombeta, Aren tocou uma série de notas, repetindo-a três vezes. Seu sinal pessoal. Ele esperou, com o coração na boca, então Eranahl respondeu o chamado. — Vão!

As velas se esticaram e o barco atravessou as ondas em alta velocidade, Lia guiando-os entre os navios, em direção à boca da caverna, enquanto o resto de seus soldados atacava a retaguarda da frota, disparando flechas e lançando explosivos da forma que só eles sabiam fazer.

Mas, mesmo com a distração, não demorou até a frota inimiga os avistar.

Flechas passaram silvando perto da cabeça de Aren, forçando todos a agacharem, e Lia foi a única que se manteve em pé enquanto tripulava o leme. Então ela soltou um grito agudo de dor, apertando o braço. Puxando-a para baixo, Aren assumiu o leme para guiá-los pela abertura escura, o som de correntes em seus ouvidos.

— Segurem-se! — ele gritou.

A velocidade em que estavam velejando era quase suicida enquanto entravam na caverna, flechas acertando a madeira da embarcação e ricocheteando na rocha.

O barco bateu na lateral da caverna, amassando o casco. Aren quase caiu na água, mas o impulso foi suficiente para fazer com que avançassem.

Mais à frente, ele conseguia ver as luzes de seu povo do outro lado erguendo o rastrilho, armas em punho e expressões sérias.

E com motivo. Atrás dele, escaleres remavam, perseguindo-os, todos lotados de soldados.

O mastro se prendeu no rastrilho erguido pela metade.

— Pulem! — ele gritou.

Com Lia pendurada entre ele e Jor, todos mergulharam na água, nadando sob o rastrilho que descia, em direção aos braços de seus amigos que os esperavam para içá-los.

O ar se encheu com os estilhaços e estalos do barco esmagado sob o rastrilho, que o puxava para as profundezas e desviava as flechas dos escaleres que se aproximavam.

Se protegendo sob os escudos de seu povo, Aren abaixou perto de Lia, examinando a flecha cravada no bíceps dela. Com o rosto contorcido de dor, ela disse:

— Já passei por coisa pior. Me arranjem uma faca e vou lutar.

— Levem-na para trás — ele ordenou aos soldados no barco e, sem esperar uma resposta, saltou para o barco vizinho, fazendo os dois balançarem freneticamente.

Metade dos barcos estava disparando flechas contra o inimigo, o resto segurando escudos e empunhando lanças para repelir os maridrinianos logo além do rastrilho. Uma flecha passou silvando por seu ouvido, e Aren se agachou entre dois soldados.

— Que gentil da sua parte se juntar a nós, majestade. — Ahnna baixou o arco e abriu um sorriso alucinado para ele, então soltou a arma e abraçou o irmão, apertando seus ombros.

Mas aquele não era o momento de reencontros.

Soltando a irmã, Aren olhou entre os escudos, vendo as correntes e cordas nas mãos dos maridrinianos e sentindo um frio na barriga.

— Só temos um quebra-navios funcionando deste lado, mas está danificado. Eles estão começando a subir as encostas, e não temos pessoas suficientes lá para mantê-los longe por muito tempo.

Ahnna tensionou o maxilar, então atirou uma flecha, acertando o pescoço de um maridriniano.

— Nossas flechas estão quase no fim. — Ela levou a mão à água para pegar duas que passavam flutuando. — Não sei por quanto tempo vamos conseguir rechaçá-los.

O medo corroeu as entranhas de Aren. O inimigo estava em maior número, mas, pior do que isso, todas as pessoas vulneráveis de Ithicana estavam em Eranahl. Crianças. Idosos. Pessoas que não conseguiam lutar. E não havia por onde fugir.

— Eles estão nas cavernas do depósito — Ahnna disse, lendo seus pensamentos. — Trancados e barricados por dentro.

Isso os manteria a salvo por ora, mas seria onde todos começariam a morrer de fome se Aren não conseguisse manter o controle da ilha.

— O último quebra-navios caiu! — Uma voz entrou pela caverna. — Eles estão subindo as encostas.

— Merda! — Ahnna deu um soco no barco. Mas então olhou para Aren. — O que vamos fazer?

Aren sentiu a atenção de seus soldados se voltando para ele ao mesmo tempo que tentavam rechaçar o inimigo, todos esperando que ele oferecesse uma solução. Que os guiasse à vitória. Que fosse um rei.

Um pânico paralisante cresceu em seu peito, mas ele o controlou. *Você sabe lutar. Sabe defender Ithicana. Faça isso!*

Ao longe, um trovão ribombou, e uma brisa que cheirava a raio, chuva e *violência* passou pela caverna. Todos os seus soldados olharam para onde o vento batia, reconhecendo o cheiro.

As tempestades que defendiam Ithicana não abandonaram o reino quando ele mais precisava. Aren só precisava resistir até elas chegarem.

— Me deixe com dois barcos tripulados e leve todos os outros para defender as encostas — ele ordenou à irmã. Em seguida, virou para Taryn, que estava atirando em maridrinianos metodicamente

com uma expressão ferina no rosto, e disse: — Faça aquele quebra-
-navios voltar a funcionar.

Os barcos balançaram enquanto soldados passavam entre eles, homens e mulheres que haviam crescido com Aren, que haviam lutado ao seu lado, que o seguiram toda a sua vida.

Jor se ajoelhou ao seu lado.

— Se eles quiserem esse portão, vão ter que dar o sangue por isso! — ele gritou, e a caverna ecoou com as pessoas repetindo suas palavras.

Aren olhou por entre os escudos, encontrando o olhar dos inimigos. Então, tirou a máscara e a jogou na água, sorrindo ao ver a cara deles ao reconhecê-lo.

— Por Ithicana! — Aren gritou, e ergueu a espada.

58
LARA

A ILHA ESTAVA EM CHAMAS.

Lara encarou, horrorizada, afrouxando as mãos nas cordas que até momentos antes segurava com tanta firmeza.

Ela chegou tarde demais.

Mesmo com as multidões de navios entre sua embarcação e a ilha, ela conseguia ver os grupos de soldados inimigos escalando os penhascos, o combate desenfreado entre maridrinianos e ithicanianos nas encostas do vulcão, os quebra-navios pouco mais do que vultos em brasa. Meia dúzia de navios se aglomerava na abertura da caverna, escaleres cheios de soldados remando e entrando na escuridão. Se o portão ainda não tinha sido invadido, seria em breve.

Eranahl estava caindo.

Uma pontada de dor atingiu sua barriga, e Lara se curvou, apertando a borda do barco, lágrimas escorrendo por seu rosto. A noite toda, ela havia lutado com a embarcação, encontrando seu caminho devagar entre as ilhas na direção dos sinais de fogo de Eranahl, desesperada para chegar em casa a tempo para fazer alguma diferença.

Mas tinha sido tudo em vão.

A raiva afugentou sua tristeza de repente, e Lara bateu as mãos com força. Não era assim que as coisas deveriam acabar. Ithicana deveria estar livre, seu pai, derrotado, e agora, apesar de tudo que ela e Aren haviam feito, apesar do quanto eles haviam lutado, estava tudo acabado.

Um trovão ribombou, e Lara ergueu a cabeça para observar o raio ao longe. Devia estar quase amanhecendo, mas nuvens escuras dominavam o leste, escondendo qualquer indício de sol. Um vento violento soprou sobre ela, seu barco subindo e descendo sobre ondas crescentes.

As tempestades deveriam ser as defensoras de Ithicana, mas até elas chegaram tarde.

Virando para a ilha, Lara observou os soldados que subiam pelas cordas penduradas entre barcos e falésias. A rebentação se lançava contra as rochas, cheias de barcos estilhaçados, escombros e cadáveres, mas eles continuavam a seguir.

E os ithicanianos continuavam lutando.

Lara sabia que eles nunca iam parar. Nunca iam se render, não quando tudo que importava a eles estava dentro daquela cidade. E aquele era o povo *dela*. Pessoas que estavam lutando e morrendo enquanto ela *assistia*.

Se endireitando, Lara estreitou os olhos para os navios que rodeavam a ilha. Então revirou o bolso para encontrar o resto do estimulante, sem nem mesmo sentir o gosto da mistura de ervas enquanto mastigava e engolia. Esticando a corda, ela observou a vela ser soprada pelo vento, carregando-a para a batalha.

Estava tão escuro que os navios não notaram sua presença. Quando ela se aproximou, onde as chamas nas encostas de Eranahl iluminavam a água, os soldados que ainda estavam nos conveses gritaram e apontaram. Flechas passaram silvando, atingindo a água e acertando o barco, e Lara abaixou sem tirar os olhos das encostas. Buscando aberturas no caos de escaleres e destroços nos sopés.

— Você só vai ter uma chance de fazer isso — ela murmurou, escolhendo seu ponto. — E, se errar, está morta.

Seu sangue pulsava depressa nas veias, movido pela adrenalina e pelo estimulante, a dor e o medo desapareceram enquanto ela baixava as cordas. Quando flexionou os joelhos, a rebentação apanhou seu barco e o atirou contra as paredes do penhasco.

No último momento possível, Lara saltou, procurando apoios para as mãos enquanto seu barco quebrava contra as pedras, a madeira estilhaçando.

A dor reverberou pelo seu corpo quando ela se chocou contra o penhasco, tentando se segurar nas rochas lisas. Uma de suas mãos escorregou, e ela gritou.

Mas, com a outra, ela se segurou com firmeza.

Ficou pendurada por um segundo, mas a água bateu ruidosamente mais uma vez. Então ela enfiou a mão em uma rachadura e subiu.

Mas água lhe acertou, puxando seus tornozelos. Lara ignorou e escalou. Subindo sem parar, esfolando o dedo na pedra áspera e deixando um rastro de sangue.

Ela mal sentia.

Ia cada vez mais alto, o barulho da rebentação sendo substituído pelos gritos de soldados maridrinianos que se reuniam no topo, esperando até juntarem o suficiente para avançar pela encosta.

Então ela ouviu um estrondo.

A princípio, pensou que fosse um trovão, mas então sentiu a rocha tremer e entendeu o que os ithicanianos tinham feito.

Com um pânico crescente, Lara avançou de lado com dificuldade sob uma saliência minúscula, então pressionou o corpo contra a parede enquanto ouvia gritos.

Cerrando os dentes, ela fechou os olhos, e os soldados acima começaram a se jogar do penhasco para a água.

Mas não adiantou.

Uma avalanche de rochas e escombros explodiu, caindo sobre os barcos e soldados na água. Esmagando-os ou os afogando.

Pedaços de rocha arranharam seus ombros, cortando sua roupa e sua pele, mas Lara abraçou o penhasco, braços e pernas tremendo pelo esforço.

Quando o barulho cessou, ela relaxou o bastante para olhar para baixo. A rebentação estava cheia de sangue e corpos despedaçados, todos misturados em meio aos destroços dos barcos.

Suba.

Mas sua força estava esgotada, seu corpo tremia, suas unhas arranhavam as rochas enquanto ela se esforçava para se segurar.

— Suba! — ela gritou para si mesma.

Erguendo a mão, Lara agarrou uma rocha, que na mesma hora se soltou. Um grito escapou de seus lábios, e ela estava caindo.

59
AREN

As flechas tinham acabado.

Lutaram corpo a corpo, cada força de um lado da grade de metal, e dos dois lados corpos boiando. Mas Aren tinha apenas uma dúzia de soldados, enquanto os maridrinianos não paravam de chegar.

As ondas crescentes não ajudavam, a rebentação fazendo com que fosse quase impossível manter os barcos perto o bastante do rastrilho para lutar. Os maridrinianos cortavam seus braços e mãos quando eles tentavam se apoiar nas grades.

Passando a arma através do rastrilho, Aren cravou a espada na cara de um homem, mas, quando o soldado escorregou para a água, ele viu o que os outros homens tinham no barco.

Uma corrente, com elos da grossura de seus punhos.

Uma onda subiu bem nesse momento, jogando a embarcação para trás. O escaler maridriniano se chocou contra o rastrilho, derrubando homens na água, mas dois continuaram em pé. E, diante do olhar horrorizado de Aren, eles enroscaram a corrente nas grades.

Enquanto os soldados ithicanianos tentavam desesperadamente voltar ao rastrilho, Aren viu os inimigos passarem as correntes de volta pelos barcos que tumultuavam o túnel, as pontas desaparecendo de seu campo de visão.

Seu barco finalmente alcançou as grades, e Aren pegou a corrente, puxando com força, embora soubesse que era inútil.

Os escaleres maridrinianos recuaram para fora do túnel e, um segundo depois, a corrente, tensionada, se esticou.

60
LARA

Ela estava caindo.

Então seu corpo parou de repente, a mão forte de alguém agarrando seu punho.

Ao erguer os olhos, Lara viu o rosto de Ahnna. A princesa sorriu.

— Não conseguimos nos livrar de você, não é?

Com um impulso violento, Ahnna puxou Lara para cima, e outro ithicaniano ajudou a levá-la para o topo do penhasco, onde ficou deitada de costas, recuperando o fôlego, até levantar devagar.

Ahnna estava com vários ithicanianos que Lara reconhecia. Eles estavam ensanguentados, os ombros curvados de exaustão. Mas seus olhos ainda brilhavam com uma força que deixava claro que não tinham nenhuma intenção de se render nessa batalha.

— Será que deveríamos mandar alguém para contar ao rei? — um deles perguntou.

— Aren está aqui? — Lara questionou.

Ahnna assentiu levemente para o soldado, depois se voltou para Lara.

— Ele não deixou você para trás à toa, Lara. Você não é desejada aqui. Me diga por que eu não deveria jogar você na água com o resto de seu povo.

— Estou aqui para lutar por Ithicana. — Ela estava ali para lutar por si mesma.

Ahnna a olhou de cima a baixo.

— Você mal consegue ficar em pé.

Endireitando os ombros, Lara encarou a mulher mais alta.

— Quer testar para ver?

Antes que Ahnna pudesse responder, um rangido alto de metal cortou o ar.

— O que foi isso? — um dos ithicanianos perguntou, mas Ahnna apenas empalideceu antes de começar a correr.

Lara correu atrás dela, saltando sobre escombros do deslizamento de terra em torno de toda a ilha. O sol já havia nascido, mas, ao longe, uma muralha de tempestade corria na direção de Eranahl, as nuvens escuras dançando com raios, os ventos uivando.

Eles chegaram à beira do deslizamento de terra e se viram no meio do combate, ithicanianos lutando contra maridrinianos e amaridianos, a encosta coberta de corpos.

Lara atirou sua faca na espinha de um soldado, depois passou a espada atrás dos joelhos de outro, sem parar para matá-lo enquanto corria atrás da princesa. Os pontos em sua perna estavam abrindo, o sangue escorrendo em fios quentes por sua perna, mas ela ignorou a dor.

Ahnna não parou para lutar, apenas golpeou aqueles que entraram no caminho de sua corrida desvairada ao redor do vulcão. E, na beira do penhasco, cada vez mais inimigos subiam para entrar no combate.

— Ahnna! Precisamos expulsá-los!

Mas a ithicaniana ignorou, seguindo em frente, um borrão de punhos e aço deixando um rastro de cadáveres. Então parou de repente e gritou:

— Não!

Lara acompanhou o olhar dela, sentindo uma pontada no peito

ao ver o navio com suas velas revoltas pelos ventos da tempestade, as cordas esticadas para trás e desaparecendo na caverna do porto.

Eles estavam puxando o rastrilho.

Outro som rangente ressoou nos ouvidos de Lara, metal contra rocha, torcendo e distorcendo sob a pressão. E, no momento que os maridrinianos o soltassem, a caverna se encheria com os incontáveis escaleres cheios de soldados.

Ahnna se lançou de súbito na batalha, atacando qualquer um que entrasse em seu caminho. Lara a seguiu, protegendo a retaguarda da mulher enquanto elas avançavam na direção de um grupo grande de ithicanianos que defendia a encosta na entrada da caverna.

— Taryn! — Ahnna gritou o nome da prima, as fileiras abrindo e revelando a jovem que se ocupava de um quebra-navios, a madeira chamuscada, as cordas esgarçadas e escurecidas. — Você precisa fazer isso funcionar!

Taryn balançou a cabeça.

— Preciso de tempo, Ahnna. Preciso substituir as cordas.

— Não temos tempo! Se eles soltarem o portão, Aren vai ser dominado. Temos que afundar aquele navio!

Aren estava lá embaixo.

Se afastando da discussão, Lara correu até a beira do penhasco e olhou para baixo. Havia centenas de soldados nos barcos, todos armados até os dentes. Se eles entrassem na cratera do vulcão, a batalha estaria acabada.

O vento bateu no cabelo de Lara, soprando-o de um lado para outro, o estrondo do trovão alto em seus ouvidos. Os escaleres cheios subiam e desciam nas ondas crescentes, água entrando pelas bordas. E, embaixo, vultos se moviam, grandes barbatanas cortando as ondas. Mesmo quinze metros acima, Lara viu o medo no rosto dos soldados. No entanto, nenhum dos barcos recuou.

— Os amaridianos estão batendo em retirada!

As palavras foram repetidas várias vezes, e Lara olhou para as embarcações com a bandeira amaridiana levantando velas, fugindo da tempestade, abandonando tanto os companheiros nos escaleres como os que já estavam em terra.

Os navios deixaram o cerco ao redor da ilha, um após o outro, mas os maridrinianos permaneceram, avançando sobre a caverna enquanto as cordas se esticavam, outro rangido de metal ressoando.

Era uma corrida contra a tempestade. Uma corrida para a frota de seu pai ganhar o controle da caverna e desembarcar soldados suficientes para controlar a ilha enquanto os navios fugiam dos ventos violentos e da chuva que os lançaria ao fundo do mar.

Lara se ajoelhou, paralisada, sabendo que não conseguiria chegar à entrada do porto a tempo de fazer algo útil.

Uma onda inundou um dos escaleres, os homens nadando para se segurar às bordas de outros barcos, todos correndo o risco de afundar.

Um a um, eles eram puxados para o fundo e manchas vermelhas surgiam em seu lugar. Os tubarões de Ithicana se banqueteavam de seus inimigos. Nem assim os escaleres recuaram.

O que os fazia dar a vida para conseguir esta ilha? Seria glória? Riqueza?

Medo?

O que poderia ser pior do que aquela tempestade? Pior do que os tubarões que destroçavam seus companheiros diante de seus olhos?

Lara sentiu uma determinação súbita e, levantando, apanhou a luneta das mãos de um dos ithicanianos. Analisou o navio que puxava o rastrilho e paralisou quando um rosto familiar entrou em seu campo de visão.

Seu pai estava no convés, os braços cruzados e os olhos fixos no alvo, nenhum medo no rosto.

Era ele que os soldados temiam. Era ele que impedia que a frota fugisse antes da tempestade. Era ele que guiava os homens para aquelas águas mortais.

Baixando a luneta, Lara pegou Ahnna pelo braço, puxando-a para a beira do penhasco, e apontou para a água.

— Preciso que vocês me coloquem naquele navio.

61
LARA

— Vai trocar de lado de novo? — A expressão de Ahnna ficou sombria, e ela ergueu sua arma.

Lara sacudiu a cabeça, se recusando a cair na provocação.

— Meu pai está naquele navio. Se me deixarem lá embaixo e eu conseguir matá-lo, a frota vai recuar. Ele é a única coisa que os mantém nesta luta.

Com uma careta, Ahnna virou para gritar ordens, mandando uns dez ithicanianos subirem as encostas, depois sua atenção se voltou a Lara.

— É impossível. Não vamos conseguir colocar uma embarcação na água e, mesmo se você nadasse bem, não sobreviveria um minuto.

— Me desça para o cabo que estão usando para puxar o rastrilho. Vou subir no navio.

— Eles vão atirar em você antes que você consiga se aproximar. Aren vai me matar se descobrir que concordei com isso.

Lara cerrou os punhos, sentindo as primeiras gotículas de chuva na testa. Ouviu o rangido de metal enquanto o rastrilho era puxado da caverna, centímetro por centímetro.

— Ele não vai estar vivo para se importar com isso se não fizermos alguma coisa.

Tensionando e relaxando o maxilar, Ahnna encarou o navio que subia e descia sobre as ondas violentas.

— Talvez tenha um jeito. — Puxando dois de seus soldados, Ahnna murmurou algo para eles. Os homens assentiram e recuaram para o caos. Instantes depois, um deles voltou com uma arma familiar nas mãos, e a entregou para a princesa. — Não temos lugar para amarrar — Ahnna explicou. — Não com a forma como o navio está balançando. Vamos segurar a corda, mas, se o navio se afastar demais, teremos que soltar para não sermos arrastados do penhasco. Então você vai precisar ser rápida.

Lara avaliou a altura. Os mares revoltos. As barbatanas trespassando a água.

— Vou ser rápida.

Enquanto Ahnna preparava a arma com sua mão treinada, alguém entregou a ela uma corda amarrada a uma flecha grande. Então a princesa parou e encarou Lara.

— Não vamos conseguir trazer você de volta.

Engolindo em seco, Lara fez que sim e aceitou um gancho do mesmo soldado.

— Já está na minha hora mesmo.

Ajoelhando, Ahnna ergueu a arma, e Aster e vários outros ithicanianos seguraram a ponta da corda, os rostos sérios. Mirando no navio que balançava, a princesa apontou e, sem hesitar, atirou flecha.

Lara encaixou uma faca entre os dentes, observando enquanto a corda voava pelo espaço entre o penhasco e o navio. A flecha se cravou no fundo do convés.

Os ithicanianos puxaram a corda com firmeza, então Ahnna gritou:

— Agora!

Lara não hesitou.

Encaixando o gancho, ela saltou.

O vento e a chuva acertaram seu rosto enquanto ela descia, o mar subindo até ela com uma velocidade ameaçadora. A corda se esticou e se afrouxou enquanto o navio subia e descia sobre as ondas, fazendo Lara balançar violentamente, seus ombros ardendo a cada solavanco, suas mãos fechadas com força ao redor da alça.

No navio, soldados tentavam tirar a flecha, vários apontando para ela. *Ainda não*, ela suplicou em silêncio, terror correndo por suas veias. *Só mais alguns segundos.*

Então um deles desistiu, ergueu a espada e cortou a linha.

Lara despencou.

Ela gritou, mas seus calcanhares acertaram o convés, sua perna ferida cedendo. Ela saiu rolando instintivamente, levantando em seguida, a faca na mão.

Ao redor, marinheiros e soldados a encaravam em choque, vários murmurando:

— É a princesa. A filha do rei.

— Gostaria de uma palavrinha com meu pai.

Os soldados abriram caminho, e o pai dela, o rei de Maridrina, atravessou o convés em sua direção. O cabelo grisalho estava encharcado pela chuva, e as roupas também. Ele tinha um hematoma sarando na face. Nada disso tirava seu ar majestoso ao parar a poucos passos para observá-la.

— Lara, querida. Que bom que se juntou a nós.

— Não estou aqui para conversar — ela retrucou. — Você precisa zarpar. Aquela tempestade vai dilacerar esta frota, e milhares de soldados vão se afogar.

— O portão está se soltando! Preparem-se para atacar! — alguém gritou.

Seu pai ergueu a sobrancelha.

— Parece que terei minha vitória *antes* que a tempestade chegue.

Lara arriscou um olhar de relance para a caverna, mas a corrente ainda estava esticada, o portão resistia.

— Por que está fazendo isso? — ela questionou. — O que você tem a ganhar? Conquistar Eranahl e massacrar inocentes não vai mudar o fato de que a ponte jamais será sua. Mesmo se você matar todos os ithicanianos, Harendell e Valcotta nunca permitirão que você os controle. Você *perdeu*.

O pai de Lara gargalhou.

— Harendell logo estará ocupada demais com os próprios problemas para travar uma guerra contra nós e, quanto a Valcotta... Digamos que seu irmão finalmente provou seu valor. — Ele abriu um sorriso cheio de dentes. — Ithicana perdeu, e você, minha filha, também.

Ele deu as costas para ela, gesticulando para seus soldados.

— Matem-na.

— Eu o desafio. Aqui e agora. Escolha a arma.

O homem ficou paralisado, depois a olhou de cima a baixo.

— Você não está nem um pouco apta para um duelo, Lara. Pelo que vejo, está quase se esvaindo em sangue. Mal será uma luta.

— Então você não tem motivo para ter medo de aceitar.

Ele bufou.

— Não tenho o hábito de lutar contra mulheres.

— Só de assassiná-las. — Uma onda de tontura a atravessou, mas Lara expulsou a sensação. — Assim como assassinou minha mãe. Como tentou assassinar minhas irmãs. Como vai me assassinar. — Ela riu. — Ou como vai mandar seus soldados me assassinarem porque, ao que parece, não tem colhões para me matar com as próprias mãos.

Todos os soldados se agitaram, a curiosidade maior do que o medo da tempestade iminente. Se seu pai não aceitasse, seria tachado de covarde, e um motim se iniciaria. E, se aceitasse e perdesse...

Seu pai viu como olhavam para ele. Sabia que, se não lutasse, estaria acabado.

— Como quiser. — Ele desembainhou a espada. — Se é o que deseja. Talvez, se tiver sorte, vai viver tempo suficiente para ver seu reino cair.

Lara sacou a espada da bainha, depois gesticulou com a faca para ele dar um passo à frente.

— Chega de conversa, velhote. Vamos acabar com isso.

Os soldados recuaram, abrindo espaço, e Lara se manteve no mesmo ponto enquanto observava o pai a cercar.

As palavras dela eram pura bravata, e os dois sabiam disso. Ele era um espadachim habilidoso, com anos de experiência e, embora Lara pudesse ser páreo para ele em termos de habilidade, seu corpo estava fraco. Os pontos em sua coxa tinham se aberto completamente, o sangue escorria e formava uma poça em sua bota, sua perna mal sustentava seu peso. Tontura e exaustão a tomavam em ondas, e só manter o equilíbrio no convés instável estava levando Lara a seus limites.

Mas ela precisava seguir em frente. Pelo bem de todos em Eranahl, tinha que continuar lutando.

Ele avançou, um raio brilhando em sua lâmina, mas Lara antecipou o golpe. Ela aparou, o braço tremendo pelo impacto enquanto ele atacava repetidas vezes, empurrando-a para trás pelo convés, tentando esgotá-la.

— Isso não tem graça nenhuma — seu pai disparou, então girou enquanto Lara contra-atacava, os movimentos dela lentos e indolentes.

— Então acabe de uma vez.

Ele esticou o pé, dando uma rasteira nela. Lara se inclinou para trás sobre a perna machucada, gritando.

Desesperada, saiu rolando, erguendo a espada a tempo de bloquear um golpe que a teria cortado ao meio.

Suas lâminas se cruzaram, seu pai forçando o corpo para baixo antes de recuar quando ela o cortou com a faca, acertando o calcanhar de raspão no joelho dele e fazendo-o cambalear.

Levantando com dificuldade, Lara continuou atacando, cortando o ar com a espada e a faca, buscando uma abertura. O navio balançou, fazendo os dois caírem, marinheiros tentando se segurar até que o mar estabilizasse.

— Está solto! Está solto!

Foi como se um punho apertasse o coração de Lara enquanto o rosto de seu pai se enchia de triunfo.

— Ataquem!

Mas seus soldados hesitaram, ponderando as chances de sobrevivência entre tentar dominar a caverna ou ficar a bordo do navio.

— Precisamos zarpar, majestade! — o capitão gritou, se agarrando na amurada. — A tempestade vai nos despedaçar. Precisamos partir agora!

— Não! — O homem se esquivou quando Lara recuperou o equilíbrio e tentou golpeá-lo no pescoço. — Todo homem que fugir será tachado de covarde. Traidor! Todo homem que partir terá sua cabeça espetada nos portões de Vencia!

Mas, pelo canto do olho, Lara viu que os navios estavam recuando. Levantando as velas e fugindo da tempestade prestes a cair com uma força cruel. Mas isso não significava que Eranahl estava a salvo. Não com as centenas de homens em escaleres lutando para entrar na caverna, sabendo que o pai dela nunca permitiria que eles recuassem para o navio.

Ela precisava dar outra opção a eles, e precisava fazer isso agora.

Ela nunca teve chance de sobreviver a isso.

Depois de se equilibrar na amurada, Lara atacou, golpeando o pai incessantemente.

Fingiu cambalear. Viu o triunfo dele quando a espada passou perto de suas costelas.

E, então, o choque brotou no rosto dele quando Lara cravou a faca em seu peito.

O navio balançou e os jogou para longe um do outro. Lara caiu de costas com força enquanto seu pai se ajoelhava, apertando em vão o cabo da faca.

— Você é uma traidora — ele sibilou. — De sua família. E de seu povo.

— Não, pai — ela sussurrou. — É isso que vão falar de você.

Ele a encarou com uma fúria inumana, então a luz se apagou de seus olhos azul-celeste, e ele tombou no convés.

Seu pai estava morto.

Lara encarou o cadáver do homem que a havia tornado aquela mulher, mal notando enquanto os soldados pediam retirada, os escaleres se aproximando e sendo abandonados enquanto homens subiam por escadas e cordas, o convés ao redor dela se enchendo.

— A toda vela! — o capitão ordenou. — Todos que não estiverem a bordo serão deixados para trás!

Marinheiros correram para obedecê-lo, mas, enquanto as velas se enchiam de vento, o navio tremeu com solavancos. Os mastros rangeram, e Lara ouviu o rangido alto e agudo de metal contra rocha.

— Cortem as cordas, idiotas! — o capitão gritou. — Cortem para nos soltar!

Lara não soube dizer se alguém obedeceu, porque os seguranças de seu pai estavam se aproximando com sede de sangue.

Resistindo à dor, Lara levantou com dificuldade, o sangue escorrendo pela costela e ensopando sua camisa a cada respiração que ela dava. Recostando na amurada, ela encarou aqueles homens que haviam apoiado e protegido seu pai mesmo com toda a vilania dele. Se tivesse forças, teria matado todos.

Eles ergueram as armas.

Lara se inclinou para trás.

E deu um salto mortal por cima da amurada, mergulhando. Água gelada envolveu sua cabeça, e ela se esforçou para subir, batendo as pernas com força.

Lara emergiu, mas uma onda a engoliu. Engasgando e tentando recuperar o fôlego, ela apanhou um dos destroços, se segurando nele enquanto subia e descia na maré violenta.

O quebra-navios fez um estrondo ao acertar um escaler. Depois a esteira do navio. Depois outro escaler. E então ficou em silêncio.

Porque a batalha havia acabado.

Para qualquer direção que Lara olhasse, navios estavam fugindo sobre a espuma, as velas infladas enquanto tentavam escapar da tempestade que tinha caído sobre eles com uma fúria perversa. Ainda havia marinheiros na água, homens gritando para os navios voltarem, para serem salvos, mas foram puxados para o fundo um a um.

E, ao redor de Lara, ela viu barbatanas.

A respiração estava entrecortada e rápida de pânico enquanto os tubarões se aproximavam, um soluço escapando de sua garganta quando algo bateu em seu tornozelo.

— Nade, Lara! Nade!

O som de seu nome a fez desviar o olhar das barbatanas e se voltar para os ithicanianos nos penhascos acima, o vento fazendo com que suas roupas esvoaçassem. Dezenas. Centenas. E Ahnna e Taryn gritavam para ela, gesticulando para a caverna lá embaixo.

— Nade!

Ela não tinha a mínima chance de conseguir. Era certo que um tubarão a levaria para o fundo ou que ela se acabaria em sangue.

Mas Lara começou a bater as pernas.

Se segurando no escombro de madeira, ela agitou as pernas, ignorando a dor e mantendo os olhos fixos na abertura da caverna.

Os gritos dos soldados abandonados competiam com a tempestade, raios cruzando o céu em uma sucessão violenta. Barbatanas a rodeavam, enormes vultos esguios se aproximando e desviando dela no último minuto.

Eles se aproximaram, as caudas batendo em suas pernas, e todas as vezes ela achou que dentes rasgariam sua pele. Ela achou que seria puxada para baixo e estilhaçada ou afogada.

Mas continuou nadando.

Ondas quebraram nos penhascos, mas os gritos haviam cessado. Lara era a última pessoa viva no mar. Seus braços tremiam pelo esforço de se segurar ao escombro, suas pernas pendendo inutilmente enquanto as ondas a empurravam até a abertura da caverna.

Ao seu redor, havia apenas a escuridão preenchida pelo rugido ensurdecedor do vento e do mar, e Lara se sentiu vacilar. Sua mão escorregou e ela afundou, conseguindo subir apenas por tempo suficiente para tomar fôlego.

Continue lutando, ela disse a si mesma. *Você não vai desistir. Está perto demais para desistir.*

Logo à frente, ela avistou o brilho suave da luz, então o mar subiu de novo, e Lara gritou ao ser lançada contra a grade de metal retorcido.

62
AREN

Era difícil enxergar.

Mas ele não precisava ver para saber que o inimigo estava subindo com dificuldade pela abertura entre o alto do rastrilho torcido e o teto da caverna. Ele conseguia ouvir os sussurros. Os gemidos de esforço. O barulho da água quando caíam do outro lado e começavam a nadar.

Mas encontravam Ithicana esperando.

Aren atacava a qualquer sinal de movimento, com os braços dormentes pela exaustão e seus movimentos fracos e desajeitados.

Mas não parou. Não podia parar enquanto eles continuavam chegando, a água cheia de corpos e homens nadando. Eles agarraram o barco, mãos erguidas puxando suas roupas, jogando-o no mar e afogando-o nas profundezas.

Parte dele se perguntava se já estava morto, se isso era alguma forma de inferno.

Uma dor aguda em seu antebraço o trouxe de volta ao presente, e Aren lutou para voltar à superfície, corpos se debatendo ao seu redor.

— Recuar! Recuar!

— Não! — Aren disse, engasgado. — Não vamos recuar! Eu não vou recuar!

E então ele se deu conta de que as vozes gritando as palavras eram maridrinianas. Ele notou que o inimigo tentava bater em retirada. Tentava atravessar a pequena abertura sobre o aço retorcido.

Luzes de tochas brilhavam atrás dele, o reflexo na água iluminando o mar de cadáveres e homens.

— Peguei! — Alguém o puxou de volta ao barco; o rosto de Jor surgiu sobre ele. — Eles estão recuando. Parece que a tempestade os afugentou.

— Percebi.

Aren fechou os olhos, tentando recuperar o fôlego.

Então um rangido ensurdecedor ressoou, e ele se endireitou com um sobressalto, observando o rastrilho ser puxado alguns metros à frente e ficando preso onde o túnel se estreitava. As correntes se afrouxaram e caíram no mar.

Não havia mais nenhuma entrada para Eranahl.

O que também significa que não havia saída, e dezenas de soldados inimigos ainda nadavam do lado de dentro do portão de metal retorcido. Eles empurraram o rastrilho, se esforçando para soltá-lo, mas era inútil. E, quase ao mesmo tempo, eles se voltaram para Aren e o restante de seus soldados.

O instinto mandava que ele abatesse todos. Mandava que matasse esses homens que estavam determinados a massacrar seu povo e destruir seu lar.

Mas, nos olhos deles, o medo e o desespero ardiam.

— Querem se render?

Houve acenos, e Aren inclinou a cabeça uma vez, aceitando.

— Larguem as armas. Depois, venham um a um. Se causarem problemas, terão a garganta cortada. Entendido?

Mais acenos, e Aren disse a seus soldados:

— Amarrem todos. Depois cuidamos deles.

Barcos se aproximavam do porto subterrâneo, pessoas gritando a notícia de que a frota tinha abandonado o ataque, que os soldados inimigos que ainda estavam na ilha estavam se rendendo, e perguntando as ordens de Aren para como lidar com eles.

— Aceitem a rendição. Já se derramou sangue demais hoje. Vamos mantê-los prisioneiros até Maridrina ter se retirado completamente de Ithicana e, então, vou... — Ele perdeu a voz, sem saber exatamente o que faria com aqueles homens. A última vez que tinha permitido uma forasteira em Eranahl, as coisas não haviam terminado bem.

Mas Ithicana tinha que mudar. Ele tinha que mudar.

— Vou negociar o retorno deles a Maridrina.

— Sim, majestade.

Os soldados avançaram um a um, nadando, seu povo os colocando em barcos e amarrando-os antes de recuar para dentro do porto. Aren subiu em uma saliência na parede da caverna, apoiando os cotovelos nos joelhos. Respirando. Apenas respirando.

— Aren!

Ele virou ao som da voz de Lia e, pela luz fraca, viu o barco que carregava sua guarda-costas lutando com o mar agitado para se aproximar.

— Você precisa abrir o rastrilho!

Olhando para o metal retorcido encaixado na caverna, ele fez que não.

— É impossível. Vamos ter que cortá-lo.

— Então corte! — A voz dela era aguda. Desesperada.

— Por quê?

O barco o alcançou, e Lia saltou para a orla com ele, o braço enfaixado.

— Porque Lara está lá fora.

A pele dele gelou.

— Impossível. Nós a deixamos em Gamire sem nenhum barco.

— Bem, ela encontrou um jeito. — Lia ergueu uma tocha, iluminando a água que avançava para a caverna, então recuava com uma força igualmente violenta. — Ela desafiou o pai. E o matou. Foi por isso que eles recuaram naquele momento. Ela nos salvou e, agora, precisamos salvá-la.

O mar e a tempestade se reduziram a um barulho surdo, e a luz da tocha ficou subitamente forte demais.

— Tragam as ferramentas para cortar o metal!

— Mas, majestade, a tempestade está quase nos alcançando! Precisamos sair do túnel antes que a maré fique ainda pior! — um dos soldados que segurava um remo disse.

— Pegue a porcaria das ferramentas! — Aren gritou na cara do homem. — Se o derrubarmos rápido, podemos conseguir alcançar o navio.

Mas ele não sabia o que fazer depois que o alcançasse. Só o que importava era fazer todo o possível para salvá-la.

Lia agarrou o braço de Aren, os dedos se cravando em sua pele.

— Lara não está no navio, Aren. Ela está na água.

Quando ela disse isso, o mar avançou, espuma e água atravessando a caverna, carregando consigo um corpo esbelto.

— Lara! — ele gritou, logo antes de o corpo dela bater no aço do rastrilho.

63
LARA

Era essa a sensação de morrer.

A dor estilhaçou seu corpo todo quando o mar a lançou contra o aço, então a puxou de volta, para jogá-la de novo.

É isso. Minha batalha acabou.

Sua visão escureceu, então ela sentiu a mão de alguém segurar a sua, lutando contra o mar enquanto tentava puxá-la. O ombro dela ardeu quando foi erguida, então seu rosto emergiu, lhe devolvendo o fôlego.

Só que a água voltou a engoli-la, açoitando seu corpo.

Mas aquela única respiração foi suficiente.

Quem quer que estivesse segurando seus braços a ajudou a subir, o aço incrustado de cracas cortando seus pés enquanto ela subia devagar. As ondas não estavam mais passando sobre sua cabeça. Tossindo e ofegando, ela abriu os olhos.

E ficou cara a cara com Aren.

— Peguei você. — Ele a puxou mais para cima até estarem pouco abaixo do teto da caverna. — Não vou soltar.

Vagamente, ela notou que havia outros atrás dele, mas tudo que Lara via era Aren. E tudo que sentia era a gratidão mais profunda a Deus ou ao destino ou à sorte por permitir que ela o visse uma última vez antes de os mares Tempestuosos a levarem.

— Você precisa se segurar! — Enquanto ele falava, a água subiu de novo, e só a força de Aren a impedia de cair. — Eles estão buscando ferramentas. Vamos cortar as grades. Você precisa se segurar até lá.

Ela fez que sim, mas estava mentindo. Porque não havia esperança de que sobrevivesse a isso. O nível da água subia a cada onda e, quando a tempestade caísse com toda a sua ferocidade, nem mesmo Aren seria capaz de continuar segurando. E seria um milagre se ele próprio não se afogasse.

— Você precisa me soltar. — Ela estava tão exausta. Tão cansada de lutar. — Precisa ir para um lugar seguro.

— Não! Não vou deixar você. — Ele passou o braço pelas grades, envolvendo a cintura dela. Ela se crispou quando Aren tocou a ferida na lateral de seu corpo, viu como o rosto dele ficou tenso ao notar como era funda. Virando a cabeça, ele gritou: — Onde estão aquelas ferramentas?

Mas Lara sabia que nunca chegariam a tempo.

Estendendo as mãos por entre as grades, ela segurou o rosto dele.

— Olhe para mim. Escute.

Ele resistiu. Como se soubesse o que ela ia dizer. Mas então a encarou.

— Desculpe. — Uma onda acertou suas costas, forçando-a a lutar contra a correnteza. — Desculpe por toda a dor que causei a você. Toda a dor que causei a Ithicana. Só preciso que saiba que eu morreria mil vezes se houvesse uma maneira de desfazer isso.

— Lara...

Ela balançou a cabeça violentamente, porque não queria o perdão dele. Não o merecia.

— Meu pai está morto. Ele está morto, e não pode mais ferir você nem Ithicana. Keris será rei, e haverá uma chance de Maridrina e Ithicana serem aliadas de verdade. Pela primeira vez, Ithicana tem uma chance de um futuro melhor. Mas o reino precisa de *você* para que isso aconteça. Não sacrifique isso por mim.

— Mas eu preciso de você. — Ele a abraçou com firmeza contra o metal, pressionando a testa na dela através das grades. — Eu te amo, e nunca deixei de te amar. Em nenhum momento, nem quando deveria.

Ele a beijou, seus lábios quentes na pele fria de Lara, a língua dele com o gosto do mar. E ela se apoiou nele, as lágrimas que escorriam por seu rosto lavadas pelas ondas que os açoitavam.

— Desde o dia que nos conhecemos, nunca houve ninguém além de você. E nunca haverá ninguém além de você. Você é minha rainha, e eu preciso de você.

Ela chorou. Mesmo que sobrevivesse a isso, não havia futuro para eles. Não com Aren como rei. E ela se recusava a fazê-lo escolher entre ela e Ithicana.

— Aren...

— Não vou deixar você morrer.

Ele observou o teto da caverna, e ela olhou enquanto Aren a soltava apenas por tempo suficiente para apoiar os pés na parede, tentando puxar o rastrilho para trás.

Mas estava preso, entalado pela força de um navio e velas.

Desistindo, ele a segurou de novo.

— Não solte. Me prometa que não vai soltar.

Ele olhou fixamente nos olhos dela até ela fazer que sim, colocando os braços através das grades e segurando firme enquanto a água avançava.

Então Aren mergulhou.

Ela não conseguia vê-lo através da espuma e da escuridão, e o medo superou a tontura que sentia pela hemorragia e pela dor quando ele não veio à tona.

— Não. Não. Não — ela soluçou. — Você não pode ficar com ele.

Os ithicanianos nos barcos tentaram se aproximar, mas as ondas continuavam puxando-os para trás. Para cada vez mais longe até Lia ser a única a ficar, sentada em uma saliência estreita. A mulher colocou a tocha no chão, pronta para mergulhar.

Então Aren voltou à superfície.

Ele se agarrou ao metal, subindo rapidamente até estar cara a cara com Lara, sangue escorrendo de um corte na sobrancelha.

— Tem um espaço embaixo — ele disse, resfolegando. — É pequeno demais para eu passar, mas seus ombros são estreitos. Vou conseguir puxá-la, você só precisa prender a respiração.

Mas, para chegar lá, ela teria que mergulhar.

Mergulhar na escuridão e nas profundezas da água, e um velho pavor cresceu no peito dela, percorrendo suas veias.

— Não consigo.

— Você consegue. — Ele a beijou com força. — Nunca vi o medo tomar uma decisão por você.

Lara sacudiu a cabeça. Ela não aguentava mais.

— Preciso de você. — O hálito dele era quente em seus lábios. — E preciso que você continue lutando.

Fechando os olhos, Lara lutou contra o pavor da água, o pavor que havia assombrado seus passos desde o momento que ela pôs os pés em Ithicana. *Você é uma princesa*, ela disse a si mesma. *Uma rainha.*

Mas, acima de tudo, ela era a baratinha.

Lara assentiu uma vez, respirando fundo.

E então Aren a puxou para baixo.

Ela não conseguia ver. Não tinha noção de cima ou baixo enquanto o oceano atacava seu corpo, e somente as mãos de Aren ao seu redor impediam que a água a levasse mar afora.

Mais fundo. Ela sabia que ele devia estar levando-a para mais fundo, porque a pressão em seus ouvidos aumentou, e ela precisou de todas as forças para se segurar às grades e descer mais quando o instinto exigia que ela *subisse*. Que voltasse à superfície para respirar.

Descendo e descendo.

Pânico correu em suas veias, a necessidade de respirar crescendo a cada segundo que se passava. A única coisa que a mantinha sã era saber que Aren estava com ela. Que, para salvá-lo, ela precisava se salvar.

Então suas mãos esbarraram na rocha.

Eles estavam no fundo da caverna.

Segurando os punhos de Lara com firmeza, Aren a puxou de lado, e ela sentiu a abertura que havia nas grades.

Mas o vão era pequeno. Terrivelmente pequeno.

Ela sentiu um espasmo no peito pela necessidade de respirar, mas não resistiu enquanto ele puxava seus braços, girando seus ombros até passar.

E sentiu seu cinto se prender.

Aren puxou, os braços apoiados no fundo, mas o cinto não cedeu. Desesperadamente, Lara se soltou dele para tentar levar a mão ao vão entre seu corpo e o piso rochoso para desafivelar o cinto, mas não havia espaço.

E ela precisava respirar.

Precisava respirar.

Precisava respirar.

Lara inspirou.

64
AREN

Bolhas passaram por ele e o braço de Lara ficou mole em suas mãos.

Não! Um grito silencioso cruzou sua cabeça, e Aren foi até ela, tateando a escuridão onde ela ficara presa pelo aço.

O cinto dela.

Seu peito doía pela necessidade de respirar, mas Aren passara a vida na água, e isso lhe deu mais alguns segundos.

Depois de encontrar sua faca, ele serrou o couro até parti-lo. Na mesma hora largou a faca, agarrou os braços de Lara e puxou com toda a sua força.

Ela deslizou pela abertura.

Segurando-a com firmeza, ele nadou até a superfície, a maré crescente os puxando mais para dentro da caverna enquanto ele subia, batendo as pernas com força.

Não vou deixar você morrer.

Ele chegou à superfície e respirou fundo, ondas o jogando contra as paredes rochosas, mas então elas o puxaram de volta. De volta na direção do rastrilho. E ele precisava tirá-la da água. Precisava salvá-la.

Alguém o puxou para cima, e Aren caiu de costas no barco, o corpo inerte de Lara em cima dele.

— Lara! — Ele a virou, afastando as pessoas.

A luz das tochas iluminava o rosto dela, os olhos abertos e sem enxergar.

Sem vida.

— Não! — ele gritou, apertando as mãos no peito dela. Repetidas vezes.

— Tragam um curandeiro! — alguém gritou, mas não importava, porque Lara estava morta. Sua esposa, sua rainha, estava morta.

— Aren, chega.

Jor tentou puxá-lo para trás, mas Aren o empurrou para longe, as mãos de volta ao peito de Lara. Querendo que ela respirasse.

— Aren, ela não vai voltar. Você precisa deixá-la ir.

— Não!

O barco chegou ao pé da escada rochosa do porto, e Aren pegou Lara nos braços, carregando-a às pressas pelos degraus para colocá-la no patamar. Então retomou as compressões no peito, os braços tremendo pelo esforço.

— Eu te amo. — Ele conseguia sentir seu povo se reunir ao redor, sentir a chuva caindo. — Preciso de você. Por favor, volte.

Ela parecia tão pequena. Tão diferente da guerreira indomável que Aren sabia que ela era.

— Lara! — Ele gritou o nome dela. — Lute!

65
LARA

Foi uma escalada lenta para sair da escuridão turva. A escalada mais longa que ela já havia feito. Através da escuridão, da tristeza e do pavor, perseguida por todos os vilões que haviam atormentado sua vida, nenhum maior que o vilão dentro de si mesma. Se erguendo, subindo e lutando. Mas então ela ouviu a voz dele. Chamando o nome dela. Ouviu o único comando que ele já lhe dera.

Lara abriu os olhos.

66
LARA

A PRIMEIRA COISA QUE NOTOU FOI O CHEIRO de Ithicana. De mar, tempestade e selva.

A segunda foi a dor.

Tensionando o corpo, ela entreabriu as pálpebras, o brilho fazendo com que tivesse que conter as lágrimas. Lara estava no quarto que ela e Aren antes compartilhavam em Eranahl, a água que enchia a piscina de banho criando um tilintar baixo, os jarros de algas reluzentes projetando sombras suaves na parede.

E Aren, com a cabeça apoiada no braço, estava dormindo na cadeira ao lado da cama.

Ela observou o rosto dele, notando as olheiras e os pontos que fechavam uma ferida na têmpora. Tinha raspões e cascas nos nós dos dedos, o antebraço marcado por hematomas roxos. Mas ele estava vivo.

E ela também.

Ao virar, Lara não conseguiu conter um gemido de dor que atravessou seu corpo, e Aren se ajeitou em um pulo.

— Você acordou.

— Por quanto tempo dormi?

Sua língua estava seca como areia, e ela aceitou avidamente o copo de água que Aren levou aos seus lábios, sem se importar quando o líquido escorreu por seu queixo enquanto ela bebia.

— Três dias. — Ele colocou o copo de lado, se debruçando nela com um olhar analítico. — Disseram que é um milagre você estar viva considerando seus ferimentos e... — Ele perdeu a voz, seu rosto se retorcendo.

— E o fato de que me afoguei?

— Sim. — Os olhos anogueirados de Aren cintilaram com lágrimas não derramadas quando ele a olhou. — Você estava morta. Morta em meus braços, e eu... eu... — Ele esfregou a mão no rosto, balançando a cabeça.

— Ouvi você chamar meu nome — ela sussurrou. — Ouvi você me mandar lutar.

— Foi a primeira vez que você me deu ouvidos.

Ela sorriu, mas a tristeza cresceu em seu peito.

— Não se acostume com isso.

Tudo estava turvo. A batalha. Os momentos no túnel com o rastrilho entre eles. Mas ela lembrava. Lembrava dele falando que a amava. Que precisava dela. Que não a deixaria ir.

Mas aquelas tinham sido palavras ditas no calor do momento, quando os dois achavam que a morte era iminente. Quando tudo parecia possível se eles sobrevivessem.

Agora eles tinham que encarar a realidade.

Ela era a rainha traidora. A razão pela qual Ithicana havia perdido a ponte. A razão por que centenas, se não milhares, de ithicanianos haviam perecido. O fato de ela ter sido essencial para a libertação deles significava pouco; algumas coisas eram imperdoáveis.

— A guerra acabou? — ela perguntou. — Vocês reconquistaram a ponte?

Aren fez que sim.

— A tempestade durou só um dia e meio, mas afugentou as frotas amaridianas e maridrinianas. Com a morte de seu pai, elas parecem ter decidido voltar a seus respectivos portos. A maioria dos soldados que ainda estão em nossas costas vem se rendendo, e vamos permitir que eles partam para Guarda Sul. Vamos fazer o mesmo com os prisioneiros aqui quando conseguirmos transportá-los.

— Você não tem receio? — ela perguntou, sentindo a trepidação corroer seu peito. — Você vai devolver o exército a Maridrina antes de recuperar completamente o controle.

— Apesar da traição dele, Keris não é seu pai. E nós dois sabemos que a mente dele está focada no conflito com Valcotta. E em Zarrah. Com o fim da calmaria, as tempestades vão cumprir seu papel de manter Ithicana segura enquanto nos recuperamos. As pessoas já estão pedindo para voltar para casa. Para reconstruir as coisas. Quando tivermos certeza de que as ilhas estão liberadas, vamos começar a transportá-las de volta.

Lara sentiu uma dor no coração, mas era melhor acabar logo com isso.

— Assim que eu estiver bem o bastante para andar, vou partir.

Mas ela não sabia ao certo para onde iria. Primeiro para encontrar Sarhina. E depois...

O futuro dela era aberto e ilimitado, mas só parecia vazio.

Aren ficou em silêncio por um momento.

— Se essa é sua decisão, não vou detê-la.

— Decisão implica escolha, Aren. E não há escolha em relação a isso. Seu povo não me quer aqui.

Ele hesitou, seu pomo de adão se movendo enquanto ele engolia em seco uma vez. Duas.

— Eu quero você aqui, se você estiver disposta a ficar. Se *quiser* ficar.

Lara fechou os olhos e respirou fundo, se retorcendo com a dor nas costelas.

Seria mais fácil se ele tivesse dito para ela ir. Mas agora ela precisava ir embora sabendo que ele ainda a amava. Tinha que partir sabendo que ainda havia uma chance para eles, se ela fosse egoísta o bastante para aceitar.

— Ithicana precisa de você, Aren. Precisa de seu rei.

— E de sua rainha. — Recostando na cadeira, ele tirou algo do bolso, e ela reconheceu o colar da mãe dele. Ouro, esmeraldas e diamantes negros mapeando Ithicana. Ela o havia guardado ali por precaução, pensando que nunca o usaria de novo. — Sabe como testamos traidores em Ithicana? — ele perguntou, interrompendo os pensamentos dela.

— Vocês os dão para os tubarões comerem.

Um leve sorriso se abriu no rosto dele.

— Não só isso. Suspendemos o acusado de traição no mar, depois agitamos as águas. Se os tubarões matarem a pessoa, quer dizer que as acusações foram merecidas, assim como a punição. Mas, se os tubarões deixarem a pessoa, quer dizer que ela não é uma traidora, que é leal a Ithicana. — Ele estreitou os olhos. — Nunca vi os tubarões dispensarem o banquete. Nunca nem ouvi falar de alguém saindo ileso. Até agora.

O coração de Lara palpitou.

— Ahnna viu. Taryn viu. Aster, que Deus abençoe sua alma supersticiosa, viu você pular daquele navio e nadar, sangrando e se debatendo, por águas infestadas de tubarões, e nenhum deles tocou em você.

— Sorte — ela murmurou, mas Aren fez que não.

— Havia centenas. E Ahnna disse que o maior chegou bem perto, olhou e saiu nadando. Várias vezes. Eles mataram todos os soldados na água, menos *você*. E *ninguém* mais está te chamando de rainha traidora.

Uma lágrima quente escorreu pelo rosto de Lara, porque ela era *sim* leal a Ithicana. Ela amava esse reino e amava seu povo, mas...

— Será preciso mais do que mitos e lendas para as pessoas me perdoarem, Aren.

— É verdade. Mas esses mitos e lendas significam que elas vão lhe dar a oportunidade de fazer por *merecer* o perdão. Se você estiver disposta a tentar.

Ela estava chorando agora, dando soluços de alívio. Queria isso mais que tudo. A oportunidade de se redimir. A oportunidade de ser melhor. A oportunidade de amar.

— Você vai ficar?

— Vou. — Ela sorriu enquanto Aren a ajudava a sentar, depois passou os braços ao redor do pescoço dele. Inspirando. — Vou ficar.

Houve uma batida na porta nesse momento, e Ahnna entrou. O olhar da princesa de Ithicana era frio, mas ela inclinou a cabeça respeitosamente para os dois.

— Estão todos reunidos, majestade. Estão esperando você falar.

Aren levantou.

— Vou contar meus planos a eles. Fique aqui. Descanse. Eu vou voltar.

Mas Lara fez que não. Mordendo os lábios para conter a dor, ela levantou, aceitando se apoiar no braço de Aren. Vestiu com cuidado as roupas que Ahnna emprestou a ela, sentindo a tensão dos pontos nas feridas e a dor intensa das costelas quebradas. Ainda assim, nunca havia se sentido tão forte. Nunca havia se sentido tão viva.

Aren balançou a cabeça.

— Você não precisa provar nada para mim, Lara. Sei melhor do que ninguém como você é forte.

Afivelando o cinto, ela ergueu os olhos para ele.

— Jurei lutar ao seu lado, defender você até meu último suspiro, desejar seu corpo e nenhum outro, e ser leal a você até que a morte nos separasse. — Pegando suas facas, ela as encaixou nas bainhas. — E isso significa que, aonde você for, eu vou.

Os olhos dele estavam cheios de calor. De desejo. De respeito.

— Como quiser, majestade. — Oferecendo o braço, Aren se curvou, o hálito quente na orelha dela. — Não tem ninguém no mundo como você, sabia?

— Não, não tem. — Lara estufou o peito enquanto as portas da sacada abriam, revelando uma multidão de pessoas do povo deles esperando lá embaixo. — Porque só existe uma rainha de Ithicana. Assim como só há um rei. E, se nossos inimigos ousarem atacar nosso reino, vamos acabar com eles.

1ª EDIÇÃO [2023] 2 reimpressões

ESTA OBRA FOI COMPOSTA POR VANESSA LIMA EM BEMBO
E IMPRESSA PELA GRÁFICA BARTIRA EM OFSETE SOBRE PAPEL PÓLEN SOFT
DA SUZANO S.A. PARA A EDITORA SCHWARCZ EM FEVEREIRO DE 2024

A marca FSC® é a garantia de que a madeira utilizada na fabricação do papel deste livro provém de florestas que foram gerenciadas de maneira ambientalmente correta, socialmente justa e economicamente viável, além de outras fontes de origem controlada.